गंगादीन

गंगादीन

लेफ्टि. जनरल यशवंत मांडे

प्रभात प्रकाशन, दिल्ली
ISO 9001:2008 प्रकाशक

प्रकाशक • **प्रभात प्रकाशन**
४/१९ आसफ अली रोड,
नई दिल्ली-११०००२

संस्करण • २०१७
मूल्य • तीन सौ पचास रुपए
मुद्रक • नरुला प्रिंटर्स, दिल्ली

GANGADEEN *stories* by Lt. Gen. Yashwant Mande ₹ 350.00
Published by Prabhat Prakashan, 4/19 Asaf Ali Road, New Delhi-110002
e-mail: prabhatbooks@gmail.com ISBN 978-93-5048-230-8

मेरी अर्धांगिनी
बंती को अर्पित

भूमिका

मैं पाठकों का आभारी हूँ कि उन्हें मेरी कहानियाँ पसंद आती हैं और वे नई कहानियों की प्रतीक्षा करते हैं। पाठक कहानियों में नवीनता देखना चाहते हैं और मैं उन विषयों की खोज में लगा रहता हूँ, जिन पर हिंदी साहित्य में कहानियाँ उपलब्ध नहीं हैं।

मेरी पहली पुस्तक 'श्रेष्ठ सैनिक कहानियाँ' सैनिक जीवन तथा चीन व पाकिस्तान से जो संघर्ष १९६२, ६५, ७१ और ९९ में हुए थे, उनके ऊपर थी। ऐसी कहानियाँ हिंदी साहित्य में पहले नहीं लिखी गईं। यह पुस्तक पाठकों को बहुत पसंद आई। युद्ध के बारे में सभी जानना चाहते हैं और पुस्तक इस अपेक्षा को पूरा करती है। दूसरी पुस्तक 'अनुपम कहानियाँ' असैनिक विषयों पर थी। यों तो कहानियाँ किसी भी विषय पर लिखी जा सकती हैं, किंतु विविध और असाधारण प्रसंगों को चुनना कठिन होता है। मुझे खुशी है कि यह पुस्तक भी पाठकों को नवीनता के लिए पसंद आई।

इस संग्रह में सारी कहानियाँ आधुनिक विषयों पर हैं। इनमें से तीन कहानियाँ वास्तविक चरित्रों पर हैं; और इसलिए उनका उल्लेख आवश्यक है। शेष कहानियाँ काल्पनिक हैं।

'गोदावरी' कहानी मेरी मौसी पर आधारित है। मैं सिर्फ १३ वर्ष का बालक था, जब उनकी मृत्यु हो गई, किंतु उस अल्प उम्र में भी वे अपनी छाप मुझ पर सदा के लिए छोड़ गईं। उनका बनाया हुआ स्कूल कमच्छा, वाराणसी में अभी भी 'सेंट्रल हिंदू गर्ल्स स्कूल' के नाम से प्रसिद्ध है। उनके देहांत को ६५ साल गुजर गए हैं। बीती घटनाओं को समाज भूल जाता है और विशेषकर उन्हें, जिन्हें उन्होंने देखा भी नहीं। मुझे खुशी है कि मैं उनके बारे में इस कहानी को लिखने में समर्थ हुआ हूँ।

सत्यानंद स्टोकस की कहानी रोमांचक है। २१ साल का रईस घराने को एक

नवयुवक पिछली शताब्दी की शुरुआत में मानवता की पुकार सुनकर अमेरिका से भारत आता है, वहीं शादी करता है, हिंदू धर्म को अपनाता है, आजादी के लिए संघर्ष करता है और हिमाचल को सेब की देन देकर अनगिनत लोगों के जीने का सहारा छोड़ जाता है। अचरज की बात है कि हिमाचल को छोड़कर भारत की जनता को उसके बारे में कुछ मालूम ही नहीं। जब मुझे उनके बारे में पता चला तो मैंने ठान लिया कि मैं उनके योगदान पर कहानी लिखूँगा। आशा करता हूँ, मैं इस प्रयास में सफल हुआ हूँ।

'शांता बाबू' की कहानी गोरखपुर के निवासी शांताराम नगरकर के ऊपर लिखी गई है। मैं उन्हें बचपन से जानता हूँ। वे सत्यानंद स्टोकस या गोदावरी की तरह महान् तो नहीं थे, किंतु उनका चरित्र अच्छा था। वे आदरणीय और प्रेरणादायक थे।

मैं पाठकों को बताना चाहूँगा कि तीनों कहानियाँ जीवन-चरित्र की तरह सच नहीं हैं। कहानियों को रोचक बनाने के लिए इनमें कल्पना का काफी अंश है।

कहानियाँ मनोरंजन के लिए लिखी जाती हैं और समय काटने के लिए उपयोगी होती हैं। मैं कहानियों में कोई सिखलाई या उपदेश नहीं देना चाहता, किंतु अगर वह पाठकों को अच्छा रास्ता दिखाती हैं तो मुझे प्रसन्नता होगी।

गत ६० वर्षों में नारी-जगत् ने उल्लेखनीय प्रगति की है। वे हर काम में आगे आ रही हैं और बड़े-बड़े कामों को सफलतापूर्वक निभा रही हैं। वे सशस्त्र बलों में काम कर रही हैं और खेल-कूद में उनका प्रदर्शन सराहनीय है। मालवीयजी और गोदावरी भली-भाँति जानते थे कि देश का विकास उनके ऊपर निर्भर होगा। मुझे हर्ष है कि इस संग्रह में आधी कहानियाँ उन्हीं के ऊपर हैं।

मैं आशा करता हूँ कि पाठकों को इस संग्रह की कहानियाँ पसंद आएँगी।

अगस्त २०१२ **—यशवंत मांडे**

अनुक्रम

१

गंगादीन

शहर से दूर ग्रामीण वातावरण में सुबह की सैर विशाल नायक के मन को खूब भा रही थी। सच तो यह है कि उन्हें शहरी जीवन कभी अच्छा नहीं लगा, हालाँकि उनका जन्म शहर में हुआ था और शहर में ही उन्होंने नौकरी भी की थी। वह हमेशा सोचते थे कि नौकरी से छुटकारा मिलने के बाद किसी छोटी सी जगह में, वह अपना शेष जीवन शांतिमय वातावरण में व्यतीत करेंगे। उनका सपना पूरा हो गया था और वह उसी का आनंद ले रहे थे।

विशाल नायक ने अपनी नौकरी की शुरुआत शहर के नगर-निगम में अभियंता के पद से की थी। कुछ साल बाद उन्होंने वह नौकरी छोड़ दी और एक बड़ी निर्माण कंपनी में मुख्य अभियंता नियुक्त हो गए। विकासशील भारत में निर्माण-कार्य तीव्र गति से चल रहा था। शहरों में जिधर देखो उधर नई-नई इमारतें खड़ी हो रही थीं, एक से बढ़कर एक और सड़कों पर गाड़ियों की वजह से पैदल चलना मुश्किल हो गया था।

एक तरफ तो विशाल नायक बड़े प्रसन्न थे; उनके बैंक खाते में लाखों रुपए जमा हो रहे थे और दूसरी तरफ वह नाखुश थे। उनका स्वास्थ्य दिन-ब-दिन बिगड़ रहा था; वे शीघ्र ही थक जाते थे, उनकी पाचन क्रिया खराब हो गई थी और उन्हें साँस लेने में परेशानी होने लगी थी। उन्होंने डॉक्टरों से जाँच करवाई। तमाम टेस्ट करवा लिये, लेकिन कोई रोग पकड़ में नहीं आया। लाचार डॉक्टर उन्हें विटामिन और टॉनिक्स की गोलियाँ दे रहे थे। विशाल नायक को भली-भाँति अपनी बीमारी का कारण मालूम था और उसके निवारण का उपाय भी। उनकी

पत्नी वनिता का हाल भी कुछ ऐसा ही था। वे इस निष्कर्ष पर पहुँचे कि शहरी जीवन ही उनके बिगड़ते हुए स्वास्थ्य का कारण है।

विशाल नायक स्वयं इंजीनियर थे, परंतु तेजी से इमारतों का दिन-रात निर्माण होना उन्हें खलता रहता था। निर्माण-कार्य प्रकृति के संतुलन को नष्ट कर रहा था। एक दिन समाज को अपनी ही करनी का फल भोगना पड़ेगा। बाढ़, जलवायु में परिवर्तन और प्रदूषण—ये सब मनुष्य के बनाए हुए हैं। वे इस बरबादी को रोकने में असमर्थ थे। आखिर उन्होंने वही किया, जो उनके बस में था।

शहर से ३० कि.मी. दूर उन्होंने २ एकड़ जमीन खरीद ली। जमीन न तो शहर के करीब थी और न ही किसी ग्राम के पास। वहाँ केवल २० मकान थे और जगह का नाम सोनांब्रे था। वहाँ उन्होंने कुटी जैसा घर बनाया, जो चारों तरफ से खुला था। वर्षों से उनकी रुचि वाटिका में थी और उन्हें फूल-पौधों का शौक था। उन्होंने दो मजदूरों को काम पर लगाया और बगीचा बनाने में जुट गए। एक साल की कड़ी मेहनत के बाद उनकी कुटी 'शांति कुंज' रहने लायक बन गई। उन्हें एक अच्छे माली की आवश्यकता थी, जो उन्हें मिल नहीं रहा था।

शहर में उनके पास चार बेडरूम का एक बड़ा मकान था, लेकिन वे उस घर से उकता गए थे। उनकी पत्नी वनिता को भी शहर पसंद नहीं था और वह भी किसी खुले जगह में रहना चाहती थीं। किंतु उनके पुत्र, बहू और दो बच्चों को शहर की जिंदगी तथा हलचल अच्छी लगती थी। वे वहाँ से हिलना नहीं चाहते थे। सौरव को उसके माँ-बाप का किसी एकांत स्थान में जाना कतई पसंद नहीं था।

''यह आप कर क्या रहे हैं? वहाँ न तो डॉक्टर है, न कोई दोस्त, न टी.वी. और न आधुनिक उपकरण! आप समय कैसे बिताएँगे?''

विशाल अपने बेटे की सुन तो लेते थे, लेकिन अपने निर्णय पर अड़े रहे।

महीने में एक-दो बार सौरव अपने परिवार के साथ 'शांति कुंज' माँ-बाप से मिलने जाया करता था।

धीरे-धीरे कुटी में सुधार हो रहा था और सौरव के परिवार को वहाँ साप्ताहिक अवकाश में जाना पसंद आने लग गया।

फरवरी का महीना था और मौसम साफ व सुहावना। सौरव का परिवार साप्ताहिक छुट्टी में सोनांब्रे गया था। रविवार के दिन उन्होंने पिकनिक पर जाने का निश्चय किया। विशाल ने बताया कि तारागिनी नदी के किनारे पिकनिक के लिए सुंदर स्थान है। वह सवेरे नौ बजे वहाँ पहुँच गए और गाड़ी को सड़क के

किनारे खड़ा कर दिया। तारागिनी के तट पर उन्होंने एक साफ, हरी-भरी जगह को चुना। सौरव और उसकी पत्नी सुरभि ने दरी और पिकनिक का सामान निकाला। आठ वर्ष की सरिता गेंद लिये गाड़ी से बाहर कूदी और विशाल नन्हे मनीष को अपनी बाँहों में लिये बाहर निकले। वनिता की तबीयत ठीक नहीं थी, वह घर में ही विश्राम कर रही थी।

सभी के मन में उत्साह और मुख पर हँसी थी। सौरव, सुरभि और सरिता गेंद खेल रहे थे और विशाल मनीष को अपनी गोदी में लिये उसे फूल, पक्षी और वृक्ष दिखा रहे थे। अचानक मधुमक्खियों का एक झुंड उनकी ओर लपक पड़ा। विशाल ने नन्हे को अपने कोट के भीतर छिपा लिया और जमीन पर लेट गए। सौरव और सुरभि चित्त हो गए और उन्होंने अपना मुँह ढंक लिया। घबराई सरिता दरी के अंदर घुस गई। झुंड भयानक रूप से उनके ऊपर से गुजरता हुआ आगे निकल गया। सभी ने राहत की साँस ली, किंतु वह अल्पकाल के लिए थी। ३०० गज आगे जाने के बाद मधुमक्खियों का झुंड वापस मुड़ा और उनकी ओर लौटा। सभी पहले की तरह जमीन पर लेट गए।

वहीं सड़क पर एक युवक साइकिल से गुजर रहा था। उसने मधुमक्खियों से पीड़ित उस परिवार की दशा देखी और उनकी मदद करने की ठानी। साइकिल से उतरकर वह उनसे २५ गज दूर खड़ा हो गया। उसने मधुर धुन में सीटी बजाना शुरू कर दिया। मधुमक्खियों ने विशाल परिवार को छोड़ दिया और उसकी तरफ चली गईं। वे उसके सिर, मुँह और तन-बदन से चिपक गईं।

उसने हाथ के इशारे से भयभीत परिवार को चले जाने के लिए कहा। वे जल्दी से कार की तरफ भागे, उसमें बैठे और उन्होंने खिड़कियाँ बंद कर लीं। सौरव ने जाने के लिए जब इंजिन चालू किया, उसके पिताजी ने उसे रुकने के लिए कहा—

"हम उस भले आदमी को ऐसी दशा में छोड़कर नहीं जा सकते।"

"आप करना क्या चाहते हैं?"

"हमें उसे गाड़ी के अंदर बिठाकर ले जाना चाहिए।"

सौरव ने गाड़ी आगे बढ़ाई और उस व्यक्ति से पाँच गज दूर खड़ी कर दी। विशाल ने खिड़की थोड़ी सी खोली और उस व्यक्ति से कहा कि वह डिक्की खोलकर उसके अंदर बैठ जाए।

"मैं बिलकुल ठीक हूँ, आप जाइए। मधुमक्खियाँ मुझे नहीं काट रही हैं।"

"लेकिन हम कैसे जा सकते हैं? न जाने ये कब आपके बदन को छोड़ेंगी?"

"उसमें कौन सी दिक्कत है। ये देखिए…।"

उस व्यक्ति ने अपने मुँह से कर्कश ध्वनि निकाली। एक के बाद एक सारी मधुमक्खियाँ उसे छोड़कर दूसरी दिशा में प्रस्थान कर चलीं।

विशाल गाड़ी से उतरे और उन्होंने आभार व्यक्त किया। सौरव ने अपनी जेब से पाँच सौ रुपए निकाले और उस व्यक्ति की तरफ बढ़ाए, लेकिन उसने पैसे नहीं लिये। उसने दरी और पिकनिक का सामान उठाया और चुपचाप डिक्की के अंदर रख दिया।

विशाल ने कहा, ''हम सभी आपके आभारी हैं। आपकी वजह से हम बाल-बाल बच गए। अगर आप पैसा नहीं ले रहे हैं तो यह आपका बड़प्पन है, लेकिन कुछ नहीं तो हम आपसे मिलना जरूर चाहते हैं। हम सोनांब्रे में रहते हैं और हमारे घर का नाम है—शांति कुंज। अगर आप हमारे घर आएँ तो हमें बहुत खुशी होगी।''

''देखिए, अभी तो मुझे कुछ काम है। मैं शाम को चार बजे आपके यहाँ आ सकता हूँ। जरा रुकिए, मैं बिटिया की गेंद उठाना भूल गया।''

वह व्यक्ति भागकर गया और गेंद लेकर वापस आ गया। तब तक सरिता का भय निकल गया था और फिर से उसके मुँह पर मुसकान आ गई थी। गेंद पाकर सरिता बहुत खुश हुई और उस अनजान व्यक्ति को धन्यवाद देने लगी।

''चाचाजी, आपका नाम क्या है?''

''गंगादीन।''

निर्धारित समय पर गंगादीन 'शांति कुंज' पहुँचा। उसका सत्कार एक महान् पुरुष की तरह हुआ। नाना प्रकार के खाने और पेय पदार्थ उसके सामने रखे गए, लेकिन उसने सिवाय एक गिलास दूध के और कुछ नहीं लिया।

सुरभि ने कहा, ''आपने तो हमारी जान बचाई। अगर आप ठीक मौके पर नहीं पहुँचते तो न जाने हमारा हाल क्या होता।''

''इसमें घबराने की कोई खास बात नहीं थी। मधुमक्खियाँ कुछ समय के लिए आपके ऊपर मँडरातीं और बाद में खुद ही चली जातीं। यह तो अच्छा हुआ कि आप लोगों ने उन्हें छेड़ा नहीं और चुपचाप लेट गए, वरना वे आपके ऊपर आक्रमण कर देतीं।''

''वह तो ठीक है, लेकिन डर के मारे हमारी तो हालत खराब हो गई थी।''

''जी हाँ, इसीलिए मैं आपकी मदद के लिए पहुँचा था।''

विशाल ने पूछा, ''आप रहते कहाँ हैं?''

"शहर में, अपने दोस्त के साथ।"

"काम क्या करते हैं?"

"मैं उसी को ढूँढ़ रहा हूँ।"

"आप किस प्रकार की नौकरी ढूँढ़ रहे हैं?"

"मैं माली हूँ, फूल-पौधों में मेरी रुचि है।"

विशाल नायक भाग्यशाली रहे। उन्हें घर बैठे वही मिल गया, जिसकी वह लंबे अरसे से तलाश कर रहे थे। गंगादीन माली का काम करने के लिए राजी हो गया, लेकिन वह औरों से भिन्न था। उसकी वेश-भूषा, चाल-चलन और बात करने का तरीका एक पढ़े-लिखे मनुष्य की तरह था। उसने पैसे और वेतन के बारे में कोई मोल-भाव नहीं किया और मालिक के ऊपर छोड़ दिया। विशाल ने गंगादीन को शांति कुंज में साथ रहने के लिए कहा, मगर वह माना नहीं। उसने स्वयं एक झोंपड़ी बाँधने का प्रस्ताव रखा। यही नहीं, वह अगले दिन से काम करने के लिए भी तैयार हो गया।

गंगादीन ने परिसर का विस्तृत रूप से परीक्षण किया। उसने मिट्टी, पानी, हवा, सूर्य की रोशनी आदि की जाँच-पड़ताल की। उसने वाटिका का प्रारूप एक बड़े कागज पर बनाया और मालिक से बातचीत की। विशाल कई सालों से फूल-पौधों में रुचि ले रहे थे, किंतु इस नए माली के सामने फीके पड़ गए। चुपचाप उन्होंने गंगादीन की योजना को मान लिया।

यहाँ तक तो सब ठीक था, लेकिन इसमें खर्चा कितना आएगा, इस बात पर विशाल चिंतित थे। गंगादीन ने बताया कि एक साल के लिए दो-चार श्रमिक रखने पड़ेंगे। सारी जमीन खोदनी पड़ेगी और रोड़ी-पत्थर निकालने पड़ेंगे। क्यारियाँ और विभिन्न भागों के लिए पानी की नालियाँ बनानी पड़ेंगी। खाद वह खुद बना लेगा। पौधे महँगे पड़ते हैं, लेकिन हैं महत्त्वपूर्ण; वह दूसरों पर विश्वास नहीं रखता और स्वयं बनाएगा। इससे खर्चा कम हो जाएगा। खर्चा सिर्फ पहले साल होगा, दूसरे वर्ष वाटिका अपना खर्चा निकाल लेगी और तीसरे वर्ष से फायदा देने लगेगी।

अगले सप्ताह से वाटिका पर काम शुरू हो गया। खुदाई शुरू हो गई, रोड़े-पत्थर और जंगली घास-पात निकाल दिए गए तथा नालियाँ बनाई गईं। खाद के लिए चार बड़े गड्ढे खोदे गए और पौधशाला तैयार की गई।

जून का महीना आ गया था। सौरव का परिवार सोनांब्रे पहुँचा हुआ था। चार महीनों में इतना सारा काम देखकर वह चकित हो गया। वर्षा की पहली बौछारों

ने मिट्टी को गीला कर दिया था। उद्घाटन के लिए गंगादीन ने सभी को पौधे लगाने के लिए आमंत्रित किया। सरिता ने सबसे ज्यादा पौधे लगाए।

एक वर्ष में शांति कुंज की वाटिका ने आकार धारण कर लिया। मौसमी फूल खिलने लग गए थे और झाड़ियाँ व पेड़ कमर से ऊपर तक बढ़ गए थे। लॉन हरे-भरे हो रहे थे; किंतु पूरी तरह फैले नहीं थे। गंगादीन ने कई प्रकार की जड़ी-बूटियाँ कुटी और अपनी झोंपड़ी के पीछे लगाई थीं, उन्होंने भी जड़ पकड़ ली थीं।

सरिता को वाटिका बेहद पसंद थी। जब कभी छुट्टियाँ होतीं, वह सोनांब्रे जाने के लिए तैयार हो जाती थी। उसके माँ-बाप चिड़चिड़ाते थे, लेकिन बिटिया मानती नहीं थी। वह कहती थी कि सिर्फ एक घंटे का सफर है। उसके दादा और दादी बहुत खुश थे। उनका अकेलापन दूर हो जाता था।

विशाल और वनिता पूरी तरह से वाटिका में मग्न हो गए थे। दिन भर गंगादीन के साथ काम में लगे रहते थे। दोनों की तबीयत पहले से कहीं ज्यादा सुधर गई थी।

सरिता गंगादीन के साथ घुल-मिल गई थी। वह उसे 'गंगा चाचा' कहकर बुलाती थी। पहले ही दिन से जब उसने सबको मधुमक्खियों से बचाया था, सरिता के मन में उसके प्रति श्रद्धा की भावना उत्पन्न हो गई थी।

सरिता को तितलियाँ बड़ी पसंद थीं। वह उन्हें पकड़ना चाहती थी, लेकिन जैसे ही वह उनके पास पहुँचती, वे उड़कर भाग जाती थीं। गंगा चाचा ने उसे तरीका सिखाया। उसने सुगंधित फूलों की पंखुड़ियों को अपने हाथ के पीछे मसला और उसे आगे कर दिया। तितलियाँ चारों तरफ से भागकर आईं और उसके हाथ पर बैठ गईं। इसी तरीके को सरिता ने दुहराया और तितलियाँ उसके हाथ पर भी बैठ गईं। सरिता खिलखिलाई और दौड़कर अपने दादा-दादी के पास गई, "यह देखो!" जब दादा-दादी पास आए, तब तितलियाँ उड़कर भाग गईं। सरिता जोर-जोर से हँसने लगी, "आप लोगों को ट्रिक ही नहीं मालूम है।"

गंगादीन ने सरिता को पक्षी, गिलहरी और खरगोश को बुलाना सिखा दिया। सरिता की आवाज सुनकर वे उसके पास आ जाते थे और उसके इर्द-गिर्द भागते-फिरते थे। सरिता उनके लिए दाने फेंकती थी और खूब खुश होती थी। गंगादीन ने बताया कि कभी भी तितली, पक्षी या जानवर को पकड़ने की कोशिश मत करना। जब उन्हें भरोसा हो जाएगा तब वे अपने आप पास आएँगे और तुम्हारे बदन पर बैठ जाएँगे।

कुटी और झोंपड़ी के पीछे गंगादीन ने जो जड़ी-बूटियाँ लगाई थीं, वे पनप गई थीं। गंगादीन उनका काढ़ा बनाकर विशाल और वनिता को पिलाता था। इसका असर रामबाण की तरह हो रहा था; विशाल की सरदी, खाँसी और थकावट दूर हो गई और वनिता के जोड़ों का दर्द चला गया। वे अपने को बिलकुल स्वस्थ महसूस करने लगे। उन्होंने डॉक्टरों की सारी दवाइयाँ बंद कर दीं।

वाटिका का दूसरा वर्ष उत्साहजनक था। मौसमी फूलों के अलावा झाड़ियों और लताओं में फूल लगने शुरू हो गए थे। वृक्ष मनुष्य की ऊँचाई से ऊपर पहुँच गए थे। लॉन्स लगाई हुई विशेष घास से भर गए थे और मखमली कालीन की तरह मुलायम हो गए थे।

सरिता को चित्रकला का शौक था। वह फूल, पेड़, नदी, पहाड़, सूर्योदय, सूर्यास्त इत्यादि के चित्र बनाया करती थी। एक दिन वह अपने चित्रों की पुस्तक लेकर चाचा के पास गई, ''कैसे लगते हैं ये आपको?''

''बहुत सुंदर हैं।''

''बताइए, मैं इनमें और क्या सुधार करूँ?''

''देखो बिटिया, मैं चित्रकार तो हूँ नहीं, इसलिए मैं क्या बताऊँ, लेकिन इतना जरूर कहूँगा कि तुम्हारी उम्र के हिसाब से ये बहुत सुंदर हैं।''

''गंगा चाचा, आप हरियाली, फूलों और पक्षियों के साथ रहते हैं। अगर आप नहीं बता पाएँगे तो कौन बताएगा? बताइए न, मैंने गलती कहाँ की?''

गंगादीन सरिता की चित्रकारी में रुचि लेने लगा। वह उसे रूप, आकार और रंग की गलतियाँ बताने लगा। सरिता सीखने को तत्पर थी और उसकी चित्रकला में सुधार होने लगा।

विशाल और वनिता को नई जिंदगी मिल गई थी। वे जिस कारण गाँव में आए थे, उसका उन्हें पूर्णतया फायदा हुआ। यह संदेश वे दूसरों को भी देना चाहते थे। सौरव और सुरभि को भी शांति कुंज पसंद आने लगा।

पिता और पुत्र फूल और बगीचों को बढ़ावा व प्रोत्साहन देने की चर्चा कर रहे थे। लोगों को फूल-पौधे.पसंद तो थे, लेकिन वे मेहनत नहीं करना चाहते थे। वे हर प्रकार की कठिनाइयाँ सुनाते थे—फ्लैट्स में बगीचे के लिए जगह नहीं है, शहरों में माली नहीं मिलते; पौधशालाओं का अभाव है; समय नहीं मिलता और खर्चा उनके बस का नहीं है।

विशाल ने कहा कि यह सब बकवास है। सच तो यह है कि उनके मन में इच्छा और दृढ़ता नहीं है। हमें इस ओर ध्यान देना चाहिए।

सौरव ने कहा, ''आजकल लोग आइसक्रीम का कप फूल के गमलों से ज्यादा पसंद करते हैं।''

विशाल उच्च पद से निवृत्त हुए थे। उनकी जान-पहचान शहर के 'मेयर' और बड़े-बड़े अधिकारियों से थी। उन्होंने विशिष्ट अधिकारियों को शांति कुंज आने का आमंत्रण दिया। वाटिका को देखकर सबकी आँखें चकाचौंध हो गईं। मेयर ने गंगादीन से शहर में आने के लिए निवेदन किया। सार्वजनिक बगीचों की दशा खराब थी और वे चाहते थे कि उनमें सुधार हो। उनका कहना था कि हरियाली, फूल-पौधे और स्वच्छ हवा का आनंद आम आदमी तक पहुँचना चाहिए।

शहर में कुछ पौधशालाएँ और फूल बेचनेवाले व्यापारी थे। उन्होंने पूरा फायदा उठाया और अपनी आमदनी दुगनी कर ली। उन्हें फूल-पौधे, बीज सस्ते दाम पर मिल रहे थे। रेहड़ीवालों ने खूबसूरत गमलों में पौधे लगाए और बेचना शुरू कर दिया। खरीदारों की संख्या बढ़ने लगी। गंगादीन ने ठीक ही कहा था, 'दो साल के बाद बगीचा अपना पूरा खर्चा निकाल लेगा।' विशाल की चिंता दूर हो गई।

एक दिन शाम को सौरव और सुरभि बच्चों के साथ पार्टी में जा रहे थे। रास्ते में वे एक फूल बेचनेवाले की दुकान पर रुके। उन्होंने एक सुंदर सा गुलदस्ता खरीदा। दुकान के बोर्ड पर लिखा था—गंगादीन इंटरप्राइज। सरिता हँसने लगी, ''हमने अपने ही फूल खरीद लिये।''

सरिता ने यह बात गंगादीन को हँस-हँसकर बताई। गंगादीन ने सरिता से कहा, ''अच्छा है कि लोग फूलबाड़ी में दिलचस्पी ले रहे हैं। यह ही मेरे जीवन का लक्ष्य है।''

एकाएक सरिता बोली, ''आप मुझे मधुमक्खियों को अपने पास बुलाना कब सिखाएँगे?''

''क्या करोगी सीखकर?''

''वही जो आपने किया था। मैं भी कभी पिकनिकवालों की सहायता कर सकूँगी। चाचा, यह काम सबको क्यों नहीं आता?''

''क्योंकि यह काम मुश्किल और खतरनाक है। अगर मधुमक्खियाँ काटना शुरू कर दें तो जान भी जा सकती है।''

''फिर आपको क्यों नहीं काटतीं?''

''मेरा और इनका बहुत पुराना संबंध है या यों समझो कि दोस्ती है। जब मैं

इन्हें बुलाता हूँ तो मेरे पास आ जाती हैं और जब जाने को कहता हूँ तो चली जाती हैं।''

''मैं भी इनके साथ दोस्ती करना चाहती हूँ। सिखाइए न!''

''देखो, इसके लिए तुम बहुत छोटी हो और इसमें सालोसाल का अभ्यास करना पड़ता है।''

''ठीक है, जब मैं बड़ी हो जाऊँगी तब सिखा दीजिएगा।''

वाटिका का तीसरा वर्ष लाभदायक और सुखदाई था। शहर के चार बगीचों में फूलों का प्रदर्शन और समारोह हुआ। जनसाधारण को एक नई दिशा मिली और उनके हृदय में फूल-पौधे उगाने की इच्छा जाग्रत् हुई। लोगों ने अपने घर के छज्जों पर फूल और पौधों के गमले लगाए। टी.वी. और जन-संचार माध्यम ने बागवानी को प्रोत्साहन दिया। विशाल नायक और गंगादीन को ख्याति प्राप्त हुई।

शांति कुंज में संवाददाताओं की भीड़ लगने लगी। गंगादीन उनसे अलग रहता था, किंतु विशाल और वनिता पूरी जानकारी देते थे। वे उन्हें रोगों से मुक्त एक आदर्श जीवन के बारे में बताते थे।

गंगादीन का काम और सपना पूरा हो गया था। तीसरे वर्ष के अंतिम दिनों में उसने विशाल नायक को बताया कि कुछ ही दिन बाद वह वहाँ से चला जाएगा। दोनों मजदूर काम सीख गए हैं, वे माली बन गए हैं और बगीचा चला सकते हैं।

विशाल को झटका लगा। वे सोच भी नहीं सकते थे कि गंगादीन उन्हें छोड़कर कहीं और जाएगा। उन्होंने सौरव को यह बात बताई, ''यह अजीब सी घटना है; हमें उसकी जरूरत है। उसके बिना वाटिका नहीं चल सकती। किसी-न-किसी तरह हमें उसे रोकना होगा।''

''एक बात बताइए, आपने यह कैसे सोच लिया कि वह जिंदगी भर आपके बगीचे में काम करेगा?''

विशाल थोड़ी देर के लिए चुप रहे, ''मैं मानता हूँ कि यह मेरी गलती है, लेकिन उसे यहाँ रहना पड़ेगा। शहर के चारों बगीचे ठप पड़ जाएँगे। जो लोग हम से फूल-पौधे खरीदते हैं, उनको हम क्या मुँह दिखाएँगे? मेयर और अन्य अधिकारियों को हम क्या जवाब देंगे? जिम्मेदारी कौन लेगा?''

''आप लेंगे। आप अपने को विशेषज्ञ समझते थे। आपने तीन साल तक उसका काम देखा है।''

''वह तो ठीक है, लेकिन इतना सारा काम मेरे बस का नहीं है। उसे एक-

दो साल और यहाँ रहना चाहिए, तब तक हम किसी और को ढूँढ़ लेंगे। उसे रोकने के लिए हमें कुछ करना पड़ेगा। हम उसे मुँह-माँगे पैसे दे सकते हैं, लेकिन रोना यह है कि उसे पैसों की लालच नहीं है। हम उसके लिए बढ़िया मकान बनाकर दे सकते हैं, लेकिन उसे इन चीजों का शौक नहीं है और न ही आराम का। तुम उससे बात करके देखो, आखिर वह चाहता क्या है ? कहीं हमने उसकी भावनाओं को ठेस तो नहीं पहुँचाई ?''

वनिता बोली, ''मैं गंगादीन का आदर करती हूँ, फिर भी अगर मुझसे कोई गलती हुई हो तो मैं माफी माँग लूँगी।''

सरिता ने कहा, ''मैं चाचा को जाने नहीं दूँगी।''

सौरव मुसकराया। उसकी मुसकान उसके पिता को अच्छी नहीं लगी। गंगादीन का जाना एक गंभीर समस्या थी। विशाल नाराज होकर बोले, ''मुझे लगता है कि तुम उसके जाने से खुश हो।''

''जी हाँ।''

''अजीब बात है ! क्या तुम्हें उसके साथ कोई हमदर्दी नहीं है ? क्या तुमने कभी सोचा है कि वह क्या करेगा और कहाँ जाएगा ?''

''वहीं जाएगा, जहाँ से आया था।''

सौरव की बेरुखी बातें किसी को पसंद नहीं आईं। सभी होंठ दबाकर, नाराजगी से उसे देख रहे थे। सरिता चिल्लाई, ''आप चाचा के बारे में ऐसा कैसे कह सकते हैं ?''

कमरे का वातावरण विचित्र सा हो गया और सब चुप बैठे थे। कुछ देर बाद सौरव ने कहा, ''मैं आप सब की नाराजगी समझ रहा हूँ, लेकिन आप लोगों को उस माली के बारे में कुछ पता नहीं है। अगर आप उसकी कहानी सुनेंगे तो आप भी अपने विचार बदल देंगे।''

''ठीक है, सुनाओ।''

गंगादीन एक अच्छे, पढ़े-लिखे, जमींदार परिवार का सदस्य है। अंग्रेजों ने उसके स्वर्गीय पिता को 'रायबहादुर' की पदवी दी थी। उसके तीन भाई और दो बहनें हैं और वह सबसे छोटा है। सबसे बड़ा भाई दो दुकानें और खेती सँभालता है; शेष दोनों भाइयों में से एक डॉक्टर है और दूसरा इंजीनियर। बहनों की अच्छे परिवार में शादी हो चुकी है। स्कूल से उत्तीर्ण होने के बाद उसने कॉलेज में कृषि-विज्ञान पढ़ने की इच्छा प्रकट की। बड़े भाई को यह प्रस्ताव पसंद आया, उन्हें कृषि सँभालने के

लिए सहायता की जरूरत थी। अतः पढ़ाई के लिए उसे शहर भेज दिया गया।

गंगादीन कृषि-विज्ञान में डिग्री प्राप्त करने के बाद अपने कस्बे रामबाग वापस चला गया। लेकिन भाइयों की अपेक्षा पूरी नहीं हुई। उसे खेती में कोई दिलचस्पी नहीं थी। उसकी रुचि फूल-पौधों में थी। बड़े भाई ने उसे समझाया, 'देखो, इस छोटे से कस्बे में तुम्हें फूलों का कोई खरीदार नहीं मिलेगा। अपने शौक के खातिर घर के बगीचे में तुम फूल-पौधे लगा सकते हो, लेकिन कमाई अनाज की खेती पर निर्भर रहेगी। इसलिए तुम फार्म पर जाना शुरू कर दो।'

परंतु गंगादीन अपनी ही जिद पर अड़ा रहा। दिन-रात वह अपने कमरे में फूल-पौधों के बारे में किताबें पढ़ता रहता था और फार्म कभी नहीं गया। उसके भाई उसे आलसी और नालायक कहकर उसका मजाक उड़ाने लगे। केवल माँ उसकी वेदना को समझती थी।

गंगादीन मायूसी में दिन काटता था और अपने कमरे में पड़ा रहता था। भाइयों ने सोचा कि शादी से वह सुधर जाएगा। उसका विवाह एक कुलीन परिवार की कन्या से हुआ। एक साल के बाद उसे लड़की पैदा हुई, लेकिन उसके स्वभाव में कोई परिवर्तन नहीं आया।

उधर माँ अपने सबसे छोटे पुत्र के कारण चिंतित थी। उन्होंने पूछा—

"तुम्हारी तबीयत तो ठीक है?"

"ठीक है।"

"तुम्हारी और बहूरानी की कैसी पट रही है?"

गंगादीन ने हँसकर कहा, "बिलकुल अच्छी, बढ़िया।"

"फिर तुम्हें हो क्या गया है?"

"माँ, मैं कैसे बताऊँ? भाई लोग समझते ही नहीं। देखो माँ, मैं अपनी जिंदगी में कुछ करना चाहता हूँ और वह मुझे करने नहीं दिया जा रहा है। बड़े भाई के कथन से मैं सहमत हूँ, यहाँ फूल कोई नहीं खरीदेगा। लेकिन यह काम मैं शहर में कर सकता हूँ। आजकल लोग फूलों का निर्यात विदेशों में करते हैं। अनाज की खेती परंपरागत है। मैं नया काम करना चाहता हूँ। उससे पहले मैं देखना चाहता हूँ कि मुझमें योग्यता है या नहीं।"

"तुमने इस बारे में अपनी पत्नी से बात की?"

"वह राजी है।"

"अगर तुम सफल नहीं हुए तो क्या करोगे?"

"मैं वापस आ जाऊँगा। सुनो माँ, जो काम मैं करना चाहता हूँ, उसमें कई

मुश्किलें पेश आएँगी और मैं उन्हें जानता हूँ। शहर में मुझे इस काम के लिए कोई दो एकड़ जमीन आसानी से नहीं देगा। कामयाबी के लिए कम-से-कम तीन साल की कड़ी मेहनत करनी पड़ेगी और मेरी पत्नी को अकेला रहना पड़ेगा। वह इस कुरबानी के लिए तैयार है।

मेरा कहना यह है कि प्रयत्न तो करके देखूँ कि मुझमें कितना दम है? अगर मैं असफल रहा तो छह महीने के अंदर वापस आ जाऊँगा और तब मैं खेती पर पूरा ध्यान दूँगा। देखो माँ, गेहूँ, धान की खेती सरल है, इसमें किसी विशेष ज्ञान की आवश्यकता नहीं है। लेकिन फूलों का उत्पादन कठिन है। इस विषय पर मैंने कई साल पढ़ाई-लिखाई में लगा दिए हैं। जरा कोशिश करके तो देखूँ! एक बात और, मैं आलसी नहीं हूँ। जब एक बार ठान लेता हूँ तो उसे करके ही छोड़ता हूँ।''

माँ ने तीनों बड़े लड़कों से बातचीत की। उनसे कहा, ''अगर छुटकू को बागवानी का शौक है तो इसमें खराबी क्या है? तुम्हें समझना चाहिए कि उसके विचार तुम लोगों से अलग हैं। बचपन से ही उसे फूल, पक्षी और जानवर पसंद हैं। उसकी रुचि उनमें है और वे एक-दूसरे को समझते हैं। अरे, उसे तो मधुमक्खियाँ भी नहीं काटतीं। जानते हो, क्यों? मैं बताती हूँ, मधुमक्खियों को मालूम है कि एक दिन वह उनके लिए फूलों का वन बनाएगा।''

बड़े भाई ने कहा, ''वह सब तो ठीक है। मैं तो सिर्फ इतना कहना चाहता हूँ कि छुटकू का बचपना अभी तक नहीं गया है। वह अभी भी खयालों में रहता है और उसे दुनियादारी समझ में नहीं आ रही है। ख्वामखाह अपना समय बरबाद करेगा। बागवानी में उसे सफलता नहीं मिलेगी।''

''और अगर वह सफल हो गया तो...''

''तो विजय उसकी होगी और हम सबको खुशी होगी। माँ, एक बात कहूँ, छुटकू है बड़ा जिद्दी।''

''तुम्हारे पिताजी कुछ कम थे?''

''ठीक है तो उसे अपनी मनमरजी कर लेने दो।''

गंगादीन शहर पहुँचा और अपने कॉलेज के दोस्त के यहाँ ठहरा। उसने बगीचों के मालिकों और जमींदारों से मुलाकात की। किसी ने उसे दो एकड़ जमीन नहीं दी। उसने दोस्त से साइकिल माँगी और शहर के बाहरी इलाकों तथा गाँवों में जमीन के लिए चक्कर लगाना शुरू कर दिया। उस रोज, जब हम पिकनिक पर गए थे और मधुमक्खियाँ हमें परेशान कर रही थीं, हमारी मुलाकात आकस्मिक थी। इसके बाद

की घटनाओं से आप लोग अच्छी तरह परिचित हैं। अब आप ही बताइए, ''गंगादीन को घर जाना चाहिए या नहीं ?''

विशाल ने बेसब्री से कहा, ''क्यों नहीं ? उसे अवश्य जाना चाहिए। बेचारा तीन साल से अपने परिवार, पत्नी और बच्ची से नहीं मिला है।''

सौरव हँसने लगा, ''आप लोग मुझ पर नाराजगी क्यों दिखा रहे थे ?''

''इसलिए कि हमें कुछ मालूम नहीं था। अच्छा, यह बताओ कि तुम्हें यह सब पता कैसे चला ?''

''आपने उसे जल्दबाजी में काम पर लगा लिया था और उसने भी तत्काल काम शुरू कर दिया, बिना किसी मोल-भाव के। मुझे विचित्र सा लग रहा था—कहीं वह कोई साजिश तो नहीं खेल रहा है ? एक दिन जब वह बाहर गया था, मैं उसकी झोंपड़ी के अंदर घुसा और वहाँ मैंने कुछ चिट्ठियाँ देखीं। मैंने उन्हें पढ़ा और उसके घर का पता नोट कर लिया। उसके बाद मैं रामबाग गया और उसके परिवार से मिला। वास्तव में वह खानदान बहुत अच्छा है। उसकी माँ आदरणीया हैं और सभी लोग सदाचारी हैं। उसकी पत्नी सुशील है और लड़की बहुत प्यारी है। मुझे वे लोग बेहद पसंद आए। मैं हर छह महीने बाद वहाँ जाता रहा हूँ, जाना जरूरी था; क्योंकि वे लोग गंगादीन के बारे में जानने को उत्सुक रहते थे और उसने निर्णय लिया था कि वह सफल होने के बाद ही घर लौटेगा। जब मैं उन्हें गंगादीन की सफलता की बातें बताता था तब वे बहुत खुश होते थे।''

''राय बहादुर का बेटा जो है,'' उसकी माँ ने कहा था।

''और हमारा भाई भी। हम शहर के पास उसके लिए दस एकड़ जमीन खरीद देंगे।''

सौरव ने बताया कि गंगादीन कुछ ही समय के लिए रामबाग जा रहा है और वह जल्दी ही वापस आएगा। हमारा कोई नुकसान नहीं हुआ है। हमें एक अच्छा दोस्त मिल गया है और बागवानी का विशेषज्ञ। लेकिन अगली बार से वह झोंपड़ी में नहीं, बल्कि हमारे साथ रहेगा। यह सुनकर सरिता बहुत खुश हुई। हर्ष-उल्लास से वह नाचने लगी और उसने कहा कि चाचा मेरे कमरे में रहेंगे।

उसने पूछा, ''गंगा चाचा की लड़की का नाम क्या है ?''

''कुसुम।''

सौरव ने कहा, ''गंगादीन को मालूम नहीं है कि मैं उसके घर जाता रहा हूँ। आप लोग भी उसे कुछ बताइएगा नहीं। जाते समय हम उसे चकित कर देंगे।''

सुरभि ने कहा, ''आश्चर्य की बात है ! तीन साल बीत गए हैं और आपने मुझे कुछ नहीं बताया?''

''जासूसी इसी को कहते हैं।''

जाने के दिन सवेरे नौ बजे गंगादीन शांति कुंज पहुँचा। उसने अच्छे कपड़े पहने थे और उसका रूप अलग सा दिख रहा था।

विशाल ने कहा, ''तुम जा रहे हो, इसका हमें बड़ा खेद है। हम हमेशा तुम्हारी याद करते रहेंगे। जब चाहो, तुम वापस आ सकते हो।''

गंगादीन ने उत्तर दिया, ''मुझे जरूरी काम है, इसलिए जा रहा हूँ। मुझे खुशी है कि मैं अपने काम में सफल हुआ, लेकिन मेरा काम खत्म नहीं हुआ है।''

सुरभि ने खाने के पदार्थ और चाय की प्याली गंगादीन के सामने रखी। इस बार बड़े चाव से उसने खाया और पीया।

विशाल ने उसे एक बड़ा लिफाफा दिया, जिसमें नोट भरे थे, ''यह तुम्हारी कमाई है।''

''मुझे पैसों की कमी नहीं है।'' उसने सिर्फ ५०० रुपए लिये और कहा, ''यह टिकट और राह खर्च के लिए काफी हैं।''

सौरव ने कहा, ''तुम्हें टिकट लेने की आवश्यकता नहीं है। मैं तुम्हें गाड़ी से रामबाग छोड़ दूँगा।''

गंगादीन को अचरज हुआ—सौरव को उसके ठिकाने का पता कैसे चला? वह चकित तो तब हुआ जब सरिता ने उसे अपनी चित्रकारी की पुस्तक दी और कहा, ''यह कुसुम के लिए है।''

उसने कहा, ''लगता है, आप लोगों ने मेरे बारे में पता लगा लिया है।''

विशाल ने कहा, ''सौरव बीच-बीच में तुम्हारे घर जाता रहा था और उन्हें खबर देता रहता था। लेकिन उसने हमें कुछ भी नहीं बताया; हमें कल ही पता चला। अब तुम चलो, रामबाग में सभी तुम्हारी प्रतीक्षा कर रहे हैं।''

विदाई देने के लिए सब बाहर निकले। गाड़ी में बैठने से पहले सरिता ने कहा, ''गंगा चाचा, अगली बार जब आप आएँगे तब मेरे पापा को अपने मुँह पर मधुमक्खियाँ बुलाना सिखा दीजिएगा।''

''वह किसलिए?''

''आपके ऊपर जासूसी करने के लिए।''

□

२

गोदावरी

बस में बैठे लगभग ३० यात्री अचानक एक असामान्य घटना से घबरा गए थे। उनके सामने सड़क पर एक वृक्ष गिरा पड़ा था और चालक को बस रोकनी पड़ी। यह सुनसान इलाका स्फटिक शिला से १० कि.मी. दूर, चित्रकूट से गुप्त-गोदावरी जानेवाली सड़क पर था। आस-पास कोई बस्ती नहीं थी। यह इलाका डकैतों के लिए बदनाम था और डाकू यात्रियों को लूटकर भाग जाते थे। बस के चालक और संवाहक ने यात्रियों से कहा कि वे जल्दी से उतरें और पेड़ को घसीटकर एक तरफ कर दें, ताकि बस आगे बढ़ सके।

यात्री उतरे ही थे कि उन्हें दूसरा भयानक दृश्य देखना पड़ा। चार घुड़सवार, जिनके हाथों में बंदूकें थीं, उनकी ओर दौड़े आ रहे थे। वे घबराकर एक-दूसरे के पास सिमट गए। दो डाकू घोड़े से उतरे और यात्रियों के सामने दो झोलियाँ रख दीं। डरते-काँपते हुए, बिना कुछ कहे उन्होंने नकदी, घड़ियाँ और अँगूठियाँ झोलियों में डाल दीं। डाकुओं ने झोलियाँ उठाईं और यात्रियों को पेड़ हटाने की अनुमति दे दी।

पेड़ हटाने के बाद यात्री बस में सवार होने की तैयारी कर रहे थे। उनमें कुछ महिलाएँ भी थीं। डाकुओं ने चार जवान लड़कियों को अलग कर लिया। सरदार ने संवाहक को बताया कि वापसी में लड़कियों को इसी स्थान से ले जाएँ। यह सुनकर एक युवती चिल्लाई जिसने नौ गज की धोती पहनी हुई थी—"यह घोर अत्याचार है।"

चारों लड़कियाँ चीख उठीं, "हम इसे सहन नहीं करेंगे।"

एक नवयुवक ने आवाज उठाई, "जय दुर्गे!"

सारे यात्रियों ने मिलकर एक साथ हाँक लगाई, ''हर-हर महादेव!''

इससे पहले घोड़ों ने ऐसी चीख कभी नहीं सुनी थी। वे बिदके; उन्होंने हिनहिनाना, उछलना, कूदना और दुल्लत्ती मारना शुरू कर दिया। दो डाकू, जो झोली लेकर उतरे थे, उन्हें फिर से घोड़ों पर सवार होना कठिन हो गया। इसे देखकर यात्रियों का हौसला बढ़ा और उन्होंने पत्थर उठाकर मारना शुरू कर दिया। घोड़े और चमके; डाकू उन पर काबू पाने में जुट गए और मुश्किल से सवार हो सके। इसी बीच, वे झोलियाँ गिर गईं, जिनमें उन्होंने लूट इकट्ठा की थी। एकाएक सरदार का घोड़ा पीछे मुड़ा और उसने तीव्र गति से दौड़ना शुरू कर दिया; बाकी तीनों घोड़े भी उसी दिशा में भाग खड़े हुए। यात्रियों को छुटकारा मिला और उन्होंने ठंडी साँस ली। उनके जाने का रास्ता खुल गया था।

यात्री बस में चढ़ने लगे। उनमें से कुछ लोग बस चलने से पहले अपना लूटा हुआ सामान वापस लेना चाहते थे। नेतृत्व करनेवाली महिला ने कहा, ''यहाँ नहीं, बस को चलने दीजिए, हम आराम से सामान ले लेंगे।''

चित्रकूट प्रसिद्ध धार्मिक स्थान है। यहाँ राम, सीता और लक्ष्मण ने वनवास के ग्यारह साल बिताए थे। यहाँ से निजी बसें यात्रियों को स्फटिक शिला, माँ अनसूया के आश्रम और गुप्त-गोदावरी ले जाया करती हैं। स्फटिक शिला सबसे पहले आता है। मंदाकिनी नदी यहाँ से बहते हुए चित्रकूट चली जाती है। नदी का प्रवाह मंद है और जल स्वच्छ। तटों पर लगे हुए अर्जुन और अन्य वृक्ष अपनी छाया से पानी को शीतलता और नील वर्ण प्रदान करते हैं। प्रवाह के बीच में संगमरमर की शिलाएँ चमकती रहती हैं। जानकी को इस एकांत और रमणीय स्थान पर नहाना पसंद था। तीनों प्रतिदिन प्रातः यहाँ आया करते थे। सीता संगमरमर की चट्टान पर बैठकर नहाती थीं; पास ही एक ऊँची शिला पर बैठकर रामचंद्र उनके सौंदर्य और रूप-रंग का समादर करते थे और लक्ष्मण दूर से रखवाली करते थे। एक दिन एक कौवा सीता के सौंदर्य पर मुग्ध होकर काँव-काँव करने लगा। सीता ने अनेक प्रयत्न किए, लेकिन कौवा भाग ही नहीं रहा था। रामचंद्र को क्रोध आया; उन्होंने बाण मारकर कौवे को एक आँख से अंधा कर दिया। प्राचीन काव्य-परंपरा के अनुसार कौवे तब से आज तक, गरदन मरोड़कर एक ही आँख से देखते हैं।

माँ अनसूया का आश्रम अगला स्थान है। यह घने जंगलों के बीच स्थित है। यहीं से मंदाकिनी नदी बहना आरंभ करती है। श्रद्धालुओं ने यहाँ एक सुंदर मंदिर बनाया है। जगह बिलकुल शांत है; यहाँ कोई आबादी नहीं है और आज तक इसे

मानव समुदाय ने दूषित भी नहीं किया है।

गुप्त गोदावरी यात्रा की अंतिम दर्शनीय जगह है। कहावत है कि दक्षिण से गोदावरी गंगा से मिलना चाहती थीं। उन्होंने धरातल के नीचे से अपना रास्ता निकाला और यहाँ तक पहुँच गईं, किंतु इससे आगे नहीं जा सकीं। यहाँ पहुँचकर वह गुप्त हो गईं। आश्चर्य की बात है कि साल भर पानी गुफाओं में उमड़ता रहता है, लेकिन इसके बाद पानी कहाँ जाता है, यह किसी को मालूम नहीं। यात्री प्रकृति के इस रहस्य को देखकर चकित हो जाते हैं।

दुर्घटना के बाद यात्रियों की शेष यात्रा सुखद रही। उनके सामने कोई रुकावट या समस्या नहीं आई। वे बस में सामूहिक भजन गाकर अपना समय व्यतीत कर रहे थे। उन चार लड़कियों में से दो भजन अच्छा गाती थीं। डरावने प्रसंग के बाद यात्रियों में एकता जाग्रत् हो गई थी। उनके हृदय में लड़कियों के प्रति आदर की भावना उत्पन्न हो गई थी। सभी अकसर मुड़-मुड़कर लड़कियों की तरफ देखते थे। विश्राम के समय वे उनसे जान-पहचान करने का प्रयास करते थे। उनकी दृष्टि विशेष रूप से नेतृत्व करनेवाली महिला पर थी। उसका नाम था—गोदावरी।

गोदावरी और तीन लड़कियाँ इलाहाबाद में क्रास्थवेट कॉलेज के प्रशिक्षण केंद्र में पढ़ रही थीं। छुट्टी के दिनों में उन्होंने चित्रकूट जाने का निर्णय लिया था। इस दुर्घटना ने उन्हें जिगरी दोस्त बना दिया।

कलावती ने गोदावरी से पूछा, "तुम में इतना साहस कहाँ से आया?"

"मुझे एकाएक अहिल्या की याद आ गई थी।"

"अहिल्या को गौतम ऋषि ने शाप देकर पत्थर बना दिया था। उनका इस घटना से क्या संबंध है?"

"मैं उस अहिल्या की बात नहीं कर रही हूँ, जो इंद्र-जाल में फँसकर विवश हो गई थी, और जिसे श्रीराम ने मुक्त कर दिया था। मुझे निष्ठा और प्रेरणा दूसरी अहिल्या ने दी थी—इंदौर की अहिल्याबाई होलकर! सन् १७५४ में उनके पति खंडे राव की मृत्यु हो गई थी और वे युवा अवस्था में विधवा बन गई थीं। उनका पुत्र, मल राव छोटा सा बालक था और अहिल्याबाई न्यासी के रूप में अपना उत्तरदायित्व सँभाल रही थीं। कुछ साल बाद मल राव का देहांत हो गया और राज्य बिना पुरुष उत्तराधिकारी की दशा में पहुँच गया। पूना के पेशवा रघुनाथ राव ने राज्य पर अधिकार जमाने की कोशिश की और अहिल्याबाई को युद्ध की धमकी दी। किंतु वह निर्भीक नारी अपने सिद्धांतों पर अडिग रही और डरी नहीं। उसने महिलाओं की सेना तैयार

की और उन्हें प्रशिक्षण दिया। उसने रघुनाथ राव को चूड़ियाँ भेजीं और युद्ध के लिए ललकारा।

"भाग्यवश वह युद्ध हुआ नहीं। स्त्री-सेना से लड़ना मर्द-मराठा के अभिमान के प्रतिकूल था और मराठा सरदार युद्ध के लिए राजी नहीं हुए। रघुनाथ राव को विवश होकर चुप बैठना पड़ा। यह घटना मराठा इतिहास में व्यंग्य के रूप में अंकित हो गई है।

वास्तविकता में अहिल्याबाई धर्मपरायण स्त्री थीं। उन्होंने पूरा जीवन मंदिर, कूप, सड़क, घाट, पाठशाला आदि बनाने में बिता दिया। मैं तुम्हें यह बताना चाहती हूँ कि जब समय आया तब वह बिलकुल नहीं घबराईं। जब मुझे उनकी याद आई तब मैं भी चीख पड़ी।"

गायत्री ने कहा, "स्त्री योनि में जन्म होना सबसे बड़ी विपदा है। लोग हमारी कमजोरियों का पूरा फायदा उठाते हैं।"

गोदावरी ने मुसकराकर कहा, "वह इसलिए होता है कि हम सहन कर लेती हैं।"

यात्रा के दौरान चारों लड़कियाँ नारी समाज की लाचारी और उनके प्रति होने वाली बर्बरता पर चर्चा कर रही थीं। गोदावरी उनसे सहमत थी। उसने जोर देकर कहा कि हममें से कुछ को नारी समाज के उद्धार के लिए अपना जीवन अर्पण करना चाहिए।

गोदावरी का जन्म मध्य प्रदेश के होशंगाबाद शहर में हुआ था। उनके पिता सड़क बनाने के छोटे-मोटे ठेके लिया करते थे। उनकी आर्थिक दशा ठीक नहीं थी। उनके पास व्यावसायिक योग्यता नहीं थी और उनकी विरासत धीरे-धीरे खत्म हो रही थी। वह अपने बच्चों से कहा करते थे कि वे इन धंधों से दूर रहें तथा शिक्षा की ओर ध्यान दें। मुकुंद, गोदावरी और गंगू को घर की दशा भली-भाँति मालूम थी और वे समझ रहे थे कि उनको अपने पाँवों पर खड़ा होना होगा।

पुत्र और दोनों लड़कियाँ साधारण मध्यम वर्ग के परिवार में पल-बढ़ रहे थे। वे सारा काम-काज खुद करते थे और हर तरह से माँ की सहायता करते थे। मन लगाकर पढ़ाई करते थे। पढ़ने में गोदावरी सबसे तेज थी। उसकी विशेष रुचि संस्कृत में थी। स्कूल के दिनों में वह पद लिखती थी। एक बार मंदिर समारोह में, जहाँ शंकराचार्य उपस्थित थे, गोदावरी ने अपनी कविताएँ सुनाईं। धर्मगुरु उससे बहुत प्रसन्न हुए और उसे आशीर्वाद दिया।

सन् १९१५ में वामन राव की अचानक मृत्यु हो गई। घर चलाने की जिम्मेदारी मुकुंद पर आ पड़ी। बी.ए. पास करने के बाद उसने प्रयाग में अध्यापक की नौकरी प्राप्त कर ली और माँ के साथ वहाँ चला गया। इसी बीच गोदावरी और गंगू उच्च शिक्षा के लिए मुंबई चले गए।

अब भड़कमकर परिवार का होशंगाबाद से संबंध टूट गया। लेकिन आगे जब कभी वे मिलते थे, अपने बचपन की नगरी को हमेशा याद करते थे। उन्हें नर्मदा नदी सदा याद आती थी। वे हर रोज नदी पर नहाने जाया करते थे। उनकी पसंद की जगह थी—अहिल्या घाट और उन्हीं का बनाया मंदिर।

स्वतंत्रता संग्राम में पं. मदन मोहन मालवीयजी का बहुत ऊँचा स्थान है। उनकी गणना केवल रवींद्रनाथ टैगोर और गांधीजी के साथ की जा सकती है। बीसवीं शताब्दी के प्रारंभ में उन्होंने राजनीतिक आंदोलन से अलग होकर शिक्षा की ओर ध्यान दिया। देश में स्कूल, कॉलेज और विद्यालयों की प्रणाली अंग्रेजों ने ईस्ट इंडिया कंपनी के समय से शुरू की थी। ऐसी सँस्थाएँ केवल बंबई, मद्रास और कलकत्ता तक सीमित थीं। इन तीनों प्रदेशों में विश्वविद्यालय थे, लेकिन शेष भारत में एक भी नहीं था।

मालवीयजी निष्ठावान हिंदू थे। उन्होंने विश्वविद्यालय बनाने के लिए काशी को चुना, जो प्राचीन काल से विद्या की राजधानी थी। उन्होंने लड़कों और लड़कियों के लिए स्कूल खोले, मगर वह केवल शुरुआत थी। उनका लक्ष्य विश्वविद्यालय बनाने का था। वह रामनगर के महाराजा से मिले। राजा ने उन्हें अस्सी के पास बहुत सी जमीन मुफ्त में दे दी। उन्होंने देश के राजा-महाराजा और व्यापारी समाज से धन इकट्ठा किया। निर्माण कार्य शीघ्र ही शुरू हो गया और पढ़ाई सन् १९१६ से आरंभ हो गई।

उन दिनों लड़कियों की शिक्षा चिंता का विषय था। स्कूल में लड़कियों को भेजने के लिए माता-पिता तैयार नहीं थे। अजीब सी बात थी कि शक्ति और देवियों के उपासक कन्याओं की शिक्षा के विरुद्ध थे! सीमित परिवारों की बहुत कम लड़कियाँ पढ़ने जाती थीं। वह लड़कियों के लिए विश्वविद्यालय में कॉलेज खोलना चाहते थे; किंतु वास्तविकता यह थी कि स्कूल में पढ़ने के लिए बहुत कम लड़कियाँ जाया करती थीं और स्कूल केवल मिडिल क्लास तक के थे। इस दशा में कॉलेज कौन जाएगा? मालवीयजी को स्कूल चलाने और उसका विस्तार करने के लिए तत्काल किसी कर्मठ प्राध्यापिका की आवश्यकता थी। उन्होंने देश के प्रमुख समाचार-पत्रों में इस पद के लिए विज्ञापन भेजे।

गोदावरी ने मुंबई विश्वविद्यालय से संस्कृत में एम.ए. पास कर लिया था और काम ढूँढ़ रही थी। उसने बनारस में प्राध्यापिका का विज्ञापन पढ़ा और अपना आवेदन-पत्र भेज दिया। उसे जल्द ही इंटरव्यू के लिए बुलाया गया। उसका इंटरव्यू अद्‌भुत और रोचक था। मालवीयजी ने कुछ वर्ष पहले गोदावरी का नाम शंकराचार्य से सुना था। उन्होंने कहा था कि होशंगाबाद में उनकी भेंट एक तेजस्विनी लड़की से हुई थी, जो संस्कृत में कविता लिखती है।

"क्या तुम कभी धर्मगुरु शंकराचार्य से मिली हो?"

"जी हाँ। मैंने उन्हें अपनी कविताएँ सुनाई थीं।"

इस प्रश्नोत्तर के बाद मालवीयजी और गोदावरी आधे घंटे तक संस्कृत में वार्त्ता करते रहे। समिति के सारे सदस्य चुप बैठे थे; उन्हें संस्कृत नहीं आती थी। मालवीयजी ने गोदावरी से अनेक प्रश्न पूछे—उसके परिवार, आदर्श, आकांक्षाओं और नारी शिक्षा के विषय पर। मालवीयजी पूर्णतया प्रभावित हुए और गोदावरी को नौकरी मिल गई। किंतु मालवीयजी ने सलाह दी कि काम शुरू करने से पहले वह टीचर्स ट्रेनिंग कोर्स कर ले। इसी कारण गोदावरी इलाहाबाद में क्रास्थवेट कॉलेज पहुँची थी।

स्फटिक शिला की घटना का परिणाम गोदावरी के लिए लाभदायक निकला। तीनों लड़कियों ने उनके स्कूल में काम करने की इच्छा प्रकट की। गोदावरी ने कहा, "देखो, हमारा छोटा सा स्कूल है, हम तुम्हें ज्यादा वेतन नहीं दे सकेंगे।" कलावती, गायत्री और सुधा बोलीं, "हमें उसकी चिंता नहीं है। हम सम्मान से जीना चाहती हैं और नारी-समाज के लिए अपना योगदान देना चाहती हैं।"

गोदावरी प्रसन्न हुई; एक छोटे से मिडिल स्कूल में तीन ट्रेंड टीचर्स का होना गौरव की बात थी।

हट्टा-कट्टा नवयुवक, जिसने 'जय दुर्गे' का नारा लगाया था, उसने भी सेवा करने का अनुरोध किया।

"हमारा लड़कियों का स्कूल है; तुम वहाँ क्या करोगे?"

"मैं आप लोगों की रक्षा करूँगा और स्कूल में किसी प्रकार की गड़बड़ी नहीं होने दूँगा।"

गोदावरी को इसकी आवश्यकता थी। वे स्कूल में सुरक्षा के प्रबंध से खुश नहीं थी। जवाहर को काम पर रख लिया गया। वह अपने जीवन के अंत तक वहीं रहा और उसके काल में सुरक्षा संबंधित कोई शिकायत नहीं आई।

बस के चालक और संवाहक ने भी कामकाज के लिए अनुरोध किया, लेकिन

उस समय उनकी जरूरत नहीं थी।

तीस वर्ष का एक युवक गोदावरी से विशेष प्रभावित हुआ था। यात्रा के समय वह लड़कियों के पीछेवाली सीट पर बैठा था और उनकी बातें सुन रहा था। गुप्त-गोदावरी पहुँचने पर उसने कहा, "मेरा नाम सुरेश अस्थाना है। मैं डिग्री कॉलेज में अकाउंट क्लर्क हूँ। मैं इलाहाबाद का रहनेवाला हूँ और हर तरह से खुश हूँ, किंतु अगर हो सके और आपको आवश्यकता पड़े तो मैं आपकी सेवा करना चाहता हूँ।"

"हमारा छोटा सा स्कूल है। हिसाब-किताब हम खुद कर लेते हैं। आपके जैसे व्यक्ति को किसी बड़े स्कूल या कॉलेज में काम करना उपयुक्त होगा।"

"जल्दी ही आपका स्कूल बहुत बड़ा हो जाएगा और उस समय आपको शायद मेरी जरूरत पड़ेगी।"

"यह आपको कैसे मालूम?"

"आपके चेहरे पर तेज और सफलता लिखी है।"

टीचर्स ट्रेनिंग करने के बाद गोदावरी बनारस चली गई और स्कूल का काम-काज हाथ में ले लिया। स्कूल में सिर्फ दो इमारतें थीं; एक में तीन से छठी वर्ग के लिए कक्षाएँ लगती थीं और दूसरे में अध्यापिकाएँ रहती थीं। आस-पास की लगभग ८० छात्राएँ पढ़ने आती थीं। गोदावरी ने सबसे पहले प्रार्थना के लिए एक बड़ा आँगन बनवाया। स्कूल शुरू होने से पहले सभी वहाँ एकत्रित होते थे और पढ़ाई 'वंदे मातरम्' तथा 'सरस्वती वंदना' के बाद शुरू होती थी।

कला, गायत्री और सुधा बनारस पहुँच गई थीं। उनकी सहायता से गोदावरी ने स्कूल को हाई स्कूल तक बढ़ाने की योजना बनाई। योजना में प्रेक्षागृह, छात्रावास, पुस्तकालय, खेल-कूद के मैदान आदि का प्रबंध था। योजना-पत्र को कई बार पढ़ने और परामर्श करने के बाद विश्वविद्यालय के ऑफिस में भेज दिया गया। तीन महीने बीत गए थे लेकिन ऑफिस से कोई जवाब नहीं आया था।

गोदावरी उकता गईं और स्वयं मालवीयजी से मिलने गईं। उन्होंने योजना के बारे में सारी जानकारी दी और कहा, "मैं ऑफिस का चक्कर लगा-लगाकर थक गई हूँ; वहाँ कोई हिलता ही नहीं है।"

मालवीयजी मुसकराए, "मेरे पास अभी तक तुम्हारा योजना-पत्र नहीं पहुँचा है। ऑफिसवाले गहराई से उसकी जाँच कर रहे होंगे। तुम्हारे विचार अच्छे हैं और मैं भी यही चाहता हूँ; लेकिन विस्तार के अनेक पहलू हैं। जमीन खरीदनी होगी, इमारतों के नक्शे तैयार करने पड़ेंगे, अध्यापिकाएँ और अन्य कर्मचारियों के बारे में

सोचना होगा इत्यादि। काम आसान नहीं है।''

''यह सब मैं कर चुकी हूँ।'' गोदावरी ने दृढ़ता से कहा।

''चलो, अच्छा है। इससे मेरा काम आसान हो जाएगा। क्या तुमने खर्चे का संपूर्ण विवरण दिया है? देखो, अंत में हर बात पैसे पर अटक जाती है।''

''मुझे पैसों की आवश्यकता नहीं है।''

''मगर तुम इसकी व्यवस्था कैसे करोगी?''

''उसी तरह जैसे आपने की थी—महाजनो येन गता, सा पन्था:।''

''देखो, मैं तुमसे बहुत बड़ा हूँ, इसलिए सलाह दे रहा हूँ। पैसे आसानी से नहीं मिलते। मेरी बात अलग है, मुझे ख्याति प्राप्त है। लोग मुझ पर विश्वास करते हैं। लेकिन तुम्हें कौन देगा?''

''अपनी समस्याओं का हल मैं खुद निकाल लूँगी। मुझे तो सिर्फ अनुमति चाहिए और आपका आशीर्वाद।''

मालवीयजी उलझन में पड़ गए। उन्हें समझ में नहीं आ रहा था कि हाँ कहें या ना। गोदावरी सीधे उनकी ओर देख रही थी। उसके मुख पर दृढ़ता और असीम तेज था। मालवीयजी ने आँखें बंद कर लीं। शंकराचार्य ने उन्हें सिखाया था कि जब कभी तुम्हारे सामने जटिल समस्याएँ आएँ, तब अपनी सारी इंद्रियों को वश में कर एकाग्रचित्त होकर विचार करो। काफी समय के बाद मालवीयजी ने अपनी आँखें खोलीं और कहा, ''विजयी भव, यशस्वी भव!''

दिवाली का पर्व पूरे भारत में हर्ष और उल्लास के साथ मनाया जाता है, यद्यपि रिवाज पृथक् होते हैं। मारवाड़ी बही-खाते बंद कर देते हैं और नई शुरुआत करते हैं। अगर उन्हें मुनाफा हुआ हो तो पैसा खुलकर खर्च करते हैं। किरोड़ीमल शहर के सबसे बड़े और अनाज के विख्यात व्यापारी थे। उस साल उन्हें अत्यधिक लाभ हुआ। उन्होंने अपनी लाड़ली बेटी सरला को बुलाया और पूछा, ''तुम्हें दिवाली के लिए क्या उपहार चाहिए?''

सरला ने कोई उत्तर नहीं दिया; वह किसी और विचारधारा में उलझी थी।

किरोड़ीमल ने फिर से पूछा, ''देखो बिटिया, दिवाली का त्योहार है, हमें मुनाफा बहुत हुआ है और अगर हम पैसा खर्च नहीं करेंगे तो लक्ष्मी नाराज हो जाएँगी। बोलो, मैं तुम्हें कौन सा आभूषण दूँ?''

सरला तब भी चुप रही। थोड़ी देर बाद वह गंभीर होकर बोली, ''लक्ष्मी तो तब प्रसन्न होंगी जब वह सरस्वती के पास जाएँ।''

"क्या कह रही हो तुम? मुझे समझ नहीं आ रहा है।"

"बताती हूँ। अगले साल मई में मैं छठी क्लास पास कर लूँगी और उसके बाद मेरी पढ़ाई खत्म हो जाएगी, क्योंकि स्कूल में सातवीं क्लास नहीं है। सिस्टर (गोदावरी) स्कूल का विस्तार करना चाहती हैं और उसे मैट्रिक तक ले जाना चाहती हैं। इसके लिए उन्हें पैसे चाहिए।"

किरोड़ीमल सोच में पड़ गए। यह बात उनके खयाल में नहीं आई थी। उनकी पत्नी ने बिटिया के विचारों की सराहना की। किरोड़ीमल ने सारे मारवाड़ियों की सभा बुलाई और उनका ध्यान इस बात पर आकर्षित किया। सभी सहमत हो गए और अपना योगदान देने के लिए राजी हो गए। दिवाली के समय किरोड़ीमल ने स्कूल के लिए बहुत बड़ी राशि इकट्ठी कर ली।

स्कूल के फाटक के बाहर जवाहर ने सेठ किरोड़ीमल को रोक दिया। उसने सेठजी का नाम सुना था और उन्हें पहचानता भी था, लेकिन उनके साथ जो चार व्यक्ति आए थे, उन्हे वह अंदर घुसने नहीं दे रहा था। उसने नम्र शब्दों में कहा, "देखिए, हम सिर्फ लड़कियों के माँ-बाप और नजदीकी रिश्तेदारों को अंदर जाने देते हैं।"

"सो तो ठीक है, लेकिन इस पेटी में बहुत बड़ी रकम है, उसकी रक्षा कौन करेगा?"

"हम करेंगे, यह हमारा काम है।"

जवाहर किरोड़ीमल को सादर सिस्टर के ऑफिस में ले गया। पेटी उसके हाथ में थी। उस समय गोदावरी अध्यापिकाओं के साथ गोष्ठी में व्यस्त थी। वह उन्हें बता रही थी कि स्कूल के विस्तार की योजना को अनुमति मिल गई है। अब वह अपना समय धन इकट्ठा करने में लगाएगी और इसलिए आवश्यक हो गया है कि अध्यापिकाएँ स्कूल चलाने का काम सँभाल लें। गोष्ठी के चलते हुए ही उन्हें बताया गया कि सेठ किरोड़ीमल उनसे मिलने आए हैं। मीटिंग रोक दी गई और सेठजी को अंदर ले जाया गया।

किरोड़ीमल ने आने का कारण बताया। उन्हें प्रार्थनागृह में ले जाया गया। सरस्वती की मूर्ति के सामने उन्होंने दंडवत् प्रणाम किया और भेंट की पेटी रख दी। उस पेटी में एक लाख रुपए थे। उन दिनों, जब अनाज एक आना सेर बिकता था, यह बहुत बड़ी रकम थी।

शाम को किरोड़ीमल ने अपनी पत्नी को बताया कि उनकी लड़की स्कूल में पूरी तरह सुरक्षित है। वह सुरक्षा के प्रबंध से खुश थे। लड़कियों की सुरक्षा मुख्य

कारण था, जिसके चलते लोग लड़कियों को स्कूल में भेजने से घबराते थे।

'आज' और 'संसार' वाराणसी के दो मुख्य समाचार-पत्र थे। उन्होंने गोदावरी बाई की योजना का विस्तृत वर्णन छापा और उनकी प्रशंसा की। नगर के पढ़े-लिखे लोगों को योजना बहुत पसंद आई। उन्होंने इसका स्वागत किया और हर प्रकार से सहायता देने का वायदा किया।

कलावती हिसाब-किताब का काम सँभाल रही थी। एकाएक उसका काम बढ़ गया और वह घबरा गई। उसने इतने पैसे कभी देखे नहीं थे और वह बैंक का काम भी नहीं जानती थी। वह घबराकर सिस्टर के पास गई और उन्हें अपना दुखड़ा सुनाया। गोदावरी ने इलाहाबाद में सुरेश अस्थाना को चिट्ठी लिखी। वह एक हफ्ते में पहुँच गया और उसने ऑफिस का सारा काम सँभाल लिया।

स्कूल में विस्तार का काम शुरू हो गया। जमीन खरीद ली गई और मालवीयजी स्वयं शिलान्यास के लिए आए। वह बहुत प्रसन्न थे। वह विद्यालय में लड़कियों के लिए कॉलेज बनाने को उत्सुक थे, लेकिन बनाएँ तो कैसे? नगर में लड़कियों का एक भी हाई-स्कूल नहीं था।

निर्माण का काम शुरू हो गया था। गोदावरी नए डिजाइन की बढ़िया इमारतें बनवा रही थीं। 'आज' और 'संसार' ने उनकी फोटो छापी और लेख लिखे। सरला और उसकी कक्षा की सहेलियाँ बेहद खुश थीं। उनके लिए सातवीं कक्षा बन रही थी।

निर्माण कार्य के लिए और पैसों की जरूरत थी। गोदावरी ने देश के प्रमुख राजाओं से मुलाकात की। उनकी छवि ऐसी थी कि उन्हें कहीं से भी निराश होकर नहीं लौटना पड़ा।

जब स्कूल में निर्माण का काम तेजी से चल रहा था, उन्हीं दिनों गोदावरी को निजी जीवन में झटके झेलने पड़े। प्रयाग में उनके भाई मुकुंद का देहांत हो गया था। वह तुरंत वहाँ गईं और अपनी माँ व भाभी को साथ लेकर वाराणसी आईं। २१ वर्ष की इंदिरा गर्भवती थी और उसकी ४ साल की लड़की भी थी।

समाज में विधवाओं की कद्र नहीं थी। उनके साथ अभद्र व्यवहार होता था। उनका मुंडन कर दिया जाता था और पुनर्विवाह वर्जित था। वह किसी तरह अपना शेष जीवन बिताती थीं। गोदावरी ने इंदिरा को समझाया और कहा कि वह पुरानी प्रथाओं का पालन छोड़ दे और डटकर जगत् का सामना करे। उसके लिए उपयुक्त

होगा कि वह अधूरी शिक्षा पूरी कर ले। स्कूल में इंदिरा का दाखिला हो गया और बाद में वहीं नौकरी मिल गई।

कुछ समय बाद गोदावरी को दूसरा झटका लगा। उनकी छोटी बहन गंगू का अपने पति के साथ संबंध ठीक नहीं चल रहा था। गंगू साहसी नारी थी; उसने गोरखपुर में अपने लड़कों की पढ़ाई के लिए अलग रहने का निश्चय किया और अपनी लड़की मालती को पढ़ाई के लिए बनारस भेज दिया।

अब तक गोदावरी अकेली रह रही थी। बदली परिस्थिति ने उसके ऊपर घर चलाने की जिम्मेदारी लाद दी। घर में उसके अलावा ५ अन्य सदस्य थे—माँ, इंदिरा, उसकी दो लड़कियाँ और मालती। गंगू भी छुट्टियों में बच्चों के साथ बनारस पहुँच जाती थी। गोदावरी ने घर चलाने का बोझ आसानी से वहन कर लिया। जवाहर खरीदारी कर देता था और जानकी खाना बना देती थी। उनका घर खुला था, जिसमें किसी भी समय कोई भी आकर मिल सकता था। उन्होंने आत्मीयता और अपनेपन को बढ़ावा दिया। इंदिरा को 'भाभीजी', टीचर्स को 'बहनजी', क्लर्कों को 'बाबूजी' और अन्य कर्मचारियों को 'भैया' के नाम से पुकारा जाता था। गोदावरी ने अपने लिए 'सिस्टर' का नाम चुना।

सन् १९२५ में 'सेंट्रल हिंदू गर्ल्स स्कूल' पूरी तरह तैयार हो गया। सिस्टर के उदाहरण से प्रेरित होकर अच्छे परिवारों की लड़कियाँ अध्यापिका का काम करने आगे आईं। 'भाभीजी' की देख-रेख में छात्रावास लोकप्रिय बन गया। देश के विविध भागों और नेपाल की लड़कियों को पढ़ने की सुविधा मिल गई और वह भी काशी जैसे नगर में।

स्वतंत्रता आंदोलन ने जागृति उत्पन्न कर दी थी। नारी-शिक्षा का वातावरण अनुकूल बन गया था। सारी कक्षाएँ छात्राओं से भर गई थीं। नगर में लड़कियों के लिए अन्य स्कूल भी बनने शुरू हो गए थे।

कमच्छा के स्कूल की बात औरों से भिन्न थी। वहाँ के सांस्कृतिक कार्यक्रम लोगों को बहुत पसंद आते थे। माँ-बाप अपनी लड़कियों को कालिदास के नाटक, शास्त्रीय नृत्य और संगीत में भाग लेते देखकर खुश होते थे। हिंदू वातावरण में लड़कियों को अंग्रेजी, विज्ञान, गणित और अन्य विषय पढ़ाए जाते थे। छात्राओं और शिक्षकों के बीच संबंध मैत्री के थे। सुरक्षा की व्यवस्था अच्छी थी।

छात्राओं की संख्या बढ़ती चली जा रही थी। सन् १९३० में गोदावरी ने दो और भवनों का निर्माण कराया। नन्हें शिशुओं के लिए मॉण्टेसरी विभाग खोला गया।

जो लड़कियाँ कमच्छा से दूर रहती थीं, उनके लिए तीन बसें खरीदी गईं। चित्रकूट के बस के चालक और संवाहक राजी-खुशी वाराणसी पहुँच गए। अपने साथ वह अतिरिक्त चालक और मैकेनिक ले आए।

गोदावरी ने प्रार्थना स्थल के चारों तरफ जो लताएँ लगाई थीं, वे पूरी तरह बढ़ गई थीं। लताओं ने प्रार्थना-स्थल को ऊपर और चारों तरफ से ढंक लिया था। लता-मंडप में की गई प्रार्थना चिरस्मरणीय रहती थी।

डॉ. थंगामा शहर की प्रसिद्ध महिला डॉक्टर थीं। वह हर रोज सुबह दो घंटे के लिए स्कूल जाती थीं और छात्राओं तथा कर्मचारियों की चिकित्सा करती थीं। उन्हें कोई संतान नहीं थी। दो वर्ष पहले उनके पति का निधन हो गया था। एक दिन उन्होंने सिस्टर को बताया कि अकेलापन उन्हें खाए जा रहा है। सिस्टर ने कहा, ''तुम शादी कर लो।''

डॉ. थंगामा ने हँसकर कहा, ''चलो, हम दोनों शादी कर लेते हैं।''

गोदावरी को भी हँसी आ गई, ''देखो, अकेलापन मुझे कभी नहीं लगता। दिन भर मैं स्कूल में बच्चों के साथ रहती हूँ और जब घर जाती हूँ, वहाँ भी बच्चे लिपट जाते हैं। अकेलापन तुम्हारी समस्या है। अगर विधवाएँ पुनर्विवाह करें तो इसमें कोई खराबी नहीं है।''

''अच्छा, यह बताओ, तुम्हारे मन में कभी शादी की इच्छा जाग्रत् हुई या हुई ही नहीं?''

''क्यों नहीं हुई? होती थी, जब मैं युवा थी। मगर मेरी परिस्थिति अलग थी। एम.ए. पास करने के बाद मुझे नौकरी करना आवश्यक था। फिर मेरी मुलाकात किससे हुई? मालवीयजी से। आधे घंटे की वार्त्ता में उन्होंने मेरी विचारधारा बदल दी। वैवाहिक सुख के विचार लुप्त हो गए। बाद में मैं काम में ऐसी लगी कि ये विचार मेरे मस्तिष्क में उठे ही नहीं।''

सन् १९३५ तक स्कूल का सारा काम खत्म हो गया था। उसकी प्रसिद्धि चारों दिशाओं में फैल गई थी। नगर में लड़कियों के लिए दो और स्कूल खुल गए थे। विश्वविद्यालय में वीमेंस कॉलेज शुरू हो गया था। कॉलेज की शिक्षा प्राप्त करने के लिए लड़कियाँ आगे आ रही थीं। नारी शिक्षा का अभियान सफल हो रहा था। मालवीयजी प्रसन्न थे; उन्होंने अपने लक्ष्य को पूरा करने के लिए गोदावरी को बधाई दी।

कुछ वर्ष बाद गोदावरी की माँ की मृत्यु हो गई। वह ९५ वर्ष की वृद्धा थीं और

कई सालों से बिस्तर पर पड़ी थीं। उनकी इच्छा थी कि उनका अंत काशी में हो और अंतिम क्रिया गंगा के तट पर। गोदावरी उनकी इस इच्छापूर्ति करने से प्रसन्न थी।

सन् १९४१ वाराणसी और हिंदू विश्वविद्यालय के लिए गौरव का वर्ष था। विद्यालय में पढ़ाई के २५ साल पूरे हो गए थे और विशेष दीक्षांत समारोह का आयोजन किया गया था। मालवीयजी के आमंत्रण पर देश के प्रमुख नेता—महात्मा गांधी, राजेंद्र प्रसाद, जवाहरलाल नेहरू, सरदार पटेल आदि पधारे थे। नगर के लोगों के लिए इतने सारे नेताओं को एक साथ देखने का पहला अवसर प्राप्त हुआ। गोदावरी को खुशी थी कि वह सरोजिनी नायडू से मिल पाएगी। दोनों एक-दूसरे को जानती थीं, लेकिन मिली नहीं थीं।

सरोजिनी अंग्रेजी में कविता लिखती थीं। उन्हें 'नाइटिंगेल ऑफ इंडिया' के नाम से पुकारा जाता था। बचपन से ही पढ़ाई में वे बहुत तेज थीं और उच्च शिक्षा के लिए हैदराबाद के निजाम ने उन्हें इंग्लैंड भेजा था। शिक्षा पूरी होने पर सारे सुखों को त्यागकर वह स्वतंत्रता संग्राम में सम्मिलित हुईं। उन्होंने गांधीजी के दांडी मार्च में भाग लिया था।

उम्र में सरोजिनी गोदावरी से दस साल बड़ी थीं। दोनों में कुछ समानताएँ थीं। वह एक जैसी दिखती थीं, पढ़ाई में तेज और कविताएँ लिखती थीं। दोनों ही दृढ़ और निर्भय थीं, लेकिन उनके रास्ते अलग थे। एक ने गांधीजी की राह को अपनाया और दूसरी ने मालवीयजी की।

सरोजिनी ने गोदावरी को बताया, "देखो, स्वराज्य तो हमें मिल ही जाएगा, कुछ वर्षों की बात है, लेकिन देश का विकास शिक्षा के स्तर पर निर्भर होगा। इसी कारण, काफी सोच-समझकर और अन्य नेताओं से परामर्श करने के बाद मालवीयजी ने राजनीति छोड़ दी और शिक्षा-अभियान में जुट गए। मैं तुम्हें बधाई देती हूँ कि तुम महामना की अनुयायी हो और उनका हाथ बँटा रही हो।"

गोदावरी का रहन-सहन सादा था। उनके चरित्र में किसी प्रकार का ढोंग या दिखावा नहीं था। वह धर्म में विश्वास रखती थीं, लेकिन अंधविश्वास से परे थीं। उन्हें पैसों की कमी कभी नहीं खली। उनके विचार उपनिषद् के अनुसार थे—'जगत् में अपने लिए उतना ही लो, जिसकी तुम्हें जरूरत है, बाकी समाज का होता है।'

विश्वविद्यालय की रजत जयंती के बाद गोदावरी शांतिमय जीवन व्यतीत कर रही थीं। स्कूल अच्छी तरह चल रहा था और वर्षों के परिश्रम के बाद उन्हें आराम

मिल रहा था। वह ५० वर्ष की हो गई थीं और देश की स्वतंत्रता की प्रतीक्षा कर रही थीं।

महामना पंडित मदन मोहन मालवीयजी का स्वर्गवास १२ नवंबर, १९४६ को हुआ। गोदावरी ने पूरा दिन शोक में बिताया और तीन दिन अन्न ग्रहण नहीं किया। मालवीयजी की उम्र ८५ वर्ष की हो गई थी। एक दिन तो उन्हें जाना ही था, लेकिन सबकुछ समझने के बाद भी गोदावरी अपने को दु:ख से अलग नहीं कर पाईं। उनका स्वास्थ्य बिगड़ने लगा। डॉ. थंगामा उनकी देखभाल कर रही थीं। उनके गुरदे और हृदय ठीक तरह काम नहीं कर रहे थे।

१९४७ के मार्च महीने के अंतिम दिन गोदावरी ने कला, गायत्री और सुधा से कहा कि वह अहिल्या घाट जाना चाहती हैं। वे तीनों समझ गईं और गोदावरी को घाट पर ले जाया गया। सिस्टर प्रसन्न दिख रही थीं।

सुधा ने कहा, ''अगर आप चित्रकूट जैसा साहस दिखाएँ तो इस बीमारी से मुक्त हो जाएँगी।''

गोदावरी केवल मुसकराईं।

गंगा दर्शन से लौटने के बाद गोदावरी कुछ स्वस्थ दिखाई दीं, लेकिन वह ज्यादा दिन नहीं चला। गोदावरी बाई भड़कमकर की मृत्यु १० अप्रैल, १९४७ को हो गई, महामना के पाँच महीने बाद। उस समय उनकी उम्र ५५ वर्ष की थी।

गोदावरी अधिक उम्र तक जीवित तो नहीं रहीं, किंतु इस अल्प अवधि में उन्होंने अपनी सारी आकांक्षाएँ पूरी कर ली थीं। स्फटिक शिला की घटना ने उन्हें नारी समाज के उद्धार की प्रेरणा दी थी। इलाहाबाद में उन्होंने एक लेख पढ़ा था, जिसमें स्पष्ट शब्दों में लिखा था कि देश का विकास नारी शिक्षा पर निर्भर होगा और वह उस पर टिकी रहीं।

परिस्थितियाँ गोदावरी के लिए शुरू से अनुकूल नहीं थीं, लेकिन वह कभी घबराई नहीं। वह लगन, साहस और शक्ति की प्रतिमा थीं। उनके भाई की मृत्यु और छोटी बहन की विमुक्ति ने उनके सामने समस्याएँ खड़ी कर दी थीं, लेकिन उन्हें उन्होंने हँस-हँसकर झेल लिया और उनका समाधान निकाल लिया। उनके जीवनकाल में इंदिरा अध्यापिका बन चुकी थी। उसकी बड़ी लड़की की शादी हो गई थी और छोटी लड़की का विवाह तय हो गया था। गंगूबाई की बड़ी लड़की का पहले ही विवाह हो गया था और उसका ज्येष्ठ पुत्र काशी विश्वविद्यालय से एम.एस-सी. पास कर चुका था। गोदावरी ने पारिवारिक बोझ को अच्छी तरह सँभाल लिया

था। उनकी केवल एक अभिलाषा पूरी नहीं हुई—वह भारत को स्वतंत्र देखना चाहती थीं; केवल चार महीने से चूक गईं।

काशी विश्वविद्यालय के महिला कॉलेज में 'टीचर्स डे' का समारोह मनाया जा रहा था। छात्राओं ने अपनी पूर्व प्राध्यापिका सरला गुप्ता को मुख्य वक्ता के रूप में बुलाया था।

सरला ने स्कूल की पढ़ाई कमच्छा में की थी और उसके बाद वह विश्वविद्यालय के वीमेंस कॉलेज में चली गई थीं। उन्होंने इतिहास में एम.ए. किया और फिर उसी कॉलेज में अध्यापिका बन गई थीं। २५ वर्ष के बाद वह प्राध्यापिका बनीं और सन् १९७५ में वे सेवा से निवृत्त हुई थीं।

सरलाजी से अनुरोध किया गया था कि वे समाज में नारी-वर्ग की वर्तमान दशा और उनके भविष्य के बारे में अपने विचार प्रकट करें। सरलाजी ने सभा को बताया कि सदियों से नारी वर्ग पर अन्याय और अत्याचार होता रहा है। इसको दूर करने का केवल एक उपाय है और वह है—शिक्षा। शिक्षा से असमानता दूर हो जाएगी और वह बराबरी का दरजा प्राप्त कर लेंगी।

उन्होंने बताया कि नारी-शिक्षा की दिशा में काफी प्रगति हुई है। उन्होंने अपना ही उदाहरण दिया और कहा कि जब वह छठी क्लास में थीं, वाराणसी में लड़कियों के लिए सातवीं कक्षा नहीं थी। अब तो दशा बदल गई है और इसका नारी समाज को पूरा फायदा उठाना चाहिए। लेकिन नारी-शिक्षा की दिशा में अभी भी बहुत कुछ करना बाकी है। पढ़ी-लिखी महिलाओं के लिए आवश्यक है कि वे इस कमी को पूरा करें।

उन्होंने कहा कि आज हम ऐसी अवस्था में पहुँच गए हैं, जहाँ हम अपनी इच्छानुसार पढ़ाई और काम कर सकते हैं। भविष्य तो इस बात पर निर्भर होगा कि आगे हम क्या करते हैं? पुरुष समाज भी नारी-शिक्षा का महत्त्व समझ गया है और वह अब अड़चनें नहीं डालता। हमें स्वतंत्रता मिल गई है और हम जो चाहती हैं, वह कर सकती हैं। हमें इस बात को याद रखना चाहिए कि यह परिवर्तन अपने आप नहीं हुआ है। इसके लिए लोगों ने बलिदान दिया है। उन्होंने गोदावरी के जीवन, साहस और शक्ति का विवरण दिया और कहा कि वह भी एक छोटी सी मालवीय थीं।

□

३

सुकन्या

बिडकी डरी और घबराई हुई थी। वह किसी भी प्रश्न का जवाब नहीं दे पा रही थी। उसे अपने गाँव का नाम, घर का पता, माँ-बाप, अन्य रिश्तेदारों आदि के बारे में कुछ मालूम नहीं था। वह अपने परिवार की एकमात्र लड़की थी, जो एक भयानक भूकंप के विनाश से बच गई थी। उसकी उम्र केवल तीन साल की थी।

लातूर महाराष्ट्र का दक्षिण-पूर्वी जिला है। ३० सितंबर, १९९३ की रात को करीब ४ बजे वहाँ जोर का भूकंप आया, जब लोग अपने घरों में सो रहे थे। सरकार की तरफ से भूकंप की कोई चेतावनी नहीं मिली थी और रात के अँधेरे में हुई अकस्मात् घटना से सभी घबरा गए थे। भूकंप इतना तीव्र तो नहीं था, किंतु जान-माल की तबाही बहुत ज्यादा हुई। भूकंप का केंद्र गहरा नहीं था, इसलिए धरातल पर झटके बहुत ज्यादा महसूस हुए। अरसे से वहाँ भूकंप नहीं आया था और भू-वैज्ञानिकों के अनुसार उस क्षेत्र में भूकंप की संभावना कम मानी जाती थी।

उस इलाके में लोग पत्थर के मकान बनाया करते थे। दीवार चुनने के लिए मिट्टी का गारा इस्तेमाल किया जाता था और छत पत्थर की चादरों से ढंकी जाती थी। गहरी नींव की आवश्यकता नहीं समझी जाती थी। संपूर्ण इलाके में पत्थर की कोई कमी नहीं थी, इसलिए मकान सस्ते बन जाया करते थे। जब भूकंप आया तो नींवें हिल गईं, दीवारें ढह गईं और छतें नीचे गिर पड़ीं। किसी को जीवित बचने का मौका ही नहीं मिला। रात के अँधेरे में जान-माल की हानि बहुत ज्यादा हुई; करीब ८,००० लोगों की मृत्यु हो गई और ३०,००० से ज्यादा लोग घायल हो गए। भूकंप

का प्रकोप विशेष रूप से लातूर और उस्मानाबाद जिलों पर पड़ा।

लातूर शहर में दिनू फड़के गवर्नमेंट हाई स्कूल के हेडमास्टर थे। वह माँ-भवानी की पूजा करने के लिए तुलजापुर गए हुए थे। उन्हें जैसे ही भूकंप की खबर मिली, वे फौरन लातूर लौट आए। भाग्यवश स्कूल, उनके घर और परिवार को कोई नुकसान नहीं पहुँचा था। वह पीड़ितों की सहायता में लग गए।

उन्हें सरकार की तरफ से आदेश मिला कि वह १,५०० शरणार्थियों के रहने का प्रबंध करें। स्कूल बंद कर दिया गया, क्लासरूम खाली कर दिए गए और शरणार्थियों के लिए शौचालय और भोजनालय का बंदोबस्त किया गया। दोपहर तीन बजे से शरणार्थियों के दलों ने पहुँचना शुरू कर दिया। वे खाली हाथ आए थे, उनके पास दैनिक जीवन की कोई सामग्री नहीं थी।

जिलाधिकारी और अन्य विभाग पीड़ितों की सहायता के लिए जुट गए। शाम तक आस-पास के शहरों से चिकित्सकों की टीमें पहुँच गईं। सेना से सहायता माँगी गई और सरकार ने दुर्घटना पर काबू पाने की योजना लागू कर दी। अनेक संस्थाएँ खाना-पानी, कपड़ा, तंबू आदि पहुँचाने में लग गईं। लातूर में दिन-रात हरसंभव प्रयास किए जा रहे थे।

सबसे प्राथमिक काम था—जो लोग मलबे के नीचे दब गए हैं, उन्हें निकाला जाए। लातूर जिले में ३० गाँव पूरी तरह नष्ट हो गए थे और मृतकों की संख्या ३,६०० पहुँच गई थी। घायलों को अस्पताल पहुँचाना आवश्यक था।

अगले दिन सुबह जब दिनू फड़के और उनकी पत्नी निगरानी के लिए स्कूल पहुँचे, मास्टरजी की दृष्टि एक छोटी सी लड़की पर पड़ी। उसका फ्रॉक फटा हुआ था और वह रो रही थी। सहायता कर्मचारी उससे प्रश्न पूछ रहे थे लेकिन वह उत्तर देने में असमर्थ थी। वह रो-रोकर पूछ रही थी, 'मेरी माँ कहाँ है और बापू किधर हैं?'

दिनू फड़के को लगा कि लड़की जान-पहचान की है। उन्होंने अपनी पत्नी पार्वती से पूछा, "वह सुकन्या तो नहीं है?"

पार्वती ने सिर हिलाकर 'हाँ' कहा। उन्होंने जोर से पुकारा—सुकन्या। लड़की ने कोई जवाब नहीं दिया। पार्वती ने 'बिडकी' कहकर पुकारा—लड़की ने फौरन गरदन मोड़कर उनकी तरफ देखा, लेकिन पहचाना नहीं। पार्वती ने कहा कि वह सुकन्या ही है। वह दौड़कर अपने घर गई और फोटो का एलबम ले आई। उन्होंने लड़की को एक फोटो दिखाया। देखते ही वह 'माँ-बापू' कहकर चिल्लाने लगी—

"माँ और बापू कहाँ हैं?"

"वे भवानी के मंदिर गए हैं।"

"मुझे अकेला क्यों छोड़ गए? कब आएँगे?"

"बस आने ही वाले हैं।"

पार्वती सुकन्या को लेकर पुनर्वास कार्यालय में गई और उन्हें बताया कि वह बच्ची को पालन-पोषण के लिए घर ले जाना चाहती है। उन्हें कागजी काररवाई के लिए काफी देर तक रुकना पड़ा। जब वह घर लौटीं तब उनके पति ने बताया कि शेलारी गाँव पूरी तरह बरबाद हो गया है और वहाँ कोई जीवित नहीं बचा है। अनाथ लड़की के पिता उनके करीबी मित्र थे।

पीड़ितों की सहायता और पुनर्वास का काम तेजी से चल रहा था। शरणार्थियों के लिए शिविर बनाए जा रहे थे और उन्हें हर प्रकार की मदद दी जा रही थी। घायलों की चिकित्सा अस्पतालों में हो रही थी। राज्य सरकार ने शरणार्थियों के लिए नए मकान और बस्तियाँ बनाने की घोषणा की। पीड़ितों की मदद के लिए धनराशि बाँटी जा रही थी। ऐसे कार्यों में पीड़ितों की पहचान और उनकी पुष्टि करना आवश्यक हो जाता है।

भूकंप के बाद दस दिन बीत गए थे। पार्वती ने अपने पति को बताया कि वह नगरपालिका जाकर सुकन्या की मालिकी और हक के बारे में अरजी दाखिल कर दें। सुकन्या अनाथ हो गई थी, लेकिन वह धनहीन नहीं थी। वह अपनी पारिवारिक संपत्ति की उत्तराधिकारी थी। गाँव में उस परिवार के तीन घर थे और तीस एकड़ जमीन।

लातूर जैसे छोटे शहर में लोग हेडमास्टरजी को अच्छी तरह जानते थे। दिनू फड़के ने नगरपालिका में संबंधित अधिकारी से बातचीत की और सुकन्या का आवेदन-पत्र सौंप दिया। अधिकारी मास्टरजी को पासवाले होटल में चाय पिलाने ले गया।

"मास्टरजी, सुकन्या नाबालिग है। उसे कचहरी में अपना अधिकार साबित करना होगा। हमारी फाइलों में उसका नाम दर्ज नहीं है। मैं आपको जरूरी सूचना देने के लिए यहाँ लाया हूँ। आपसे पहले दो अन्य व्यक्ति मेरे पास आ चुके हैं और उन्होंने संपत्ति पर दावेदारी का पत्र दाखिल कर दिया है। उनमें से एक हैं—श्री कोल्टे। उनका कहना है कि वह मृतक परिवार के सबसे नजदीकी रिश्तेदार हैं। वह सुकन्या के मामा लगते हैं। दूसरे हैं—दिघे पाटील। वह रिश्तेदारी में सुकन्या के पिता के चचेरे भाई लगते हैं। संपत्ति को लेकर झगड़ा शुरू हो गया है। मैं इन दोनों व्यक्तियों से पहले कभी नहीं मिला हूँ। दोनों ही अजीब से लगते हैं और मुझे परेशान करते रहते हैं। आपको तो मैं जानता हूँ, इसलिए मैं आपको अभी से सचेत

कर रहा हूँ। मैं सलाह दूँगा कि आप किसी अच्छे वकील को नियुक्त कर लें। मुझे लगता है कि आगे जाकर मुश्किलें पैदा होंगी।''

घर लौटने पर दिनू फड़के ने यह बात पार्वती को बताई। पार्वती ने पूछा, ''क्या उन्हें मालूम है कि सुकन्या जीवित है?''

''अभी तक तो नहीं, लेकिन अब पता चल जाएगा।''

पार्वती ने हँसकर कहा, ''लोग कितने दुष्ट हैं! संपत्ति हड़पने के लिए क्या-क्या नहीं करते? उन्हें जल्द ही सबक मिल जाएगा।''

दिनू शांत थे। उन्होंने अपनी पत्नी को बताया कि सुकन्या की दावेदारी में अनेक अड़चनें खड़ी हो सकती हैं और उन्हें सतर्क रहना चाहिए। फोटो और लिखित प्रमाणों को सुरक्षित रखना चाहिए; बाद में उनकी आवश्यकता पड़ेगी।

चाचा और मामाजी के बीच नफरत पैदा हो गई थी। वे अकेले सारी संपत्ति हड़पने में लगे हुए थे और एक-दूसरे से अलग रहते थे। जब उन्हें पता चला कि सुकन्या जीवित है तो उन्हें झटका लगा। यह लड़की कहाँ से टपक पड़ी? अब उनका मिलना अनिवार्य हो गया था। मिलने पर वे देर तक रोए और उन्होंने अपने संबंधियों के प्रति शोक व्यक्त किया।

मामाजी ने कहा, ''आपको पता तो चल ही गया होगा कि सुकन्या जीवित है।''

चाचाजी बोले, ''हाँ, मुझे नगरपालिका के बाबूजी ने खबर दी। लेकिन मुझे समझ नहीं आ रहा है कि वह बची तो कैसे? पूरा परिवार छत के नीचे दबकर मर गया था।''

''आप ठीक कह रहे हैं। मैं भी कुछ ऐसा ही सोच रहा था। अगर सुकन्या जीवित है तो सारी जायदाद उसकी है, हमारे हक का सवाल ही नहीं उठता। मुझे शक इस बात का है कि वह सुकन्या है या कोई और? कहीं मास्टरजी जमीन हड़पने के लिए चाल तो नहीं चल रहे हैं?''

''सुकन्या से मिलना आवश्यक है।''

''वह तो करना ही होगा। मेरा रोना यह है कि मैं उस लड़की से ढाई साल पहले मिला था। अब उसकी शकल-सूरत भी बदल गई होगी। मैं उसे नहीं पहचान पाऊँगा।''

मामाजी ने आश्वासन दिया कि वह उसे पहचान लेंगे। केवल छह महीने पहले वह और उनकी पत्नी शेलारी गए थे और १५ दिन अपने बहनोई भिकाजी के यहाँ ठहरे थे। पहचानने में वह गलती नहीं करेंगे।

चाचाजी ने कहा, ''अगर वह सुकन्या निकली तो अपनी जिम्मेदारी बढ़ जाएगी। उस लड़की का पालन-पोषण करना होगा। खेती भी सँभालनी पड़ेगी। उसको जायदाद मिलने में १५ साल लगेंगे।''

''वह तो है। लेकिन अगर वह सुकन्या नहीं निकली तो मामला पेचीदा बन जाएगा। अगर मास्टरजी चाल चल रहे हैं तो मुश्किलें और बढ़ जाएँगी। शहर में उनका नाम बहुत ऊँचा है और लोग दोष हम ही को देंगे। मुकदमा कचहरी में जाएगा और हमें सालों तक केस लड़ना पड़ेगा। इस पर खर्चा बहुत आएगा और कोर्ट के चक्कर लगाने पड़ेंगे।''

''यह तो सही है। पर मेरी कठिनाई यह है कि मैं नांदेर में रहता हूँ। बार-बार लातूर आना मेरे लिए संभव नहीं होगा। रही पैसे की बात, मेरे पास पैसे हैं और मैं खर्च कर सकता हूँ। खर्च करने भी चाहिए; भिकाजी की संपत्ति बहुत बड़ी है। किसी तीसरे आदमी को हम कैसे जायदाद हड़पने दे सकते हैं?''

चाचाजी ने कहा, ''मैं लातूर में ही रहता हूँ। कचहरी का काम मैं सँभाल लूँगा। मेरे पास पैसे इतने तो नहीं हैं, लेकिन कुछ-न-कुछ तो निकाल ही लूँगा। अगर हम दोनों मिलकर इस मामले को कोर्ट में लड़ें तो बाद में जाकर बहुत फायदा होगा। हम आपस में बँटवारा कर सकते हैं।''

चाचा और मामाजी के बीच केस को कोर्ट में लड़ने और जमीन के बँटवारे पर सहमति हो गई। उन्होंने जल्द-से-जल्द सुकन्या से मिलने का इरादा किया।

अगले दिन दोनों दिनू फड़के के घर पहुँचे। मास्टरजी ने उनका स्वागत किया। दोनों ने मृतक परिवार के प्रति खेद और सुकन्या के भविष्य पर चिंता जताई। उन्होंने कहा कि सुकन्या छोटी सी बच्ची है; उसकी देखभाल करना उनका कर्तव्य है।

मास्टरजी ने कहा, ''रिश्तेदारी में ऐसी जिम्मेदारियाँ निभानी पड़ती हैं। सौभाग्य से हमें सुकन्या दिखाई दी और हम उसे घर ले आए। मेरी भिकाजी से बहुत पुरानी दोस्ती थी; हाईस्कूल तक हम साथ पढ़े थे। उसके बाद वह खेती पर लग गया, लेकिन हमारे संबंध वैसे ही बने रहे। हर महीने एक बार वह शहर आया करता था और हमारे यहाँ ठहरता था। अच्छा हुआ, आप समय पर आ गए। मेरी चिंता कम हो गई।''

सुकन्या को अपने चाचा और मामाजी से मिलने बुलाया गया। मामाजी ने प्यार से कहा, ''बिटिया, मुझे पहचानती हो? मैं और तुम्हारी मामी छह महीने पहले तुम्हारे गाँव आए थे।''

सुकन्या ने सिर हिलाकर 'नहीं' कहा और बाहर भाग गई।

पार्वती ने कहा कि बेचारी अभी भी सदमे में है। उसे सिवाय माँ-बाप के और कुछ याद नहीं आता। थोड़ी देर बाद दिनू और पार्वती चाय-पानी का सामान लाने के लिए रसोईघर में गए। बैठक में चाचा और मामाजी अकेले रह गए; उन्होंने फुसफुसी में बात की।

चाचाजी ने कहा, "अच्छा हुआ, हम यहाँ आए। तुम्हारा कहा सही निकला। उसने तुम्हें पहचाना नहीं, मतलब कि वह सुकन्या नहीं है।"

मामाजी ने कहा, "वह है तो सुकन्या, लेकिन हमारा खेल खत्म नहीं हुआ है। उसने मुझे पहचाना नहीं और हम इस बात का इस्तेमाल कर सकते हैं। अभी चुप रहो, बाहर निकलने के बाद बात करेंगे।"

दिनू और पार्वती चाय-पानी लेकर बैठक में आए। वह भूकंप की तीव्रता और पीड़ितों की दुर्दशा पर वार्त्ता कर रहे थे।

इसी बीच घंटी बजी। दो कार्यकर्ता एक घायल व्यक्ति को लेकर अंदर आए। उस व्यक्ति के हाथ और पाँव पर प्लास्टर लगा हुआ था। उसे दीवान पर लिटा दिया गया। उस व्यक्ति को देखकर सभी हैरान हो गए। वह भिकाजी था।

चाचाजी और मामाजी चौंके और उन्होंने पैंतरे बदले। उन्होंने भिकाजी के चरण छुए और भगवान् का नाम लेकर कृतज्ञता प्रकट की। यात्रा के कारण भिकाजी को तकलीफ हो रही थी, किंतु कुछ समय बाद वह चली गई। सुकन्या भागकर आई और उनके सिरहाने के पास बैठ गई। दिनू फड़के और पार्वती ने संतोष की गहरी साँस ली।

भिकाजी ने अपनी कहानी सुनाई। भूकंप की रात को वे अपने गाँव में थे ही नहीं। वह अपनी खेती पर गए हुए थे और रात उन्होंने वहीं गुजारी। वह घास-फूस की बनी झोंपड़ी में सो रहे थे। भूकंप के झटकों से छत गिर गई और उन्हें काफी चोट आई। खेतिहर मजदूर उन्हें सड़क तक ले गए और उन्हें सहायता कार्यकर्ताओं के जिम्मे सौंप दिया। रोगीवाहन उन्हें उस्मानाबाद ले गया, क्योंकि लातूर का अस्पताल खचाखच भरा हुआ था। भाग्यवश, वहाँ का अस्पताल आधुनिक और अच्छा था। उनका फौरन ऑपरेशन किया गया और उसके बाद प्लास्टर चढ़ा दिया गया। जब उन्हें होश आया, उन्होंने अपने परिवार के बारे में पूछताछ की। वह बाहर जाने के काबिल नहीं थे और कार्यकर्ताओं ने जो जानकारी दी, वह दर्दनाक थी। उन्हें बताया गया कि उनका पूरा गाँव नष्ट हो गया है। टी.वी. और समाचार-पत्रों के वर्णन भयावह थे। चिंता उन्हें खाए जा रही थी

और उसी मन:स्थिति में १५ दिन उन्हें अस्पताल में रहना पड़ा। जैसे ही उन्हें छुट्टी मिली, वह सीधे अपने दोस्त मास्टरजी के घर पहुँचे।

मामाजी और चाचाजी ज्यादा देर तक नहीं रुके। उन्होंने ईश्वर से प्रार्थना की कि भिकाजी जल्दी से ठीक हो जाएँ और सुकन्या को लंबी आयु मिले। दोनों ही खिसियाए हुए थे; बाहर निकलने के बाद उन्होंने न तो एक-दूसरे से कोई बात की और न ही बिदाई ली। चुपचाप वे अपने ठिकानों की तरफ चले गए।

दिनू और पार्वती भिकाजी को जीवित देखकर बहुत प्रसन्न हुए। सुकन्या का भविष्य सँवर गया था। धीरे-धीरे भिकाजी की हालत सुधर रही थी। उन्होंने अपने मजदूरों को संदेश भेजा कि वह ठीक हैं और जल्द ही गाँव लौटेंगे। उन्होंने निकट ही एक छोटा सा फ्लैट किराए पर लिया और वहाँ रहने लगे। जब वह अपने ग्राम शेलारी पहुँचे तो उन्हें जोरदार धक्का लगा; पूरा गाँव नष्ट हो गया था। बीती स्मृतियाँ आँखों के सामने मँडरा रही थीं। यही वह जगह थी, जहाँ उनके वृद्ध माता-पिता और तीन भाई अपने परिवारों के साथ रहते थे। सत्रह लोग, जिनमें दस बंच्चे और उनके दो पुत्र शामिल थे, एक ही झटके में मारे गए थे। तीनों मकान पत्थर के ढेर बन गए थे। और यह दशा केवल उनकी ही नहीं, बल्कि सौ परिवारों की थी, जो गाँव में रह रहे थे।

छह महीने बाद उनका प्लास्टर खोला गया, किंतु सामान्य होने में एक साल लगा। उन्होंने एक मोटर साइकिल खरीदी, जिससे वह हर रोज गाँव जाया करते थे। सुकन्या दिन भर मास्टरजी के यहाँ रहती थी। उसकी दोस्ती दिनू फड़के के पुत्र और पुत्री, अनुज और अरुंधति के साथ हो गई थी। वह बीते दिनों को भूल रही थी।

पीड़ितों की सहायता का प्रथम चरण पूरा हो गया था। उनके रहने के लिए शिविर तैयार हो गए थे। स्कूल में पढ़ाई फिर से शुरू हो गई। राज्य सरकार ने सहायता के लिए अतिरिक्त राशि की घोषणा की और विश्व बैंक से मदद माँगी। ३७ गाँव, जो पूरी तरह से नष्ट हो गए थे, उनका पुनर्निर्माण शुरू हो गया। लातूर शहर में नए मकान और कॉलोनी बनाने की योजना बनाई गई। भिकाजी ने तीन कमरे के फ्लैट के लिए आवेदन-पत्र भेज दिया। दो वर्ष के उपरांत भिकाजी ने नियोशी नाम की लड़की से पुनर्विवाह किया।

भिकाजी झिझक रहे थे, उनकी उम्र ४० साल की हो गई थी और लड़की केवल २५ साल की थी। दिनू फड़के ने उन्हें समझाया कि शादी करना उचित

होगा, इसका लाभ सुकन्या को होगा और उनकी परिस्थिति में संतान होना आवश्यक है। उन्हीं दिनों नया फ्लैट तैयार हो गया था और भिकाजी वहाँ रहने चले गए। फ्लैट अच्छी कॉलोनी में था, जहाँ सारी सुविधाएँ, जैसे बैंक, स्कूल, अस्पताल, बाजार, पार्क आदि उपलब्ध थे।

नए घर में भिकाजी, नियोशी और सुकन्या आनंद के साथ जीवन व्यतीत कर रहे थे। उनका फार्म ठीक चल रहा था और आमदनी अच्छी हो रही थी। नियोशी के दो पुत्र हुए—मनोज और मनीष। यह समय भिकाजी के लिए अति सुखमय था।

कुछ समय बाद भिकाजी को आभास हुआ कि नियोशी सुकन्या की तरफ कोई ध्यान नहीं दे रही है। वह सिर्फ अपने लड़कों में मगन रहती है। उसे सुकन्या के खाने-पीने, कपड़े-लत्ते, पढ़ाई-लिखाई आदि में कोई दिलचस्पी नहीं थी। भिकाजी इस प्रकार का सौतेला व्यवहार सहन नहीं कर पा रहे थे।

वह विचार-विमर्श के लिए दिनू और पार्वती के पास गए, "अब मैं उसे कैसे बताऊँ कि मेरे संबंध सुकन्या के साथ विशिष्ट हैं। यह तो सिर्फ भगवान् की कृपा है कि वह बच गई और कैसे बची, यह किसी को मालूम नहीं पड़ेगा। वह मेरे नष्ट परिवार की एकमात्र यादगार है। मैं सुकन्या से बेहद प्यार करता हूँ, लेकिन इसका मतलब यह तो नहीं कि मैं अपने लड़कों से प्यार नहीं करता! आखिर खेती और काम-काज तो उन्होंने ही देखना है। लेकिन नियोशी कुछ सुनने को तैयार नहीं है। मुझे शादी से पहले ही उसके सौतेले व्यवहार का डर था और वही हुआ।"

दिनू ने कहा, "मुझे अजीब सा लगता है; शादी की सलाह तो मैंने दी थी। उस समय मुझे क्या मालूम था कि नियोशी ऐसा बरताव करेगी? वह एक गरीब परिवार की है और उसे कृतज्ञ होना चाहिए कि भगवान् ने उसे इतना सबकुछ दिया है। खैर, छोड़ो इन बातों को, अब तुम क्या करना चाहते हो?"

"मैं सोच रहा हूँ कि उसे एक अच्छे छात्रावास में भेज दूँ। अब वह ग्यारह साल की हो गई है; सयानी है और समझने लगी है।"

पार्वती ने कहा, "यही ठीक होगा। सुकन्या को मैं जानती हूँ, जल्दी ही वह सहेलियों से हिल-मिल जाएगी। उधर नियोशी भी खुश रहेगी।"

भिकाजी अपनी बेटी को लेकर बाग में घूमने गए थे। हिचकिचाकर उन्होंने सुकन्या से पूछा कि क्या वह हॉस्टल में रहना पसंद करेगी? उसे कोई तकलीफ तो नहीं होगी? सुकन्या ने उत्तर दिया, "बाबा, हम दोनों भूकंप के प्रकोप से

बच निकले हैं। हमने खराब दिन देखे हैं, इसलिए मुझे तो कोई दिक्कत नहीं होगी। लेकिन आप मुझे भूल तो नहीं जाएँगे? बीच-बीच में आप मुझसे मिलने तो आएँगे?''

भिकाजी ने अपनी पुत्री को गले से लगा लिया, ''देखो बेटी, मेरे जीवन में सबकुछ तुम हो और तुम्हारे सिवाय कुछ नहीं। तुम्हारे जाने से मुझे दुःख होगा, लेकिन मैं झेल लूँगा। मिलने तो रोज आऊँगा। मुश्किल तो मुझे होगी, लेकिन फिर सोचता हूँ कि तुम्हारा हॉस्टल में रहना ही उचित होगा।''

पारिवारिक परिस्थिति से दोनों ही परिचित थे, लेकिन सौतेले व्यवहार के प्रति उन्होंने कुछ कहा नहीं।

मास्टरजी के घर के पास लड़कियों का छात्रावास था। सुकन्या वहाँ रहने चली गई। वह अनुज और अरुंधति से रोज मिलती थी और खुश थी। भिकाजी अकसर अपने दोस्त के घर जाते थे और खुले वातावरण में सुकन्या से मिलकर प्रसन्न होते थे।

नियोशी भी खुश थी। उसे अपने बच्चों के साथ मनमरजी करने की आजादी मिल गई थी। मनोज और मनीष स्कूल जाने लगे थे। नियोशी के असीमित लाड़-प्यार से लड़के बिगड़ रहे थे और यह बात भिकाजी को पसंद नहीं थी। वह नियोशी से कहते थे कि लड़कों को खेती सँभालनी है, इसलिए उनको मजबूत बनना आवश्यक है। नियोशी उनको टाल देती थी, ''जब समय आएगा तब देखेंगे।''

सुकन्या पढ़ाई-लिखाई में होशियार थी। महाराष्ट्र में शिक्षा के लिए लातूर का नाम प्रसिद्ध है। उसने हाई स्कूल अव्वल दरजे में पास किया और कॉलेज में दाखिल हो गई।

भूकंप के पंद्रह वर्ष बाद लातूर ने अच्छी प्रगति कर ली थी। अब वह पिछड़ा हुआ इलाका नहीं था। राज्य सरकार ने 'स्वप्निल २०३०' की विस्तृत योजना बनाई थी, जिसके अनुसार विकास का कार्यक्रम चल रहा था। योजना में हर पहलू, जैसे कि शिक्षा, कृषि, सिंचाई, उद्योग, आधुनिकीकरण आदि पर ध्यान दिया गया था। नई सड़कें बन गई थीं और यातायात के लिए लातूर को हैदराबाद और मुंबई से जोड़ दिया गया था। लातूर और मुंबई के बीच विमान सेवाएँ शुरू हो गई थीं। भूकंप से अनेक व्यक्तियों को आर्थिक लाभ हुआ था, जिनमें से एक भिकाजी पाटील भी थे। उन्हें संयुक्त परिवार की सारी जमीन मिल गई थी।

सिंचाई का अच्छा प्रबंध हो गया था और जमीन अधिक उपजाऊ बन गई थी।

कॉलेज की पढ़ाई के बाद सुकन्या ने कंबाइंड सिविल सर्विसेज की परीक्षा दी और वह उसमें उत्तीर्ण हुई। भिकाजी और दिनू फड़के ने उसे बधाई दी। वह उनके पास इंटरव्यू के लिए आशीर्वाद लेने गई थी।

दिनू फड़के ने पूछा, "तुम कौन सी सेवा में जाना चाहती हो?"

"पुलिस।"

"अच्छा है।" पार्वती ने कहा, "सुधार के लिए लड़कियों को पुलिस में जाना चाहिए।"

भिकाजी चुप रहे। सुकन्या का पुलिस में जाना उन्हें पसंद नहीं था, लेकिन घर की हालत को देखते हुए उन्होंने कुछ नहीं कहा।

मनोज और मनीष बड़े हो गए थे। वे अब बारहवीं और दसवीं कक्षा में पहुँच गए थे। नियोशी के लाड़-प्यार ने दोनों को बिगाड़ रखा था। उन्हें अपनी पसंद की हर चीज मिल जाती थी—खाना, कपड़ा और पैसा। दोनों ही नालायक, आलसी और मोटे हो गए थे। पढ़ाई में उनका बिलकुल ध्यान नहीं था। वे अपने पिता से दूर रहते थे और हर बात पर माँ की शरण ले लेते थे। भिकाजी असंतुष्ट थे, लेकिन कुछ कह नहीं पा रहे थे। मनोज परीक्षा में फेल हो गया था और मनीष से बेहतर की उम्मीद नहीं थी।

भिकाजी बूढ़े हो रहे थे। साठ वर्ष की उम्र में उनके पास पहले जैसी शक्ति नहीं थी। उन्हें हर रोज फार्म जाना मुश्किल हो रहा था। लातूर में पत्नी और बच्चों को छोड़कर वह रहने के लिए अपने गाँव चले गए। वहाँ उन्हें शांति मिल रही थी।

नियोशी अपनी गलती को समझने लगी थी। लड़के अपने पिता के अभाव का पूरा फायदा उठा रहे थे। वे मनमरजी कर रहे थे और माँ को डाँट देते थे। वे सारा समय अपने दोस्तों के साथ घूमने-फिरने और सिनेमा देखने में बिता देते थे। फिर भी नियोशी यही सोचती रहती थी कि लड़के जब बड़े हो जाएँगे तब सुधर जाएँगे।

सुकन्या ट्रेनिंग के लिए राष्ट्रीय पुलिस अकादमी, हैदराबाद चली गई। वह लंबी, आकर्षक और हट्टे-कट्टे बदन की युवती बन गई थी। अकादमी से वह पहले

दस नंबर की मेरिट लिस्ट में उत्तीर्ण हुई। उसने महाराष्ट्र पुलिस में जाने की इच्छा प्रकट की और वह उसे मिल गई। उसने पारिवारिक संकटों के कारण लातूर में नियुक्ति का निवेदन किया और उसे इसकी भी मंजूरी मिल गई। लातूर पहुँचने पर उसे एक सब-डिविजन का भार सौंपा गया।

भिकाजी और फड़के प्रसन्न हुए। सुकन्या अपने दोस्तों से मिलकर खुश हुई। अनुज को बैंक में नौकरी मिल गई थी और अरुंधति कॉलेज में अध्यापिका बन गई थी। रविवार को दोनों परिवार एकत्रित हुए, नियोशी भी आई थी। नियोशी ने देर तक सुकन्या से बातचीत की। उसे मालूम पड़ गया था कि एक दिन उसे अपनी लड़की का सहारा लेना पड़ेगा। सुकन्या के हृदय में सौतेलेपन की कोई ग्लानि नहीं थी।

मनोज और मनीष हद से ज्यादा बिगड़ गए थे। वे तीन कोशिशों के बाद भी मैट्रिक की परीक्षा पास नहीं कर सके। उन्हें स्कूल से निकाल दिया गया। उन्होंने शराब पीना शुरू कर दिया था और नियोशी को संदेह था कि वे चरस-गाँजा और ड्रग्स का भी सेवन करने लगे हैं। वे हमेशा माँ से पैसा माँगते रहते थे और पैसा न मिलने पर घर के सामान की चोरी कर लेते थे। नियोशी परेशान हो गई थी। उसे अकसर अपने पति के कथन याद आया करते थे, लेकिन अब बहुत देर हो चुकी थी। लड़के ढीठ हो गए थे और किसी की सुनते नहीं थे। उन्हें डर लगता था तो केवल अपनी बहन से। उससे वे घबराते थे।

बीस साल के बाद लातूर की प्रगति देखने लायक थी। बड़े शहरों की तरह वहाँ भी मॉल, होटल, क्लब, बार आदि बन गए थे। आधी रात तक पार्टियाँ चलती थीं और घर से बाहर खाना फैशन हो गया था। शराब की बिक्री और खपत बढ़ गई थी। लड़कियाँ भिन्न-भिन्न पोशाक पहन रही थीं और साड़ी मुश्किल से दिखती थी। बुजुर्ग और मध्यवर्ग के लोगों को यह बदलाव पसंद नहीं आया।

किंतु चिंता का कारण कुछ और था। यहाँ गुनाहों की संख्या बढ़ गई थी। अवैध शराब बनाना और उसकी बिक्री खुलेआम हो रही थी। कॉलेज के छात्र और नवयुवक ड्रग्स का सेवन करने लगे थे। सुकन्या इन अपराधों का अध्ययन कर रही थी और इन्हें रोकने के उपाय सोच रही थी।

नियोशी संकट में पड़ गई थी। मनोज और मनीष पिछली शाम घर से बाहर गए थे और वापस नहीं लौटे थे। नियोशी ने सुकन्या से संपर्क करने के अनेक प्रयत्न

किए, किंतु वह मिली नहीं। सुबह दस बजे जब वह मिली तब नियोशी ने अपनी दुविधा सुनाई। सुकन्या ने पुलिस थानों से संपर्क किया और उनका पता लगा लिया। दोनों भाई रात को 'सेंचुरियन इन' होटल में गए थे और वहाँ दुर्व्यवहार करने के कारण पकड़े गए थे। उन्होंने दो विदेशी महिलाओं के बटुए चोरी किए थे और शराब पी रखी थी। होटल के सिक्युरिटी स्टाफ ने उन्हें पकड़ लिया और पुलिस को सौंप दिया। मेडिकल टेस्ट में शराब और ड्रग्स के चिह्न मिले।

"बाप रे! यह क्या कर दिया उन्होंने! तुम किसी भी तरह उन्हें छुड़ा लो।"

"माँ, मैं यह कर तो सकती हूँ, लेकिन इसका फायदा क्या होगा? हमें चाहिए कि उनके व्यसन और ड्रग्स की आदत छूट जाए, वरना वे फिर पकड़े जाएँगे। माँ, क्या तुम्हें मालूम है कि यह कैसा रोग है? यह चलता रहा तो जल्द ही वह एड्स के भी शिकार बन जाएँगे।"

"तुम ही बताओ, हमें क्या करना चाहिए।"

"हमें उनकी आदत छुड़ानी पड़ेगी। इसके लिए लातूर में कोई व्यवस्था नहीं है। उन्हें मुंबई भेजना पड़ेगा। अगर हम ऐसा करते हैं तो जो जुर्म उन्होंने किया है, उसके दंड से मैं उन्हें बचा सकती हूँ।"

"इसमें कितना समय लगेगा?"

"तीन से छह महीने लग जाएँगे, लेकिन मैं तुम्हें आगाह करना चाहती हूँ कि यह बीमारी फिर से लग सकती है। जब वे वापस आएँगे तब उन्हें लातूर में नहीं रहना चाहिए। यहाँ उन्हें सारे अड्डे मालूम हैं और वे फिर से इसके शिकार बन जाएँगे। हम उन्हें गाँव भेज देंगे; वहाँ उन्हें शराब और ड्रग्स नहीं मिलेंगे। अगले दो-तीन साल तक हमें निगरानी रखनी पड़ेगी। अगर हम ऐसा करते हैं तो वे इस दुर्दशा से हमेशा के लिए मुक्त हो जाएँगे। माँ, मुझे लगता है कि तुम्हें इस भयंकर रोग की जानकारी नहीं है। मैं तुम्हें कुछ किताबें भेज रही हूँ; उन्हें पढ़ लेना, तुम्हारी आँखें खुल जाएँगी।"

"ठीक है। तुम जो उचित समझती हो, वही करो।"

सुकन्या ने अपने भाइयों को मुंबई भेजने का प्रबंध कर दिया। नियोशी ने पुस्तकें पढ़ीं। वह अपने दोस्तों से मिली और डॉक्टरों की सलाह ली। उसे एहसास होने लगा कि उसके बेटों की दशा उसी के कारण हुई है। उसने तय किया कि वह पश्चात्ताप करेगी। कुछ दिन बाद, जब वह सुकन्या से मिली, तब उसने कहा, "लड़कों के वापस आने पर मैं भी गाँव चली जाऊँगी।"

"यह अच्छा निर्णय है। छुटकारा पाने के लिए आवश्यक है कि वे सुखी

परिवार में रहें, अनुशासन को समझें, एक-दूसरे से प्यार करें, सामूहिक कार्यों में भाग लें और मेहनत करें।''

''जाने से पहले मैं घर की चाबी तुम्हारे पास छोड़ जाऊँगी। घर को तुम सँभाल लेना।''

लातूर शहर में कई नारी-सेवा संस्थाएँ थीं। उन्हें गर्व था कि उनके यहाँ एक महिला पुलिस अधिकारी आई है। उनके प्रतिनिधि सुकन्या से मिले और अपनी समस्याएँ बताईं। उनकी सबसे बड़ी शिकायत थी—मरदों का शराब पीना, नशे में स्त्रियों को मारना-पीटना और सारी कमाई व्यसन में फूँक देना। सुकन्या ने उनकी मदद करने का वादा किया।

शराब बनाना और उसका सेवन करना समाज में पुरातनकाल से चला आ रहा है। अधिकांश राज्य सरकारों ने इस पर कोई प्रतिबंध नहीं लगाया है और जिन सरकारों ने रोक लगाई है, वे सफल नहीं हुई हैं। पुलिस अकादमी में इस विषय पर काफी बहस होती थी। अगर सरकार पीने की अनुमति देती है तो पुलिस क्या कर सकती है ? उनका काम है—अवैध शराब बनाने की प्रक्रिया को रोकना और नशा करनेवाले अपराधियों को सजा दिलाना।

देसी शराब बनाना आसान है और देश के हर हिस्से में सदियों से लोग इस शराब को बनाते आ रहे हैं। इसके लिए वे अनाज, फल, फूल आदि का प्रयोग करते हैं; सबसे ज्यादा इस्तेमाल गन्ने के रस का किया जाता है। रस को एक बड़ी हाँड़ी में डाल दिया जाता है और उसमें कुछ रसायन घोल दिए जाते हैं, ताकि खमीरी जल्दी से तैयार हो जाए। खमीरी आ जाने के बाद बंद हाँड़ी को भट्ठी पर उबाला जाता है और भाप को एक नली के द्वारा खींच लिया जाता है, जो ठंडी होने पर शराब बन जाती है। इसके लिए किसी विशेष यंत्र की आवश्यकता नहीं होती है और न ही टैक्स देने की जरूरत। देश के कई राज्यों में गन्ने का उत्पादन होता है और जहाँ गन्ना बोया जाता है, वहाँ भट्ठियाँ खड़ी हो जाती हैं। इनकी तादाद इतनी ज्यादा है कि उन पर पुलिस भी नियंत्रण नहीं कर पाती। अगर पुलिस इन्हें तोड़ दे तो उन पर इसका कोई फर्क नहीं पड़ता, शीघ्र ही दूसरी खड़ी हो जाती हैं।

वाघोबा इस धंधे का प्रसिद्ध गुंडा था। वह भट्ठीवालों का सारा माल खरीद लेता था। इस धंधे को उसने विभिन्न भागों में बाँट दिया था, किसी को एक-दूसरे से मिलने नहीं देता था और अपने को सबसे अलग रखता था। पुलिस ने पहले भी उसे पकड़ा था, लेकिन जेल से छूटने के बाद वह ज्यादा चालाक और सतर्क

हो गया। भट्ठियों को तोड़ने के बजाय सुकन्या इस व्यक्ति को पकड़ने के बारे में सोच रही थी।

एक दिन जब सुकन्या ऑफिस जाने के लिए तैयार हो रही थी, नौकरानी एक महिला को लेकर अंदर आई। सुकन्या जल्दी में थी, वह उसे अपने साथ दफ्तर ले गई। उस महिला ने बताया कि मामला गंभीर है और गाँव में खून-खराबा होने की आशंका है।

''बात क्या है?''

''गोडारी नाम का एक व्यक्ति है, जो शराब बेचने का धंधा करता है। वह पेशगी में पैसा देता है और सारा माल खरीद लेता है। इस बार गाँव में झगड़ा होनेवाला है, क्योंकि किसान गन्ने के लिए ज्यादा दाम चाहते हैं और वह देना नहीं चाहता।''

''क्या तुम गोडारी से मिली हो? क्या तुम उसे पहचान लोगी?''

''अच्छी तरह। मैंने उसे कुछ साल पहले देखा था। उसका चेहरा अजीब और बेजोड़ है। उसका माथा चौड़ा है, आँखें छोटी और अंदर धँसी हुई तथा कान लंबे हैं।''

सुकन्या चौकन्नी हुई। जो चेहरा महिला ने बतलाया था, वह वाधोबा का था और यह धंधा भी उसी का था। अपराधियों की फाइल में से उसने एक फोटो निकाली और उसे दिखाई।

''जी हाँ। यह वही है।''

''तुम्हें यकीन है?''

''पूरी तरह। उसका चेहरा इतना विचित्र है कि उसे भुलाया नहीं जा सकता।''

''क्या वह हर साल फसल तैयार होने से पहले तुम्हारे गाँव आता है?''

''जी नहीं। वह किसी और को भेज देता है।''

''तुम्हें कैसे मालूम है कि वह इस बार तुम्हारे गाँव आएगा?''

''उसे आना पड़ेगा। वह ज्यादा कीमत देने पर राजी नहीं होगा। अगर उसने यहाँ दी तो और जगह भी देनी पड़ेगी।''

थोड़ी देर सोचने के बाद सुकन्या ने कहा, ''देखो, यह तुम्हारा धंधे का आपसी मामला है, लेन-देन और मोल-भाव का। इसमें पुलिस क्या करेगी?''

महिला घबराई सी लग रही थी। उसने कहा, ''अगर आप मदद नहीं करेंगी तो और कौन करेगा? झगड़ा बातचीत पर नहीं रुकेगा; मुझे यकीन है मार-पीट और खून-खराबा होगा। दोनों ही पक्ष अड़े हुए हैं।''

"अच्छा, यह बताओ कि यह जानकारी तुम्हें कहाँ से मिली?"

महिला थोड़ी देर चुप रही, फिर साहस करके बोली, "मुझे मेरे पति से पता चला है। वह शराब बनाते हैं; है तो यह काम गैर-कानूनी, लेकिन हमारी जिंदगी इस पर निर्भर है। उन्होंने बहुत कोशिश की कि दोनों पक्षों के बीच समझौता हो जाए, मगर वह नाकामयाब रहे। वे एक-दूसरे से सीधी और आमने-सामने बात करना चाहते हैं।"

"मीटिंग कब होनेवाली है?"

"तारीख तय नहीं हुई है। जब होगी, मैं आपको खबर दे दूँगी। लेकिन होती है यह रात को। भट्ठी के पास खुली जगह है, वहाँ पर।"

उस महिला के जाने पर सुकन्या ने विचार किया। वह शख्स गोडारी वास्तव में वाधोबा था, जिसे वह पकड़ना चाहती थी। महिला की बातों में सच्चाई प्रतीत होती थी और झगड़ा यथार्थ था। उसे शक था तो इस बात पर कि वाधोबा स्वयं आएगा या किसी और को भेज देगा। सोचने के बाद उसने छापा मारने का निर्णय लिया। वह सिविल पोशाक में अकेली बताए हुए गाँव कोंडा में निरीक्षण के लिए गई। उसने भट्ठी और खुली जगह देखी। इलाके के चारों तरफ गन्ने के खेत थे। उसने योजना बनाई, जिसका जिक्र किसी से नहीं किया, केवल अपने तक सीमित रखा।

छापा मारने के दिन शाम को सुकन्या ने एक सिविल ट्रक किराए पर लिया और दस हथियारबंद सिपाहियों के साथ उसमें सवार हो गई। तिरपाल को गिरा दिया, ताकि बाहर से कुछ दिखाई न दे। रात को साढ़े आठ बजे ट्रक कोंडा पहुँचा, जहाँ पुलिस नीचे उतर गई। ट्रक चालक को ५ कि.मी. दूर भेज दिया गया और उसे बताया गया कि वापसी के लिए वह फोन की प्रतीक्षा करे। सुकन्या ने पुलिस को काम के बारे में जानकारी दी। पुलिस दल पैदल भट्ठी के पास पहुँचा और सिपाही गन्ने के खेतों में छुप गए।

सुकन्या ने एक विश्वसनीय हवलदार को वाधोबा की हरकतों पर निगरानी रखने के लिए नियुक्त किया था। वह वाधोबा के घर पर नजर रख रहा था। छह बजे उसने खबर दी कि दस गुंडे वाधोबा के मकान में घुसे हैं, जिनमें से दो के पास बंदूकें हैं। सूचना मिलते ही सुकन्या लातूर से रवाना हो गई। एक घंटे बाद हवलदार ने बताया कि तीन जीपें घर पहुँच गई हैं। रात को नौ बजे हवलदार ने खबर दी कि वाधोबा अपने साथियों के साथ घर से चल दिया है। हवलदार सिविल कपड़ों में मोटर साइकिल से वाधोबा का पीछा कर रहा था। साढ़े दस बजे

उसने रिपोर्ट दी कि जीपें कोंडा से दस किलोमीटर दूर पहुँच गई हैं। यहाँ उसका काम खत्म हो गया था और सुकन्या ने उसे आदेश दिया कि वह वापस चला जाए।

पुलिस अफसर और उसके दल ने कदमों की आहट सुनी। दोनों पक्ष—एक किसानों का और दूसरा वाधोबा का—लालटेन की रोशनी में आमने-सामने जमीन पर बैठ गए। वाधोबा कह रहा था कि अगर गन्ने के दाम बढ़ाए गए तो बोतलों के दाम बढ़ जाएँगे। बाजार में अन्य व्यापारी भी हैं; फायदा उनको होगा और उसका धंधा ठप हो जाएगा। किसानों का कहना था कि खेती की सारी चीजें महँगी हो गई हैं; पिछले कई सालों से गन्ने के मूल्य में कोई वृद्धि नहीं हुई है और अब उनके पास कोई चारा नहीं है। वाधोबा को चाहिए कि वह अपने अतिरिक्त खर्चों में कटौती करे।

बातचीत में गरमी आ गई थी। उनमें कोई समझौता नहीं हो पा रहा था। एक किसान ने क्रोधित स्वर में कहा, ''हमें और खरीदार मिल गए हैं, आप यहाँ से चले जाइए।''

इस बात को सुनकर वाधोबा को गुस्सा आया। वह चिल्लाया, ''हरामजादों, मैं तुम लोगों को पाँच साल से पेशगी रकम देता चला आ रहा हूँ और अब तुम्हारी इतनी हिम्मत कि मुझे भगाने की कोशिश कर रहे हो?'' उसने पिस्तौल निकाली और गोली चला दी।

सुकन्या एक सिपाही के साथ जमीन पर रेंगते हुए दोनों पक्षों के करीब पहुँच गई थी; वह उनसे केवल दस गज दूर थी। बातचीत की गरमी में पुलिस का इतने नजदीक पहुँचना किसी को पता नहीं चला। जब वाधोबा ने गोली चलाई, सुकन्या ने अपनी रिवाल्वर निकाली और वाधोबा को गोली से घायल कर दिया। सिपाही ने सीटी बजाई। पुलिस दल खेतों से बाहर निकला; उन्होंने टार्च की रोशनी फेंकी और दोनों गुटों को घेर लिया। पुलिस को देखकर दोनों पक्ष हैरान रह गए। वाधोबा और उसके साथी पकड़े गए।

समाचार-पत्रों ने सुकन्या की बहादुरी की प्रशंसा की। लातूर के लोग वाधोबा के पकड़े जाने पर खुश थे। नारी-सेवा संस्थाएँ जश्न मना रही थीं। पर साथ ही उन्हें झटका भी लगा। सुकन्या का तबादला कर दिया गया था। उसे औरंगाबाद भेजा जा रहा था। लोग नाराज हुए। उन्हें यकीन था कि यह काम उन लोगों का है, जो वाधोबा से पैसा खा रहे थे।

पत्रकार सुकन्या के पास पहुँचे। उसने समझाने की कोशिश की—उसके दो

साल पूरे हो गए हैं। वह जिंदगी भर एक ही शहर में नहीं रह सकती। स्थानांतरण उसके हित में है।

जाने से पहले भिकाजी ने एक पार्टी दी। पारिवारिक पार्टी उनके गाँव शेलारी में मनाई गई। कुछ समय बाद पार्टी ने भावनात्मक रूप धारण कर लिया। भिकाजी ने कहा कि सुकन्या ने उनके परिवार को नष्ट होने से बचा लिया है। नियोशी ने अपना आभार व्यक्त किया। भाइयों ने वचन दिया कि वे व्यसन के चंगुल में फिर कभी नहीं फँसेंगे। दिनू फड़के और पार्वती ने कहा कि उनका सुकन्या से मिलना संयोग था। उसने अल्प आयु में इतना बड़ा काम कर दिखाया है; आगे देखना होगा कि वह और क्या-क्या करती है।

अपनी प्रशंसा को सुनकर सुकन्या को अजीब सा लग रहा था। वह अपने दोस्त अनुज और अरुंधति को लेकर दूसरे कमरे में चली गई। अरुंधति ने पूछा, "हम फिर कहाँ मिलेंगे?"

"औरंगाबाद में, फरवरी में दो महीने बाद।"

"दो महीने! हम इतनी देर क्यों रुकें?"

"रुकना तो पड़ेगा। मुझे नया काम समझने में समय लगेगा। जल्दबाजी मत करना।"

युवा पुलिस अफसर ने अपने दोस्तों से एक बात छुपाकर रखी थी। उसे पता चल गया था कि उसका नाम पुलिस मेडल के लिए भेजा गया है और उसके मिलने की पूरी संभावना है। इसलिए वह अपने परिवार और दोस्तों से गणतंत्र दिवस के बाद मिलना चाहती थी।

□

४

दुखिया

शाम के समय अक्षय पांडे अपने घर के बगीचे में चाय पी रहे थे। उनका घर सहयाद्रि पहाड़ियों में बसे प्रसिद्ध जगह लोनावला में था। अगस्त का महीना था और बादल धूप-छाँह का खेल खेल रहे थे। वह अपने बिहारी माली का नाम याद करने की कोशिश में लगे हुए थे। बिहारी को सेवा निवृत्त हुए कई साल बीत गए थे और उसका नाम उन्हें याद नहीं आ रहा था। उसका चेहरा, बातचीत करने का तरीका, पोशाक आदि उनकी आँखों के सामने मँडरा रहे थे, लेकिन नाम जबान पर नहीं आ रहा था। अक्षय पांडे अचरज में थे, क्योंकि माली उन्हें प्रिय था और वह उसे बहुत चाहते थे। वह अपनी याददाश्त को कोस रहे थे। उन्होंने अपनी पत्नी से पूछा, ''क्या तुम्हें उस बिहारी माली का नाम याद है, जो अपने बगीचे में काम करता था?''

''किस बिहारी की बात कर रहे हो? अपने यहाँ ढेर सारे बिहारी काम कर चुके हैं।''

''अरे, वही जो लंबा, दुबला-पतला था और बड़ी मूँछें रखता था।''

''शकल तो याद आ रही है, लेकिन नाम भूल गई।''

अक्षय ने कॉलेज की शिक्षा प्राणि-विज्ञान विषय में प्राप्त की थी और उसके बाद मत्स्य-पालन में विशेषज्ञता प्राप्त की। उसे टाटा पावर कंपनी में नौकरी मिल गई थी। कंपनी सामाजिक उद्धार के लिए मत्स्य-पालन को बढ़ावा और उस पर अनुसंधान कर रही थी। वलह्वल बाँध के पास एक बड़ी झील है, जहाँ कंपनी ने महासिर मछली पर अनुसंधान-केंद्र खोल रखा था।

अक्षय को यह काम पसंद आया। देश में अपने प्रकार का यह पहला अनुसंधान-

केंद्र था। उस समय अक्षय की शादी नहीं हुई थी। उसे एकांत जगह में अकेले रहना पड़ता था। ऑफिस के बाद बिहारी उसका एकमात्र साथी था। वह उसी के घर में रहता था, खाना पकाता था और बगीचा देखता था।

अगले दिन जब अक्षय दफ्तर पहुँचे, उन्होंने बाबूजी को चपरासियों की पुरानी फाइल निकालने को कहा, "मैं एक बिहारी चपरासी के बारे में जानना चाहता हूँ; वह तकरीबन १५ साल पहले सेवा से निवृत्त हो गया था।"

"क्या नाम था उसका?"

"दुखिया।"

अक्षय को अपने ऊपर हँसी आई। कल दिन भर वह उसके नाम को याद करने की कोशिश कर रहा था। अब एकदम से कैसे याद आ गया!

दुखिया ने कई बार अक्षय से निवेदन किया था कि वह एक बार उसके गाँव में पधारें। उस समय वह हो नहीं पाया। अब बिहार जाने का मौका सामने आ गया था।

दो दिन पहले अक्षय को चिट्ठी मिली थी, जिसमें उसे पटना जाने के लिए आदेश था। दोराबजी टाटा ट्रस्ट बिहार में मत्स्य-पालन का काम कर रहा था। ट्रस्ट गाँवों के तालाबों में मछली के उत्पादन को प्रोत्साहन दे रहा था और साथ ही महिलाओं को इस काम में जुटाकर उनकी आर्थिक दशा सुधार रहा था। अक्षय को परामर्श के लिए बुलाया गया था। उसे अजीब सा लग रहा था। वह क्या और कैसी सलाह देगा? उसकी विशेषज्ञता महासिर मछली पर थी। यह मछली आकार में बड़ी होती है और इसका मुँह चौड़ा होता है। महासिर शिकार के लिए प्रसिद्ध है। मछली के शिकारियों के लिए यह सबसे अच्छी किस्म है और दुर्लभ भी। यह आसानी से पकड़ में नहीं आती और जब काँटें में फँस जाती है तब बहुत देर तक द्वंद्व करती है। शिकारियों के हाथों, कोहनियों और कंधों को थका देती है। इसका उत्पादन अन्य मछलियों से अलग है, जो बिक्री और खाने के लिए तैयार की जाती है। दोराबजी टाटा ट्रस्ट खानेवाली मछलियों, जैसे—रोहू, कटला, म्रिगल आदि में विशेषज्ञता रखता था।

पटना में उसे बताया गया कि राज्य सरकार मत्स्य उत्पादन को अंदरूनी भागों तथा आदिवासी क्षेत्रों में ले जाना चाहती है। सरकार इस संकल्प पर दृढ़ थी और हर प्रकार की सहायता देने के लिए तैयार थी।

"वह तो ठीक है, लेकिन मेरी क्या जरूरत है?"

"मैं समझ रहा हूँ," टाटा ट्रस्ट के जनरल मैनेजर ने कहा, "देखिए, हम दोनों की विशेषज्ञता अलग है, फिर भी सरकार चाहती है कि आप आएँ। सरकार ने दरभंगा

जिले में खजरिया नामक गाँव को चुना है। वहाँ अनेक तालाब हैं, वर्षा अच्छी होती है और आबादी कम है। मत्स्य-पालन की दृष्टि से जगह ठीक है।''

''जरूर होगी, मगर मैं आपको क्या परामर्श दूँ?''

''मछली के उत्पादन में हमें आपकी सलाह की कोई जरूरत नहीं है; वह हम कर लेंगे। आपको किसी और वजह से बुलाया गया है। वह क्षेत्र पिछड़ा हुआ है, वहाँ पक्की सड़क अब तक नहीं बनी हैं। वहाँ अभी भी जमींदार का बोलबाला है। हमने अपनी टीम वहाँ भेजी थी; टीम ने सहमति नहीं दी, क्योंकि जमींदार पोखरों को अपनी निजी जायदाद समझता है। वह सहकारी उद्योग के खिलाफ है और महिलाओं को बढ़ावा नहीं देना चाहता। वह मत्स्य-पालन तो चाहता है, मगर वह उसके नियंत्रण में होना चाहिए, निजी संपत्ति की तरह। यह हमें मंजूर नहीं है।''

अक्षय को हँसी आई, ''यह कानून और व्यवस्था का मामला है। अगर सरकार अपने निश्चय पर दृढ़ है तो वहाँ पुलिस भेज सकती है।''

''वह नहीं हो सकता। हमारी इस विषय पर चर्चा हुई थी। मत्स्य-पालन के लिए सरकार पुलिस भेजकर अपना खर्चा नहीं बढ़ाना चाहती।''

अक्षय को चिड़चिड़ाहट हो रही थी, ''आप बताइए, आप मुझसे चाहते क्या हैं?''

''मैं उसी बात पर पहुँच रहा हूँ। उस गाँव में एक वृद्ध व्यक्ति है, उसका नाम है—दुखिया। वह आपको जानता है। उसने मंत्रीजी को बताया है कि अगर आप वहाँ जाएँगे तो उनकी सारी कठिनाइयाँ दूर हो जाएँगी।''

अक्षय मुसकराया, ''मैं दुखिया को अच्छी तरह जानता हूँ। जब मैं अविवाहित था तब उसी ने मेरी परवरिश की थी और मेरा घर सँभाला था। मैं उसे मानता हूँ, लेकिन मत्स्य-पालन के लिए मैं क्या करूँगा?''

''मैं आपसे सहमत हूँ। मंत्रीजी से मैंने यही कहा था। उनका कहना था कि बुलाने में क्या हर्ज है? पुलिस वगैरह भेजने के बजाय आपका जाना सरल होगा। पता नहीं क्यों मंत्रीजी का दुखिया पर पूरा विश्वास है। आप वहाँ क्या करेंगे, यह केवल दुखिया को मालूम है।''

''जाने से पहले मैं दुखिया से मिलना चाहूँगा।''

''उसका प्रबंध हो गया है। आज ही शाम को वह यहाँ पहुँच जाएगा।''

दुखिया से मिलने पर अक्षय को बहुत खुशी हुई। वह उससे १५ साल के बाद मिल रहा था। एक-दो घंटे तक दोनों ने बीते दिन और लोनावला के बारे में बातें कीं। दुखिया बूढ़ा हो गया था, उसकी उम्र लगभग ७० साल की हो गई थी, लेकिन वह

पहले की तरह चुस्त और खुश दिखाई दे रहा था।

''तुमने मुझे यहाँ क्यों बुलाया?''

दुखिया ने कहा, ''मराठी साहब, आपके आने से मुझे बहुत खुशी है। आप तो जानते हैं कि मैं अपने गाँव के लिए कुछ करना चाहता था। बहुत सोच-समझकर मैंने मत्स्य-पालन की ठानी और मुझे भरोसा है कि मैं इसमें सफल होऊँगा। हमारे गाँववालों का विश्वास है कि उनका उद्धार तब होगा जब कोई भला, चरित्रवान व्यक्ति उनके यहाँ आए और मार्गदर्शन करे।''

''वह तो ठीक है दुखिया, तुम्हारी मुझसे क्या अपेक्षा है?''

''हमें दर्शन दीजिए। गाँववाले और आदिवासी आपको देखना चाहते हैं।''

''देखो दुखिया, तुम्हें तो मालूम है कि तालाबों में मछली पालन के विषय पर मेरे पास जानकारी नहीं है। यह काम दोराबजी ट्रस्ट करता है। तुम्हारी मदद तो वे करेंगे।''

''मराठी साहब, मैं यह जानता हूँ। मैं उनके मत्स्य पालन केंद्र में अधिकारियों से मिलने गया था। कोई भी मुझे जँचा नहीं। मैंने आपको आपके व्यक्तित्व की वजह से बुलाया है। केवल आप गाँववालों को अपनी व्याख्या से प्रभावित कर सकते हैं। यह गुण औरों में नहीं है।''

''लेकिन लोनावला से मैं तुम्हारे लिए करूँगा क्या? हर चीज के लिए तुम्हें दोराबजी के पास जाना होगा।''

''मैं समझ रहा हूँ, आप सिर्फ एक बार के लिए आ रहे हैं। उसके बाद हम दोराबजी के साथ अपना काम चला लेंगे।''

''दोराबजी के जनरल मैनेजर ने मुझे बताया था कि तुम्हारे गाँव की अंदरूनी हालत ठीक नहीं है। तुम्हारा जमींदार तुम लोगों को परेशान करेगा और तुम्हारी योजना को चलने नहीं देगा।''

''यह बात सही है, लेकिन वह हमारी समस्या है और हम उसे सँभाल लेंगे। आपसे तो सिर्फ इतना निवेदन है कि एक बार आप हमारे गाँव चले चलिए।''

अक्षय ने दोराबजी के जनरल मैनेजर से बात की और उन्हें दुखिया से जो बातें हुई थीं, उनके बारे में बताया। उसने साफतौर से पूछा कि अगर वह खजरिया जाता है तो उन्हें बुरा तो नहीं लगेगा; वह उनके इलाके में दखल तो नहीं समझेंगे?

जरनल मैनेजर ने कहा, ''मुझे कोई एतराज नहीं होगा। हमने आपके लिए गाड़ी का इंतजाम कर रखा है। वह कल सवेरे आपके पास पहुँच जाएगी। मैं चाहूँगा, जब आप दरभंगा पहुँचें, आधा घंटा समय निकालकर हमारा मत्स्य-पालन

केंद्र अवश्य देख लें।''

रात को सोने से पहले अक्षय अपनी यात्रा के बारे में सोच रहा था। किसी दूसरे के क्षेत्र में जाना उसे कतई पसंद नहीं था। अगर वह जा रहा था तो केवल दुखिया के लिए। एक बार उसने पूछा था, 'तुम्हारा नाम दुखिया कैसे पड़ा?'

'मेरे माँ-बाप ने तीन बच्चे लगातार खो दिए थे। उन्होंने मेरा नाम दुखिया इस वजह से रखा कि मैं जीवित बच सकूँ।'

दुखिया जन्म से मजबूत था और उसी तरह बढ़ता रहा। वह कभी थकता नहीं था। था तो वह दफ्तर का चपरासी, लेकिन खाना बनाता था, माली का काम करता था और मत्स्य-पालन में भी भाग लेता था। किशोर अवस्था में उसके माँ-बाप की मृत्यु हो गई। भगवान् की दया से उसे कंपनी में नौकरी मिल गई। अपने गाँव से उसका गहरा लगाव था। हर साल छुट्टी में वह गाँव जाया करता था।

अक्षय ने उससे पूछा था कि जीवन में उसकी क्या आकांक्षाएँ हैं। उसने कहा था कि वह अपने गाँव की खुशहाली के लिए अपना जीवन अर्पित करना चाहता है।

अगले दिन सवेरे अक्षय और दुखिया गाड़ी से खजरिया के लिए रवाना हो गए। चार घंटे की यात्रा के बाद वे दरभंगा पहुँचे। अक्षय ने मत्स्य उत्पादन केंद्र देखा। वहाँ का काम देखकर उसे प्रसन्नता हुई। केंद्र में अंडों का उत्पादन, उनसे बच्चे तैयार करना, फिर उँगली के बराबर उन्हें बड़ा करने का काम कुशलता-पूर्वक किया जा रहा था। केंद्र आधुनिक था और स्वास्थ्य का उत्तम प्रबंध था। वहाँ जिले के समस्त गाँवों के लिए पर्याप्त मात्रा में छोटी मछलियाँ तैयार की जाती थीं।

दरभंगा से खजरिया जानेवाली सड़क कच्ची थी। दोराबजी ने उसके लिए केंद्र में जीप का प्रबंध कर रखा था। शाम को वे गाँव पहुँचे। दुखिया ने गाँव की एक कुटी में उसके रहने का इंतजाम किया था।

अगला दिन अक्षय के लिए काम का था। सवेरे उसने गाँव का चक्कर लगाया और वहाँ के छोटे-बड़े पोखरों को देखा। उसके बाद वह आदिवासी क्षेत्र में गया। वहाँ एक बड़ी झील थी। ये सारे जलाशय मछली उत्पादन के लिए उपयुक्त थे।

संपूर्ण इलाका पिछड़ा था। किसानों के पास जमीन कम थी, जिससे उनका पेट नहीं भरता था। वे गाँव से बाहर जाकर कमाई करने के लिए विवश थे। गाँव में बूढ़े और महिलाएँ रहती थीं। उनकी गुजर बाहर से भेजी जानेवाली कमाई पर निर्भर थी।

अक्षय इलाके के परीक्षण के बाद गाँव लौटा। दोपहर हो गई थी और वह थक गया था। खाना खाने के बाद वह दो घंटे के लिए सो गया।

शाम को दुखिया ने गाँववालों और आस-पास रहनेवाली जनजाति के लोगों की सभा बुलाई थी। अक्षय ने सरल भाषा में उन्हें मत्स्य-पालन के फायदे बताए—

''मछलियों का तालाब और नदियों में जीना प्राकृतिक घटना है। हर साल मछलियाँ ढेर सारे अंडे देती हैं, जिनसे छोटी-छोटी मछलियाँ पैदा होती हैं। अपने समय में, धीरे-धीरे ये बड़ी और खाने लायक हो जाती हैं। मछलियाँ पानी के अंदर लगी हुई घास-पात खाती हैं, जिसके लिए हमें कुछ नहीं करना पड़ता।

आज की दशा यह है कि पोखरों में एक भी मछली नहीं है। वजह क्या है ? मछलियाँ सितंबर से दिसंबर—इन चार महीनों में अंडे देती हैं। इन महीनों में हमें इनको नहीं पकड़ना चाहिए, मगर हम इसका पालन नहीं करते। मादा मछलियों को बड़े होने में और अंडे देने में तीन साल लगते हैं, लेकिन हम उन्हें बड़ा नहीं होने देते, उससे पहले ही पकड़कर खा जाते हैं। अगर हम मछलियों की पैदाइश रोक दें तो वे खत्म हो जाती हैं। अगर हम ऐसी गलती न करें तो पोखरों में मछलियाँ फिर से जीवित हो सकती हैं।

सरकार ने पोखरों में मछली उत्पादन के लिए योजना बनाई है और मत्स्य पालन केंद्र खोले हैं। कल ही ऐसे एक केंद्र को मैंने दरभंगा में देखा था। वहाँ अच्छे, स्वस्थ अंडों से मछली के बच्चे पैदा किए जाते हैं और उन्हें उँगली के बराबर बढ़ने दिया जाता है। ये मछलियाँ पोखरों में डालने लायक हो जाती हैं, रोगों से मुक्त होती हैं और तालाब की घास-पात खाती हैं। मछली पालन का यह सबसे मुश्किल काम होता है और इसे केंद्र आपके लिए करता है।

अब आपका क्या काम है ? मछलियों को तालाब में छोड़ने के बाद इन्हें बड़ा होने दीजिए। दो साल तक इन्हें मत पकड़िए। उसके बाद आप जाल डाल सकते हैं, लेकिन जाल में सुराख होने चाहिए, ताकि छोटी मछलियाँ भाग निकलें। अगर आप मछलियों को उनके पैदाइशी महीनों में न पकड़ें तो उसका बहुत लाभ होगा।

मत्स्य-पालन में ताकत या कड़ी मेहनत की जरूरत नहीं है। इसके लिए पढ़ाई-लिखाई या प्रशिक्षण की आवश्यकता नहीं है। इस काम को औरतें भी कर सकती हैं। इस काम को खेती-बाड़ी और अन्य कामों के साथ किया जा सकता है। मत्स्य-पालन से आमदनी बढ़ेगी और खुशहाली आएगी।''

गाँववाले अक्षय की सीधी-सादी बातों से प्रभावित हुए। सबने मिलकर 'मराठी साहब की जय' के नारे लगाए।

इसके बाद दुखिया अक्षय को जमींदार की हवेली में ले गया। रास्ते में उसने अक्षय को बताया कि ठाकुर को केवल अपनी आवाज पसंद है। इसलिए बेहतर होगा

कि वह चुप रहें और उनकी बातों को सुन लें।

ठाकुर ने अक्षय का स्वागत किया और कहा, ''हमारे गाँववाले पिछड़े हैं लेकिन हैं भले। ये मेरे नियंत्रण में रहते हैं और दंगा-फसाद नहीं करते। यहाँ शांति है और पुलिस नहीं रहती। मगर ये लोग इतना नहीं समझते कि पोखरों में मछली छोड़ने के बाद उनकी रक्षा करनी पड़ती है। अगर मत्स्य-पालन मेरे नियंत्रण में छोड़ दिया जाए तो मैं इसकी जिम्मेदारी ले लूँगा।

आप अपने विभाग को बताइए कि वे मछली भेज दें। हमारे सरपंच मत्स्य-पालन का तरीका जानते हैं। उन्होंने मुंबई के पास एक जगह पर ३० साल तक यही काम किया था। मैं आपको आश्वासन देता हूँ कि योजना सफल होगी।''

अक्षय ने शांति से ठाकुर की बातें सुनीं। ठाकुर ने पहले से ही सोच रखा था कि मत्स्य-पालन उनकी निगरानी में होगा। लेकिन अक्षय ने कुछ कहा नहीं और न ही कोई प्रश्न पूछा। ठाकुर उसके इस व्यवहार से खुश थे।

रात को आठ बजे दो आदिवासी मुखिया अक्षय से मिलने आए। दुखिया ने बताया कि उनसे मिलना आवश्यक है। उसे उनकी जरूरत पड़ेगी।

मुखिया ने कहा कि उनके इलाके में मछली-पालन जरूरी हो गया है। जंगलों में उपज दिन-ब-दिन कम होती जा रही है, इसलिए उन्हें मछली पर निर्भर होना पड़ेगा। जनजाति में अनुशासन अच्छा होता है और वहाँ गड़बड़ियाँ नहीं होतीं। लोग उनका कहना मान लेते हैं।

अक्षय ने उन्हें बताया कि उसकी हमदर्दी उनके साथ है। अगर खजरिया में योजना सफल हो जाती है तो वह उनके क्षेत्र में आसानी से ले जाई जा सकती है। लेकिन पहले इसका खजरिया में सफल होना आवश्यक है।

दोनों मुखिया ने अक्षय को भरोसा दिया कि वे अपने हित में खजरिया को सफल बनाने में पूरी मदद देंगे।

अक्षय का काम खत्म हो गया था। उसने वही किया, जो दुखिया ने बताया था। अगले दिन उसे वापस जाना था। दुखिया दरभंगा तक साथ गया और उसके बाद अक्षय गाड़ी से पटना चला गया।

वापसी की उड़ान में अक्षय दुखिया के प्रयासों पर विचार कर रहा था। दुखिया चाहता था कि महाराष्ट्र में जो विकास हुआ है, वह उसके क्षेत्र में पहुँचना चाहिए। मगर क्या वह सफल हो पाएगा ? लोगों के आपसी झगड़े किसी भी योजना को सफल नहीं होने देते।

खजरिया की गरीबी देखकर उसे बुरा लग रहा था। विकास का स्तर शहरों और

गाँवों में भिन्न था। जनजाति और आदिवासियों की दशा तो बहुत खराब थी।

वह उनकी मदद करना चाहता था, लेकिन विकास के लिए स्थानीय लोगों का सहयोग और उत्साह की आवश्यकता होती है।

अक्षय लोनावला पहुँच गया था। दो महीने बाद उसने दोराबजी के जनरल मैनेजर से बात की। छोटी मछलियाँ खजरिया भेज दी गई थीं और उन्हें परीक्षण के लिए एक तालाब में छोड़ दिया गया था।

जनरल मैनेजर ने जमींदार के व्यवहार के बारे में बताया था। वह उनसे खुद मिला था। क्या ठाकुर गाँववालों की चलने देगा? दुखिया को भरोसा था कि वह इसका उपाय निकाल लेगा। क्या वह कर पाएगा?

दुखिया को अपनी समस्याएँ मालूम थीं। एक तरफ जन-जागृति हो रही थी और दूसरी तरफ ठाकुर अपने परंपरागत अधिकारों पर अड़े हुए थे। उसके संबंध दोनों से अच्छे थे। उसकी चिंता का कारण कुछ और था। ठाकुर ने अपनी सुरक्षा के लिए बीस अंगरक्षक रखे थे। ये गाँववालों के प्रति कोई हमदर्दी नहीं रखते थे। ये सिपाही अकेले रहते थे और उन्हें परिवार लाने की इजाजत नहीं थी। दुखिया को इनसे डर था। उसे मालूम था कि जरूरत पड़ने पर ठाकुर इनका इस्तेमाल करेगा। दुखिया ने सूझ-बूझ से आदिवासियों को अपने साथ रखा था।

दुखिया मत्स्य-पालन मंत्री से मिला था। उन्होंने आश्वासन दिया था कि सरकार हरसंभव सहायता देगी, परंतु शुरुआत गाँव से होनी चाहिए। किसी-न-किसी को अगुआ बनना पड़ेगा और जिम्मेदारी लेनी पड़ेगी।

जून के महीने में मछलियाँ पाँच महीने की हो गई थीं। बीच-बीच में सतह पर आकर उछलती थीं और चारों दिशाओं में लहरें फैला देती थीं। गाँव के बच्चों ने ऐसा तमाशा पहले कभी नहीं देखा था।

ठाकुर महावीर सिंह ने दुखिया और पंचों को हवेली में बुलाया। उनके अंगरक्षकों ने उन्हें अप्रिय बातें सुनाई थीं।

"यह मैं क्या सुन रहा हूँ? तुम लोगों ने मत्स्य-पालन के लिए सहकारी-समिति बनाई है?"

"जी सरकार! उसके बिना केंद्र से पोखरे में डालने के लिए छोटी मछलियाँ नहीं मिलतीं।"

"और तुम लोगों ने औरतों का संगठन बना लिया है?"

"जी सरकार! इससे खर्चे में किफायत होगी और मरद खेती करते रहेंगे।"

ठाकुर गुस्से में था। उसे शांत होने में समय लगा। उसने पंचों को बताया कि जो वे करने जा रहे हैं, उसमें उन्हें कभी सफलता नहीं मिलेगी। सरकारी और सहकारी संस्थाएँ हमेशा असफल होती हैं, क्योंकि उनमें किसी का निजी फायदा नहीं है। मुझे लगता है कि तुम लोगों को 'सहकारी' शब्द ने बहका दिया है।

''जल्द ही तुम लोगों को अपनी गलती पता चल जाएगी और वह तब होगा जब मछलियाँ बड़ी हो जाएँगी। उस समय तुम लोगों का पैसे के बारे में आपसी झगड़ा होगा और चोरी शुरू हो जाएगी। तुम लोगों को यह पता नहीं कि मछली की रखवाली करनी पड़ती है। उस समय तुम लोग मेरे पास आओगे और मैं तुम्हारी मदद नहीं करूँगा। यह काम तुम लोगों ने मुझसे पूछे बिना किया है?''

दुखिया ने अर्ज किया, ''सरकार, अगर आप इजाजत दें तो मैं कुछ कहूँ। हमने यह काम परीक्षण के तौर पर किया है। मछलियाँ सिर्फ एक पोखरे में डाली गई हैं। हमने सोचा था कि हम आपके पास परीक्षण सफल होने के बाद आएँगे। हमें रखवाली के लिए आपके सिपाहियों की जरूरत पड़ेगी। सरकार, हम आपका पूरा खयाल रखेंगे और आप जब चाहेंगे तब मछली भेज देंगे।''

दुखिया ने पंचों की तरफ देखा और पूछा, ''क्या मैं ठीक कह रहा हूँ?''

पंचों ने 'हाँ' में सिर हिलाया। ठाकुर चालाक थे। यह सच था कि पिछले पचास सालों से पोखरों में मछलियाँ नहीं थीं। ठाकुर ने सोचा, पहले परीक्षण सफल हो जाने दो, बाद में देखेंगे।

ठाकुर के दो लड़के और एक लड़की थी। वे बड़े हो गए थे, उनकी शादियाँ हो गई थीं और वे पटना में रहते थे। दिवाली में तीनों गाँव आते थे। वह समय परिवार के लिए अत्यंत खुशी का होता था।

दिवाली से एक महीना पहले ठाकुर ने दुखिया को बुलाया। हर साल त्योहार से पहले हवेली को साफ किया जाता था और चूना पोता जाता था। दुखिया इस काम से भली-भाँति परिचित था। काम समझाने के बाद ठाकुर ने पूछा, ''मछलियों का हाल कैसा है?''

''ठीक है सरकार, वे अच्छी तरह बढ़ रही हैं।''

''मुझे दिवाली में मछलियाँ लगेंगी!''

''आपका जो हुकुम!'' दुखिया ने मुसकराकर कहा।

दुखिया हवेली के आँगन में बैठा था। उसके हाथ में झोली थी। ठाकुर का छोटा लड़का

विनय बाहर आया। वह आचार-व्यवहार में नम्र था; अपने पिता के पूरे बरखिलाफ! उसने कहा, ''सरपंचजी, राम-राम।''

''पाय? लागी छोटे सरकार।''

''झोली में क्या लाए हो?''

''मछली। बिलकुल ताजी हैं, अपने पोखरे की।''

विनय को अच्छा नहीं लगा, ''क्या आप जानते नहीं कि इन दिनों मछलियाँ अंडे देती हैं, इन्हें पकड़ना नहीं चाहिए?''

उसी समय ठाकुर और उनका बड़ा लड़का बाहर आए। विनय ने अपने पिता को सरपंच की गलती बताई। ठाकुर ने कहा कि मछलियाँ उन्होंने मँगवाई थीं। त्योहार के दिन हैं और मछलियाँ खाने लायक हो गई हैं।

विनय ने कहा, ''अपने देश का रोना यहीं पर है। अपने मुख्य त्योहार दशहरा, दिवाली आदि मछलियों के अंडे देने के दिनों में पड़ते हैं। हम इन्हें पकड़ लेते हैं और इनकी संख्या बढ़ने नहीं देते। अगर इन दिनों हम मछली न खाएँ तो खराबी क्या है? हम मुरगी और गोश्त खा सकते हैं!''

दुखिया ने विनय को शांत करने के लिए कहा, ''छोटे सरकार, हम मछली के बच्चे मत्स्य-पालन केंद्र से मँगवाते हैं, इसलिए कोई फरक नहीं पड़ेगा। मछली का जायका अलग होता है। आप लोग साल में एक बार तो आते हैं। यह मछली हमने आपके लिए पकड़ी हैं, औरों को नहीं पकड़ने देंगे।''

''सरपंचजी, आप मेरी बात समझने की कोशिश करिए। धर्म के नाम पर हम व्रत रखते हैं और तमाम पाबंदियों का पालन करते हैं। मैं जो कह रहा हूँ, वह साधी समझ की बात है, फिर क्यों हम अपने ऊपर नियंत्रण नहीं रखते? अब आप एक काम कीजिए। इन मछलियों को ले जाइए। इन्हें आप कुत्तों और बिल्ली को खिला सकते हैं, मगर आदमी को मत दीजिएगा।''

गाँववाले विनय के विचार सुनकर खुश हुए। जब कभी वे ठाकुर के अश्लील और क्रूर व्यवहार से परेशान हो जाते थे, दुखिया उन्हें धीरज रखने के लिए समझाता था। ''एक दिन आएगा जब महावीर सिंह चले जाएँगे। विनय और विजय भइया सज्जन हैं, वे किसी को तकलीफ नहीं देंगे।''

पटना जाने से पहले विनय ने अपने पिता से कहा था कि वह अपनी राजशाही आदतें बदल दें। जागृति आ गई है और पटना में उनके जैसे बरताव को कोई बरदाश्त नहीं करेगा। जल्द ही यह अपने गाँव में भी पहुँच जाएगी। विजय ने कहा था कि वह गाँव छोड़ दें और पटना आ जाएँ। वह खजरिया में कभी नहीं रहेगा

और दूर से देखभाल करना संभव नहीं है।

पुत्रों के पटना वापस चले जाने के बाद ठाकुर महावीर सिंह विचार कर रहे थे। विनय ने कहा था कि जन–जागृति उत्पन्न हो गई है। इसमें कौन सी नई बात है ? उसने कहा था कि वह तानाशाही छोड़ दें। वह सब ठीक है, लेकिन क्या विनय को मालूम है कि ये लोग काम नहीं करते, जब तक कि गाली न खाएँ ? समाज बिना डंडे के नहीं चलता। विजय ने कहा था कि वह गाँव छोड़ दें। वह कैसे संभव है ? पूर्वजों की बनाई हुई संपत्ति कैसे छोड़ दें ? वह उस जगह के राजा थे। उनकी अधिकांश जमीन पर किसानों का हक हो गया था, फिर भी जो बचा था, वह बहुत था। जायदाद और जमीन प्रतिष्ठा के चिह्न हैं, इन्हें छोड़ना नामुमकिन है। विजय गाँव में नहीं रहना चाहता, क्योंकि क्षेत्र पिछड़ा है और उसके धंधों के योग्य नहीं है। किंतु विकास यहाँ भी पहुँच जाएगा। अगले पाँच साल में सड़क, बिजली, स्कूल, अस्पताल आदि बन जाएँगे। उनकी उम्र ६२ साल की थी और वह प्रतीक्षा कर सकते हैं। विनय को गाँव पसंद था। सबकुछ सोचने के बाद उन्होंने निर्णय लिया कि वह गाँव कभी नहीं छोड़ेंगे।

उनके चिंता का मुख्य कारण था सुरक्षा—अपनी और जायदाद की। वह पत्नी के साथ बड़ी हवेली में अकेले रहते थे। संयुक्त परिवार खत्म हो गया था। लोगों में राजा के प्रति वफादारी का अंत हो गया था। चोरी और डकैती का हमेशा डर लगा रहता था। उन्हें रात को नींद नहीं आती थी और दवाई लेनी पड़ती थी। लड़के जब कभी पटना से आते थे, अपने साथ दवाइयाँ ले आते थे। सुरक्षा अंगरक्षक रखने का प्रमुख कारण था। उसके बावजूद भी वह अपने कमरे में हथियार रखते थे।

दिसंबर के अंतिम दिन थे। सरदी कड़ाके की पड़ रही थी। विजय ने पटना से खबर दी कि उसके बच्चे सरदी, खाँसी की वजह से बीमार पड़ गए हैं। इस बार ज्वर ज्यादा था। ठकुराइन घबरा गईं और पटना चली गईं। जाने से पहले वह नौकरों को घर सँभालने और ठाकुर की देखभाल के लिए हिदायतें दे गईं।

अगले महीने दुखिया हवेली पहुँचा। वह अपने साथ नमूने के लिए चार मछलियाँ ले गया था और उन्हें ठाकुर को दिखाया। वे लगभग एक किलोग्राम की हो गई थीं और दिखने में स्वस्थ थीं।

ठाकुर खुश हुए, ''तुम लोगों ने अच्छा काम किया है। क्या तुम लोग परीक्षण से खुश हो ?''

''जी सरकार!''

''क्या तुम लोग उत्पादन बढ़ाने के लिए तैयार हो ?''

"बिलकुल सरकार!"

ठाकुर ने थोड़ी देर तक सोचा और फिर अपने विचार व्यक्त किए, "मैं सोच रहा हूँ कि एक कंपनी बनाई जाए, जिसका प्रमुख मैं रहूँगा और अपने गाँव के दस सदस्य होंगे। पूँजी मैं दूँगा और मछली की रखवाली मेरे सिपाही करेंगे। अपने यहाँ नौ तालाब हैं। जो मुनाफा होगा, उसका आधा हिस्सा मैं लूँगा और बाकी सदस्यों में बाँट दिया जाएगा। इससे गाँववालों को नौकरी मिलेगी और सस्ते दाम पर मछली। तुम्हारा क्या खयाल है?"

"मैं पंचों से परामर्श करता हूँ।"

"ठीक है, वह कर लो और मुझे बताना।"

दो हफ्ते बाद सरपंच जमींदार के पास गया और उन्हें बताया कि गाँववाले राजी नहीं हैं।

"क्यों?"

"वह कहते हैं कि तालाब उनके हैं। वह बराबरी के हिस्से में मछली पालना चाहते हैं।"

ठाकुर को क्रोध आया, "तालाब उनके हैं! यह कब से हो गया? हरामजादे भूल गए कि यह गाँव, सारी जमीन और पोखरे मेरे पूर्वजों की संपत्ति हैं। उन्होंने इनको शरण दी थी और खेती के लिए जमीन। ये लोग हमारी प्रजा थे। अब देखो इन सालों की हिम्मत! बराबरी की बात कर रहे हैं?"

"सरकार, जो आप कह रहे हैं, वह सत्य है। मगर ये लोग आजादी के नाम से बौखला गए हैं। जमीन तो इनके नाम हो ही गई है। ये लोग राजनैतिक नेताओं से मिले थे। उन्होंने बताया कि पोखरे सार्वजनिक संपत्ति हैं।"

"देखो दुखिया, मैं यह तो नहीं कर रहा हूँ कि सारे जलाशय मेरे हैं। मैं लोगों को पीने का पानी, नहाने-धोने की जगह को मना नहीं कर रहा हूँ। भला मैं ऐसा कैसे कर सकता हूँ? मुझे भी तो अकल है। लेकिन जो मूल बात है, वह लोग समझ नहीं रहे हैं। मैंने पहले भी कहा था कि सरकारी और सहकारी उद्योग सफल नहीं होते। हर उद्योग में पैसे खर्च होते हैं और वह फौरन वापस नहीं मिलते। मत्स्य-पालन में भी दो-तीन साल रुकना पड़ेगा। ये लोग क्यों पैसा डुबाने का जोखिम ले रहे हैं? फायदा क्या है? इन्हें हम लाभ तो दे ही रहे हैं। इन्हें काम मिलेगा और सस्ती मछली।"

"सरकार, मैं ग्राम सभा में चर्चा करता हूँ और फिर आपको बताऊँगा।"

दुखिया ने ग्रामसभा की बैठक बुलाई। वह अपने निर्णय पर अड़े रहे।

ठाकुर ने पूछा, "गाँववाले क्या कह रहे हैं?"

"उनका कहना है कि सरकार सहकारी संस्थाओं को बढ़ावा देना चाहती है और वह सरकारी निर्देशों पर काम करना चाहते हैं। फगुआ के बाद वे सारे तालाबों में मछलियाँ डालना चाहते हैं।"

महावीर सिंह को अपनी पत्नी के वापस आने से पहले इस मसले का उपाय निकालना जरूरी था। वह मत्स्य-पालन का बड़ा उद्योग खोलना चाहते थे और लड़कों के लिए विरासत छोड़ जाना चाहते थे। उनकी मनोकामना भंग हो रही थी।

उन्होंने अपने अंगरक्षकों के दोनों सरदारों को बुलाया और गाँववालों की बगावत के बारे में बताया। सरदारों ने कहा कि उन्होंने भी ऐसी बातें सुनी हैं।

"हमें उनको सफल नहीं होने देना चाहिए। फगुआ के बाद वे हर पोखरे में मछली डालना चाहते हैं।"

सरदारों ने हँसकर कहा, "मालिक, अगर आप इजाजत दें तो इस साल की होली हम खून से खेलेंगे।"

"नहीं, नहीं। ऐसा कुछ मत करना, उनको सिर्फ सबक सिखाना है। चुप-चाप वे मेरी बातों को मान लें।"

"मालिक, हम तो आपके सेवक हैं। बताइए, आपका क्या हुकुम है?"

"पता करो कि उनके अगुआ और भड़कानेवाले कौन हैं? अगर हम उनकी मरम्मत कर दें तो बाकी सब रास्ते पर आ जाएँगे। मुझे तीन दिन के अंदर यह खबर मिलनी चाहिए।"

अंगरक्षकों ने पाँचों पंचों और अखाड़े में कुश्ती लड़नेवालों का नाम लिया। अखाड़े का मुखिया बलराम था, जो कुश्ती के साथ लाठी और बल्लम चलाना सिखाता था।

"अब ध्यान से अपना काम सुनो। तुम किसी की हत्या नहीं करोगे और न ही हाथ-पाँव तोड़ोगे। उनकी सिर्फ पिटाई करनी है। दुखिया का ध्यान रखना। वह उनका सरपंच तो है, लेकिन मेरा भी खास आदमी है; उसे चोट नहीं लगनी चाहिए। यह बताओ, क्या रात के अँधेरे में तुम इन लोगों को पहचान लोगे?"

"जी मालिक, उसमें कोई परेशानी नहीं होगी।"

प्रहार का समय दो दिन बाद आधी रात को निश्चित किया गया।

धन्ना हवेली की सबसे प्रिय और विश्वसनीय नौकरानी थी, जो २५ साल से काम कर रही थी। वह १५ साल की उम्र में शादी के एक हफ्ते बाद विधवा हो गई थी। ससुरालवाले उसे पापिन कहकर उसके साथ दुर्व्यवहार कर रहे थे। उनके विचार से

उनके लड़के की आकस्मिक मृत्यु उसी के कारण हुई थी। धन्ना उकता गई थी और आत्महत्या करनेवाली थी। उस समय दुखिया ने उसकी मदद की थी। वह ठाकुर महावीर सिंह के पिताजी से मिला। वह बूढ़े हो गए थे, चलने-फिरने में असमर्थ थे और उन्हें २४ घंटे के लिए किसी भरोसेमंद सेवक की जरूरत थी। धन्ना को काम मिल गया और हवेली में रहने की जगह। उसे नई जिंदगी मिल गई थी और वह खुश थी।

उसकी कठिनाइयाँ १५ साल बाद शुरू हुईं, बड़े ठाकुर के मरने के बाद महावीर सिंह की नजर उसके ऊपर पड़ने लगी और वह उसकी लाचारी का फायदा उठाने लगे। वह चुपचाप सहन करती रही, क्योंकि उसके पास और कोई चारा नहीं था। कभी-कभी वह अपने नसीब पर हँस पड़ती थी। ठाकुर उसकी हँसी को स्वीकृति समझने लगे।

धन्ना के हृदय में दुखिया के प्रति असीम श्रद्धा की भावना थी। दुखिया को किसी प्रकार की हानि हो, यह वह बरदाश्त नहीं कर सकती थी। उसने षड्यंत्र की सूचना गाँववालों को दे दी।

बलराम ठंडे दिल का पहलवान था। उसने सबको बताया कि अँधेरा होने के बाद वे उसकी झोंपड़ी पर पहुँच जाएँ। घबराए हुए सभी वहाँ पहुँच गए, लेकिन दुखिया नहीं गया।

हवेली में ठाकुर बेचैन था। उन्होंने शराब की बोतल निकाली और पीना शुरू कर दिया। उन्होंने धन्ना को आवाज दी, ''खाना क्या बनाया है?''

''मुरगी, सब्जी और दाल।''

''ठीक है, पराँठे बना लो।''

धन्ना मुसकराकर चली गई। ठाकुर पर नशा चढ़ रहा था। करीब दस बजे उन्होंने धन्ना को खाना परोसने के लिए कहा। ठाकुर ने धन्ना को अपने पास खींचा और उसे अपने बदन से चिपका लिया।

धन्ना ने हँसकर कहा, ''अभी नहीं, खाना खाने के बाद।'' ठाकुर को जल्दी भी नहीं थी; उन्हें कुछ घंटे और रुकना था।

खाने के बाद धन्ना ठाकुर को हाथ पकड़कर पलंग तक ले गई, ''थोड़ा रुकिए, मैं खाना खाकर जल्द आ रही हूँ।''

धन्ना को कोई जल्दी नहीं थी। उसने शांति से खाना खाया, रसोई साफ की और ठाकुर के कमरे में गई। ठाकुर नंगे सोए पड़े थे और खर्राटे भर रहे थे। उनको मालूम नहीं था कि धन्ना ने मसाला मुर्ग में नींद की काफी गोलियाँ डाली थीं। धन्ना बाहर

गई और सिपाहियों के हवेली से जाने के बाद लौटी।

ठाकुर के बहादुर सिपाही सबसे पहले सरपंच के घर पहुँचे। उन्होंने दुखिया को डाँटा, फटकारा और कहा कि मालिक के हुकुम की वजह से वह उसे पीटेंगे नहीं, लेकिन औरों को सबक सिखा देंगे। सरपंच होने के नाते उसकी जिम्मेदारी बनती है कि वह सबको समझाए कि बगावत का रास्ता छोड़ दें। यह सबके हित में है कि वे मालिक का कहना मान लें।

उसके बाद वे अन्य लोगों की तलाश में निकले। उन्हें अचरज हुआ कि कोई भी अपने घर में नहीं है। कहाँ गए? उन्होंने गाँववालों को धमकाया। एक बूढ़े व्यक्ति ने बताया कि सब-के-सब कोनेवाली झोंपड़ी में छिपे हुए हैं।

सिपाही सीना तानकर झोंपड़ी की तरफ चले। वे एक तंग गली में से गुजर रहे थे। झोंपड़ी के सामने दो बैलगाड़ियाँ खड़ी थीं, जिनमें सूखा पुआल भरा हुआ था। जब वे ठेलों पर चढ़ रहे थे, उनके पाँव फिसलने लगे और साथ ही उनके ऊपर बलराम के शिष्यों की लाठियाँ बरस रही थीं। वे लाचार और परेशान थे। गली इतनी तंग थी कि एक साथ तीन आदमियों से ज्यादा प्रहार नहीं कर पा रहे थे। परंतु खतरा उनके ऊपर कहीं ज्यादा भयानक था।

गली के दूसरे छोर पर उन्होंने दो मशालें देखीं। तकरीबन ५० आदिवासी वहाँ इकट्ठा हो गए थे। उनके हाथों में तीर-कमान और बल्लम थे। सिपाहियों के पास भागने के लिए कोई रास्ता नहीं था। उन्होंने हार मान ली।

बलराम और उसके आदमी झोंपड़ी से बाहर निकले। अंगरक्षकों को पेट के बल जमीन पर लिटा दिया गया और उनके हाथ-पाँव बाँध दिए गए। बलराम, आदिवासी मुखिया और पंच दुखिया से मिलने चले गए।

धन्ना ठाकुर के कमरे में गई। उसने दोनों हाथों से ठाकुर को हिलाया। उनकी नींद खुली नहीं, वह पहले जैसे खर्राटे भर रहे थे।

वह कुरसी पर बैठकर ठाकुर के नग्न बदन को देख रही थी। यह वही मनुष्य था, जो उसकी बेबसी का फायदा उठाए चला आ रहा था। उसके मन में घृणा उत्पन्न हुई। उसे पता नहीं था कि दुखिया का क्या हुआ होगा, जो कुछ भी हो, वह आज ठाकुर को छोड़नेवाली नहीं थी।

ठाकुर अपनी हिफाजत के लिए कमरे में हथियार रखता था। उसने दराज खोली और पिस्तौल निकाली। उसमें गोलियाँ भरी थीं। उसे खयाल आया कि आवाज औरों को भी जगा देगी। उसने पिस्तौल वापस रख दी और खंजर उठाया। पूरी ताकत से उसने खंजर को ठाकुर के पेट में घुसेड़ दिया। क्षण भर के लिए ठाकुर की आँखें खुलीं;

वह तनिक देर के लिए कराहा और दुनिया से चल बसा।

अब उसकी बारी थी। वह पहले भी अपने जीवन का अंत करना चाहती थी। उसने खुखरी निकाली, अपने कपड़े फेंक दिए और नग्न होकर ठाकुर के बगल में पलंग पर लेट गई। उसने खुखरी को दोनों हाथों में मजबूती से पकड़ा और अपने पेट में घुसा दिया।

बलराम, आदिवासी प्रमुख और पाँचों पंच दुखिया के घर पहुँचे और उसे सिपाहियों के पकड़े जाने की खबर सुनाई। दुखिया को खुशी हुई कि किसी को चोट नहीं पहुँची। उसने बलराम और मुखिया को बधाई दी।

अब आगे क्या करना चाहिए, वे इस विषय पर चर्चा कर रहे थे। बलराम ने कहा कि ठाकुर का सारा दम अपने अंगरक्षकों के बल पर था; अब वे नहीं हैं तो ठाकुर में कोई दम नहीं बचा है। आदिवासी मुखिया ने कहा कि वह ठाकुर के आदमियों को अपने इलाके में ले जाकर उनका खात्मा कर देंगे।

दुखिया ने कहा, ''हमें भूलना नहीं चाहिए कि हमारा उद्देश्य क्या है ? अगर खून-खराबा हुआ तो मत्स्य-पालन रुक जाएगा। अब तक ठाकुर हमारे ऊपर दबाव डाल रहा था, अब हम उसके ऊपर दबाव डालेंगे। जब तक हमारा काम नहीं हो जाता, अंगरक्षकों को अपनी गिरफ्त में रखना चाहिए।''

दुखिया ने आदिवासी मुखिया को बताया कि वह सिपाहियों को अपने इलाके में ले जाए और उन्हें कैद करके रखे।

बातचीत के बाद दुखिया और पाँचों पंच हवेली के लिए रवाना हुए। बलराम और मुखिया गाँव में घटनास्थल पर गए। आदिवासियों ने अगंरक्षकों को सिमटाकर घुटनों के बल बिठा दिया था। उनके इर्द-गिर्द वे तालियाँ बजाकर नाच रहे थे। बीच-बीच में वे भाले से उन्हें डरा रहे थे। मशाल की रोशनी में यह दृश्य भयानक लग रहा था और अंगरक्षक डर से काँप रहे थे।

मुखिया ने अपना बल्लम जमीन पर पटका। नाचना तत्काल बंद हो गया। बलराम ने पूछा, ''तुम लोगों को क्या सजा चाहिए ?''

अंगरक्षकों ने क्षमा की याचना की। हम तो अपने मालिक का हुकुम मान रहे थे। उनकी गाँववालों से कोई दुश्मनी नहीं थी।

बलराम ने कहा कि उन्हें जीवनदान मिल सकता है, किंतु उन्हें कुछ शर्तों का पालन करना पड़ेगा। इसके बाद गाँव में कभी भी अपना मुँह नहीं दिखाएँगे और हवेली छोड़कर भाग जाएँगे। पुलिस को कोई खबर नहीं देंगे। अगर उन्हें ये शर्तें मंजूर हैं

तो बलराम पंचायत में उनकी रिहाई के लिए सिफारिश करेगा।

शर्तें आसान थीं और अपनी जान बचाने के लिए उन्होंने इन्हें मान लिया। बलराम ने कहा कि निर्णय लेने में थोड़ा समय लगेगा। आदिवासियों ने उनके हाथ पीछे की तरफ बाँध दिए और आँखों पर पट्टी चढ़ा दी। उन्हें जानवरों की तरह खदेड़कर अपने इलाके में ले गए।

दुखिया और पंच हवेली पहुँचे। पौ फट रही थी और सूर्य की किरणें धरातल पर बिखरने लगी थीं। पंचों को आँगन में छोड़ दुखिया अकेले ठाकुर से मिलने गया। पहले धन्ना के कमरे पर गया। किवाड़ खुले थे, परंतु धन्ना वहाँ नहीं थी। शायद चाय लेकर वह ठाकुर के कमरे में गई होगी। उसने ठाकुर के दरवाजे को थपथपाया। कोई आवाज नहीं आई लेकिन दरवाजा थपथपाहट से थोड़ा खुल गया। दुखिया ने धीरे से दरवाजा धकेला और अंदर का दृश्य देखकर चकरा गया। उसे कुछ समझ नहीं आ रहा था। हत्या किसने की है ? कहीं दोनों ने एक-दूसरे को मार तो नहीं डाला ? शायद उन्होंने आत्महत्या कर ली हो ! मगर वे नग्न क्यों थे ? यह घटना शर्मनाक और बदनामी की थी। कुछ देर तक वह सोचता रहा। उसने ठाकुर का मोबाइल उठाया और किवाड़ को बंद कर उसमें ताला लगा दिया।

जब दुखिया आँगन में पहुँचा, सारे पंच ऊँघ रहे थे। उसने पंचों को सिर्फ इतना बताया कि किसी ने रात को ठाकुर की हत्या कर दी है। उसने कहा कि ठाकुर की मृत्यु से हमारी सारी समस्याएँ हल हो गई हैं। जिस मसले के लिए हम इतनी हाथापाई, भाग-दौड़ और खींच-तान कर रहे थे, वह अपने आप सुलझ गई है। विजय और विनय भैया से हमें कोई परेशानी नहीं होगी।

मोबाइल से उसने विजय और विनय को यह घटना सुनाई। विनय ने कहा कि वह फौरन निकल रहा है। दरभंगा पहुँचने पर वह पुलिस को इत्तला दे देगा। विजय ने बताया कि उसे माँ और पूरे परिवार को साथ लाना होगा। उसे थोड़ा समय लगेगा, तब तक दुखिया हवेली को सँभाल ले।

दुखिया ने पंचों से कहा कि ठाकुर के मारे जाने की बात वह गाँव में किसी को न बताएँ। हमें मौन रहना चाहिए, जब तक कि पुलिस अपना काम नहीं कर लेती।

ठाकुर के सिपाहियों को रवाना करने के बाद बलराम हवेली पहुँचा। बलराम शांत स्वभाव का था और कभी विचलित नहीं होता था। वह निर्णायक और भरोसेमंद था। दुखिया ने उसे बताया कि वह हवेली की सुरक्षा का भार सँभाल ले और अपने दल को पहरा देने के लिए बुला ले।

हवेली में दुखिया अकेला पड़ गया था। उसे हत्या की घटना सताए जा रही थी। विजय और विनय तमाम प्रश्न पूछेंगे तो वह क्या जवाब देगा?

विनय दोपहर को पहुँचा। दुखिया उसे ठाकुर के कमरे में ले गया। वारदात को देखकर विनय चौंक उठा।

''ये कैसा दृश्य है! दोनों नंगे क्यों हैं? ये तो बदनामी की बात है।''

''आप ठीक कह रहे हो, छोटे सरकार! मैं भी परेशान हूँ। जान-बूझकर मैंने कमरे में ताला लगा दिया था। अभी तक किसी को यह बात मालूम नहीं है। मैं आपकी प्रतीक्षा कर रहा था। आप ही बताइए, क्या करना चाहिए?''

''मुझे सोचने दो। तुमने क्या सोचा है?''

''मैं सोच रहा था कि इन्हें कपड़े पहना दिए जाएँ और धन्ना को उसकी कोठरी में भेज दिया जाए। हमें दिखाना चाहिए कि खून डाकुओं ने किया है।''

''ठीक है। हम तिजोरी को खोलकर खाली कर देते हैं और दरवाजा खुला छोड़ देते हैं। लेकिन खंजर और खुखरी का क्या करोगे?''

''उन्हें हम आदिवासियों के पास भेज देंगे।''

''मगर यह काम करेगा कौन?''

दुखिया ने कहा कि हम बलराम पर भरोसा कर सकते हैं। वह अकेले यह काम कर लेगा। विनय ने जल्दी करने के लिए कहा; क्योंकि पुलिस दो घंटे में पहुँचने वाली है। दुखिया ने बलराम को बुलाया और उसे काम समझा दिया।

शाम को करीब पाँच बजे पुलिस पहुँची। उन्होंने मृतकों और तिजोरी को देखा। उन्होंने हवेली की तलाशी ली, परंतु उन्हें तेज धारवाला कोई हथियार नहीं मिला। ठाकुर की पिस्तौल दराज में पड़ी थी। उन्होंने सबके बयान दर्ज किए। तब तक अँधेरा हो गया था। विजय और परिवार के सभी सदस्य वहाँ पहुँच गए थे।

दरोगा ने कहा, ''मृतकों का पोस्टमार्टम करना होगा।''

विजय ने कहा, ''यह आपके ऊपर है। मैं तो इतना कहूँगा कि पोस्टमार्टम के लिए मृतकों को दरभंगा ले जाना पड़ेगा। वह कल से पहले संभव नहीं होगा। परसों उन्हें यहाँ लाया जाएगा और उसके अगले दिन क्रिया संभव हो पाएगी। तब तक लाशें सड़ जाएँगी और बदबू फैलाएँगी। क्या कोई और उपाय नहीं है?''

''उपाय है,'' दरोगा ने कहा, ''अगर हमें उनके समस्त परिवार और वारिसों की लिखित स्वीकृति मिल जाती है तो पोस्टमार्टम की जरूरत नहीं पड़ेगी।''

''वह हो सकता है। हम सभी यहाँ पर हैं।''

पुलिस तहकीकात करने के बाद चली गई। विजय ने पूछा, ''हमारे अंगरक्षक

कहाँ हैं? कोई दिख नहीं रहा है।''

दुखिया ने बताया, ''डर के मारे सब भाग गए। वे इतनी जल्दी में थे कि अपना सामान और बोरिया-बिस्तर यहीं छोड़ गए।''

''अब रखवाली कौन करेगा?''

''बलराम और उसके आदमी।''

अगले दिन ठाकुर की अंतिम क्रिया की गई।

गाँव के सभी लोग श्रद्धांजलि अर्पित करने के लिए मौजूद थे। धन्ना का कोई नहीं था। उसकी क्रिया दुखिया ने की।

१५ दिन रहने के बाद विजय शहर जाने की तैयारी में था। उसने माँ से कहा कि वह भी उसके साथ पटना चले। ठकुराइन राजी नहीं हुईं; वह अपने पुरखों की हवेली छोड़ना नहीं चाहती थीं। विनय ने कहा कि उसे पटना पसंद नहीं है और गाँव में ही रहना चाहता है। इससे विजय की चिंता दूर हो गई।

ठकुराइन को धन्ना की हत्या पर विशेष दुःख था। उनको उसकी आदत हो गई थी। उस बेचारी ने डाकुओं का क्या बिगाड़ा था? दुखिया ने कहा कि उसकी नजर में धन्ना जैसी एक और लड़की है। वह उसे काम के लिए भेज देगा।

फगुआ के दिन आ गए थे। गाँववालों ने अपना मुख्य त्योहार, ठाकुर की मृत्यु की वजह से, बिना किसी शोर-शराबे के मनाया। दो दिन बाद विनय ने गाँव वालों के साथ पूजा की और हर जलाशय में मछलियों के बच्चे डाल दिए।

मत्स्य-पालन के मंत्रीजी ने खजरिया के गाँववालों और निकट रहनेवाले आदिवासियों की सफलता और उत्साह के बारे में सुना। वह स्वयं वहाँ गए और उनका काम देखा। उन्होंने मुख्यमंत्री को इसके बारे में बताया।

''मैं उनकी क्या मदद कर सकता हूँ?'' मुख्यमंत्री ने पूछा।

''उन्हें सड़क, बिजली आदि की सुविधा दे दीजिए।''

लोनावला में अक्षय को पत्र मिला। उसे सलेक्शन कमिटी में सदस्य के तौर पर पटना जाने का बुलावा आया था। अक्षय बहुत खुश था, वह दुखिया से मिलना चाहता था। तीन साल बीत गए थे और इस बीच समय-समय पर वह मत्स्य-पालन की सफलता के सुखद समाचार सुन रहा था।

अक्षय ने दुखिया को अपनी यात्रा के बारे में खबर नहीं दी। दरभंगा से आगे निकलने के बाद उसने महसूस किया कि वह पक्की सड़क पर जा रहा है। सड़क के किनारे उसने बिजली के खंभे गाड़ने का काम देखा।

खजरिया जैसी जगह में कार का पहुँचना आम बात नहीं थी। बच्चे कार के पीछे दौड़ने लगे और कुछ लोगों ने 'मराठी साहब' को पहचान लिया। दुखिया ने हर्ष के साथ उनका स्वागत किया, "मुझे बहुत खुशी है कि इस बार आप अपने-आप आए हैं।"

"मैंने पिछले तीन साल में यहाँ का इतना सारा हाल सुना था कि मुझे आना ही पड़ा।"

अक्षय को हवेली में ठहराया गया। विनय वहीं रह रहा था। विनय पढ़ा-लिखा और अच्छे व्यवहार का था। शाम उन्होंने अनेक विषयों पर बातचीत में गुजारी।

विनय ने कहा, "मैं देख रहा हूँ कि आप उसे दुखिया नाम से पुकारते हैं। हमने उसका नाम बदल दिया है। अब हम उसे 'सुखिया' के नाम से पुकारने लगे हैं।"

"यह बहुत अच्छा किया। उसकी इच्छा थी कि वह दूसरों को सुख बाँटे।"

अगले दिन अक्षय को गाँव और इर्द-गिर्द के इलाकों में ले जाया गया। विनय और सुखिया उसके साथ थे। मत्स्य-पालन का काम देखकर अक्षय को बड़ी प्रसन्नता हुई। गाँव में प्रगति के चिह्न दिखाई दे रहे थे।

गाँव के बाद वे आदिवासी इलाके में गए। अक्षय एक बड़े जलाशय के पास देर तक रुका रहा। जलाशय पहाड़ियों से घिरा हुआ था और वहाँ कोई बस्ती नहीं थी। अक्षय ने उसके अनेक फोटो खींचे।

अक्षय ने कहा, "लगता है, यहाँ ज्यादा लोग नहीं आते?"

"उनके लिए यहाँ कोई आकर्षण नहीं है।" विनय ने उत्तर दिया।

"मगर जगह खूबसूरत है, यहाँ लोग बस सकते हैं।"

"मुश्किल है। आदिवासी इलाका है, कौन आएगा?"

"यह तो और भी अच्छी बात है।"

"मैं आपका मतलब नहीं समझा।"

अक्षय मुसकराया, "अपने देश में खानेवाली मछलियों को प्राथमिकता दी जाती है। यह सही भी है। एक दिन गरीबी दूर हो जाएगी और हम विकसित हो जाएँगे। मछली का शिकार उत्कृष्ट खेल है। इस शिकार में महासिर सबसे प्रसिद्ध मछली है। अगर हम आज शुरू करेंगे तो इसे स्वरूप लेने में दस साल लगेंगे।"

विनय ने कहा, "मैं आपके साथ हूँ।"

□

५

हिमाचल की लड़की

मेरे घर के बगलवाला बँगला एक महिला का है। उनके पति का देहांत हो गया था और वह अकेली रहती थीं। उनके पुत्र और पुत्री अमेरिका में नौकरी करते थे और वह वहाँ दो साल के लिए जाने की तैयारी कर रही थीं। जाने से पहले अपना घर भाड़े पर देना चाहती थीं। मकान किराए पर देने के लिए उन्हें कॉलेज के छात्र पसंद थे, क्योंकि वे समय पर पढ़ाई के बाद घर छोड़ देते थे। बँगले में दो भाग थे, ऊपरवाली मंजिल के लिए उन्हें किराएदार मिल गया था और अब वह नीचेवाला हिस्सा किराए पर देना चाहती थीं, जहाँ बगीचा और खुली जगह की सुविधा उपलब्ध थी।

एक दिन प्रातः जब मैं अपने घर के लॉन में बैठा था, मैंने एक वयस्क दंपती और उनकी सुंदर, गौर वर्ण कन्या को देखा। लड़की पुणे में सिंबयासिस कॉलेज से एम.बी.ए. करने आई थी। उसे कॉलेज में दाखिला तो मिला परंतु छात्रावास में जगह नहीं मिली। दो महीने उसने फ्लैट में चार अन्य छात्राओं के साथ बिताए। वह इस व्यवस्था से उकता गई थी।

दो दिन बाद मेरी पड़ोसन उस दंपती को लेकर मेरे घर आई। उसने बताया कि उसे किराएदार मिल गए हैं और उसी रात वह अमेरिका जा रही है। उसने मुझसे उसकी अनुपस्थिति में घर सँभालने का निवेदन किया।

किराएदारों ने अपना परिचय दिया—श्री और श्रीमती परमार। दोनों मुझे सज्जन लगे। वह निर्धारित भाड़ा देने के लिए तैयार थे और साथ ही पड़ोसन के नौकरों को रखने के लिए राजी हो गए। परमार नई व्यवस्था से प्रसन्न थे। लड़की का कॉलेज विशेष दूर नहीं था और घर में रहने की सारी सुविधाएँ मौजूद थीं।

उनका सिर्फ एक काम बाकी था; उन्होंने अपनी लड़की के लिए स्कूटर खरीद लिया, ताकि वह घूम-फिर सके।

श्रीमती परमार ने कहा कि उनकी लड़की को कमरे में किसी और के साथ रहने की आदत नहीं है। फ्लैट में उसे घुटन सी लगती है और उसे दो साल बिताने हैं। हिमाचल में जन-जीवन बड़े शहरों से भिन्न है। उन्हें खुशी थी कि उन्हें अपनी लड़की के लिए खुली जगह मिल गई। उन्होंने मुझसे पूछा कि क्या मैं कभी हिमाचल गया हूँ?

मैंने बताया कि मैंने भारतीय सेना में नौकरी की है। मैं पंजाब में कई साल रहा हूँ और वहाँ से मैंने हिमाचल के सभी प्रतिष्ठित स्थानों का पर्यटन किया है। यह सुनकर परमार बहुत खुश हुए। उन्होंने बताया कि उनके अनेक रिश्तेदार फौज में हैं, जिनमें से दो-तीन को मैं अच्छी तरह जानता हूँ। एक सप्ताह रहने के बाद परमार दंपती वापस चले गए। जाने से पहले सुरेश परमार ने मुझसे कहा कि उनकी लड़की जवान है, उम्र में केवल २२ साल की है, लेकिन है दृढ़ और निडर। उसकी कुछ आकांक्षाएँ हैं, जिसके लिए वह पुणे पढ़ने आई है। उन्होंने मुझसे लड़की की देखभाल के लिए निवेदन किया।

परमार पुणे में पहली बार आए थे। वहाँ उनका कोई दोस्त या रिश्तेदार नहीं था। समय बिताने के लिए वह मेरे पास आया करते थे। सच तो यह भी था कि वह मुझे पसंद आ गए थे। हिमाचल में उनके पास सेब के बागान थे, जिससे कमाई अच्छी होती थी। वह शहर के व्यापारियों की तरह धनी नहीं थे, लेकिन उन्हें पैसे की कमी भी नहीं थी। बागानवालों की जीवन-शैली और विचार धंधेवालों से अलग होती है और शायद इसीलिए वह मुझे पसंद आए थे।

एक दिन सुरेश ने मुझे हिमाचल में सेब-उत्पादन का प्रारंभ और उससे जुड़ी कहानी सुनाई। सैमुअल इवान्स स्टोक्स अमेरिकन नागरिक थे, जिनका जन्म फिलाडेल्फिया में हुआ था। बचपन से ही उनकी रुचि समाजसेवा में थी। वह २१ साल की उम्र में, सन् १९०४ में समाजसेवा के लिए भारत आए थे। उनकी संस्था कोढ़ रोग की चिकित्सा और उससे छुटकारा पाने के काम में संलग्न थी।

हिमाचल में सेब-उत्पादन का श्रीगणेश सैमुअल स्टोक्स ने किया था। उनके लगाए हुए रेड और गोल्डन डिलीशस सेब सन् १९२६ में तैयार हुए। इस सेब की किस्म लोगों को बहुत पसंद आई। खाने में ये मीठे थे और देखने में आकर्षक! इससे पहले कुल्लू-मनाली में सेब का उत्पादन किया जाता था, मगर वे खट्टे थे। देश में मीठे सेब जापान से आयात किए जाते थे। ये सेब लोगों को इतने पसंद आए

कि जापान से आयात बंद हो गया।

सैमुअल स्टोक्स का जन्म एक रईस परिवार में हुआ था। उनका उद्योग 'एलेवेटर' बनाने का था। वह इकलौते पुत्र थे और उनकी माँ फ्लोरेंस चाहती थीं कि वह जल्दी लौट आए और पारिवारिक कारोबार को सँभाल ले। किंतु उनके पुत्र को धंधे में कोई रुचि नहीं थी। वह स्थानीय लोगों से हिल-मिल गए। जब फ्लोरेंस को पता चला कि उनका पुत्र नहीं लौटनेवाला है तब वह स्वयं सन् १९११ में भारत पहुँचीं। माँ के लाख समझाने पर भी पुत्र माना नहीं। हताश होकर उन्होंने अपने पुत्र के लिए २०० एकड़ जमीन खरीद दी, जिससे वह अपना जीवन व्यतीत कर सके। सन् १९१६ में सैमुअल स्टोक्स ने नए किस्म के सेब के पौधे लगाए। यह सफल हुए। पाँच साल बाद माँ ने सेब के ढेर सारे पौधे भेज दिए। हिमाचल में सेब का उत्पादन तब से शुरू हुआ है। आज की स्थिति यह है कि हिमाचल देश में सबसे ज्यादा सेब व अन्य फल पैदा करता है।

कहानी दिलचस्प थी। मैंने कहा, "आश्चर्य की बात है, मैं हिमाचल तीन-चार बार गया हूँ, लेकिन मैंने उनका नाम नहीं सुना!"

सुरेश मुसकराया, "सैमुअल स्टोक्स एक महान् व्यक्ति थे। कितनों को मालूम है कि वह पहले विदेशी नागरिक थे, जिन्होंने अपने देश के स्वतंत्रता संग्राम में भाग लिया था। ब्रिटिश राज ने इस अपराध के लिए उन्हें लाहौर जेल में भेज दिया था।"

"अच्छा!" मेरी जिज्ञासा बढ़ रही थी।

"उनको भारतीय सभ्यता इतनी पसंद आई कि उन्होंने हिंदू धर्म अपना लिया और अपना नाम 'सत्यानंद' रख लिया। सन् १९१२ में उन्होंने राजपूत क्रिश्चियन लड़की से शादी कर ली।

सत्यानंद भारतीय दर्शनशास्त्र से प्रभावित हुए। उन्होंने संस्कृत का अध्ययन शुरू कर दिया। उन्होंने अपने घर के पास एक मंदिर का निर्माण करवाया, जिसकी दीवारों पर गीता और उपनिषद् के श्लोक अंकित हैं।

सन् १९४६ में उनका देहांत हो गया। उनके बच्चे उन्हीं के दिखाए हुए मार्ग पर चल रहे हैं। तुमने विद्या स्टोक्स का नाम सुना होगा? वह प्रदेश कांग्रेस पार्टी और विधानसभा की अध्यक्ष रह चुकी हैं।"

मुझे अपने अज्ञान पर बुरा लग रहा था। मैंने खेद व्यक्त किया।

सुरेश ने कहा, "अपना देश इतना बड़ा है कि एक प्रदेश के लोगों को अन्य प्रदेशों के बारे में जानकारी बहुत कम होती है। हिमाचल के लोग उनके योगदान को भूल नहीं सकते। वह हमारे यहाँ देवपुरुष बनकर आए थे। सेब उत्पादन करनेवाले

उनके सदैव कृतज्ञ रहेंगे।

मैं एक और बात तुम्हें बताना चाहता हूँ। मेरी लड़की रति उनकी भक्त है। वह उनके मार्ग पर चलना चाहती है। सेब-उत्पादन में बहुत वृद्धि हुई है, लेकिन श्रमिकों तक इसका विशेष लाभ नहीं पहुँचा है। वह चाहती है कि उनका स्तर औद्योगिक मजदूरों की तरह हो जाए। इसीलिए वह यहाँ एम.बी.ए. पढ़ना चाहती है।''

मैंने सुरेश को आश्वासन दिया कि मैं उसकी लड़की की देखभाल करूँगा। सत्यानंदजी के प्रति मेरे मन में श्रद्धा उत्पन्न हो गई थी। मैंने उसको बताया कि मैं एक बार फिर हिमाचल जाना चाहता हूँ, सत्यानंदजी की कर्मभूमि देखने के लिए।

रति दुबली-पतली, चुस्त, आकर्षक और सुंदर लड़की थी। उसकी मुसकान मन को मोह लेती थी। रविवार को वह हमारे यहाँ खाना खाने आया करती थी। तीन महीने बाद उसका आना कम हो गया और बाद में बंद।

मदन मोदी ने ऊपरवाला भाग किराए पर लिया था। वह रईस और उद्योगपति खानदान का लड़का था। वह रति से दो साल बड़ा था और उसी कॉलेज में पढ़ता था। वह होशियार, बातूनी और खेल-कूद का शौकीन था। पढ़ाई में उसकी विशेष रुचि नहीं थी। वह अपने दोस्तों से कहता था—''ये कॉलेज में क्या पढ़ाते हैं! इन चीजों को मैं औद्योगिक परिवार में जन्म होने के कारण पहले से ही जानता हूँ। हमारे घर में दिन भर यही चर्चा होती है।''

मदन मिलनसार था और दोस्त बड़ी आसानी से बना लेता था। वह स्वाभाविक ढंग से बड़े-बड़े अधिकारियों से जान-पहचान कर लेता था। उसके पिता अपने पुत्र की इस काबिलियत पर बड़े खुश थे। वह पुत्र के इस गुण का अपना व्यापार बढ़ाने में पूरा फायदा उठाते थे। उसे मुँहमाँगा पैसा भेजते थे। माँ मुंबई से हर हफ्ते खाना भेजती थी। जब कभी वह घर जाता था, नई गाड़ी लेकर लौटता था।

एक ही बँगले में रहने के कारण मदन और रति की जान-पहचान हो गई। धीरे-धीरे वह दोस्ती में बदली और फिर वे एक-दूजे से प्यार करने लगे। मदन उसे घुमाने के लिए पर्यटन के अनेक स्थलों पर ले जाया करता था। रति ने पहले कभी इतने बड़े-बड़े होटल, बाजार और समुद्र तट की भव्यता नहीं देखी थी। दोनों युवा थे और हर पल प्रेम का आनंद ले रहे थे।

मदन के अनगिनत दोस्त थे। उसने रति की उनसे जान-पहचान करवाई और दो बार अपने घर मुंबई ले गया। मेरी पड़ोसन का घर गुलजार हो गया था। शाम को अकसर वहाँ धूमधाम से पार्टियाँ होती थीं।

आनंद पार्क की बस्ती में मेरी तरह कई अन्य बुजुर्ग हैं। ये सुबह-शाम थोड़ा-बहुत घूमते-फिरते हैं और गपशप करते हैं। रति और मदन का रिश्ता इनके लिए बातचीत का विषय बन गया था। रति के दो रूप थे—एक कॉलेज में सीधी-सादी पोशाक पहने छात्रा का और दूसरा शाम को नए-नए कपड़े और आभूषणों से सुसज्जित युवती का, जो सबको अपने सौंदर्य से मोह लेती थी। बस्ती के बुजुर्ग उसे 'स्वप्नपरी' के नाम से पुकारने लगे थे। वास्तविकता में वह सुंदरी थी। पड़ोसी होने के कारण मुझसे हर प्रकार के प्रश्न पूछे जाते थे।

"क्या ये विवाह करेंगे?" उत्तर देने में मैं असमर्थ था। बात यह भी थी कि रति ने मेरे घर में आना छोड़ दिया था।

रति और मदन ने इस तरह सात-आठ महीने गुजार दिए थे। फरवरी के महीने में रति को खयाल आया कि परीक्षा समीप आ गई है और उसने पढ़ाई नहीं की है। यह बात उसने मदन को बताई; किंतु मदन को परीक्षा की कोई चिंता नहीं थी। रति ने कहा कि अब वह कहीं नहीं जाएगी और उससे भी नहीं मिलेगी। सारा समय पढ़ाई पर लगाएगी। मदन ने सुझाव दिया कि पढ़ाई शुरू करने से पहले एक शानदार पार्टी दी जाए और उसके बाद रति पढ़ाई पर लग सकती है।

मेरे बगलवाला बँगला पार्टी के लिए सुसज्जित कर दिया गया। मदन ने शहर के सबसे अच्छे 'जैज बैंड' को बुलाया। खाने के लिए सबसे बड़े होटल को ठेका दिया। उसने अपने सारे दोस्तों और उच्च अधिकारियों को आमंत्रण दिया। मेहमान रात को आठ बजे से आने लगे। सड़क के दोनों तरफ कारों और मोटर साइकिलों की लाइन लग गई। पार्टी में अधिकांश मेहमान तरुण थे। संगीत जोरों से बज रहा था; लड़के और लड़कियाँ लॉन में मस्त होकर नाच रहे थे। किसी ने इतनी बड़ी पार्टी आनंद पार्क में पहले कभी नहीं देखी थी।

मदन ने हमें भी बुलाया था, लेकिन हम गए नहीं। युवा पार्टी में जाना हमें उचित नहीं लगा। हम अपने ही घर से नाचने-गाने का आनंद ले रहे थे। आधी रात बीत गई थी। एकाएक नाच-गाना बंद हो गया। पुलिस का मोबाइल दस्ता वहाँ पहुँच गया था। वे मदन और रति से पूछ रहे थे कि किस कारण वह रेसीडेंशियल एरिया में रात साढ़े नौ बजे के बाद गाने-बजाने का शोरगुल कर रहे हैं? यह कानून का उल्लंघन है। सारे मेहमान जल्दी से कूच कर गए और कइयों ने खाना भी नहीं खाया। मदन और रति के पास कोई जवाब नहीं था। उन्होंने सिर्फ यही कहा कि उन्हें कानून मालूम नहीं था। वह पढ़ाई शुरू करने से पहले पार्टी देना चाहते थे। कानून का न मालूम होना अपराधी को बरी नहीं करता। पुलिस मदन को थाने ले गई।

रति घर में अकेली पड़ी रही। मदन सवेरे चार बजे वापस आया। पार्टी के इस तरह से भंग हो जाने पर उन्हें बुरा लगा। वे खिसियाकर कॉफी पी रहे थे। उन्हें कल्पना भी नहीं थी कि पार्टी के नतीजे इतने खराब निकलेंगे। आगे अभी बहुत कुछ होना बाकी था।

मदन का औद्योगिक परिवार मशहूर था। पुलिस ने अपनी रिपोर्ट की प्रतिलिपि मदन के पिताजी को भेज दी। उसमें यह भी लिखा था कि मदन एक लड़की के चक्कर में फँस गया है, जिसकी वजह से उनके खानदान का नाम बदनाम हो रहा है। मदन के पिता बहुत नाराज हुए। उन्होंने अपने पुत्र को फौरन मुंबई बुला लिया और एक सप्ताह के अंदर उसे तीन महीने के लिए ऑस्ट्रेलिया भेजने का प्रबंध कर दिया। मदन रो-पीटकर अपने पिता से कह रहा था कि वह उस लड़की से प्यार करता है और उसके साथ शादी करना चाहता है।

''शादी! ये मैं नई बात सुन रहा हूँ। तुमने इसका जिक्र पहले कभी नहीं किया था।''

''लेकिन आप उससे मिल तो चुके हैं। क्या खराबी है उस लड़की में?''

''देखो बेटा, बात अच्छाई और खराबी की नहीं है, कुछ और है। बस इतना समझ लो कि तुम उससे शादी नहीं कर सकते।''

''मगर क्यों?''

''इसलिए कि अपने परिवार में शादी की प्रथा अलग है। अगर तुम उस लड़की पर मोहित हो गए हो तो इसका मतलब यह तो नहीं कि उससे विवाह करना है। तुम्हें समझना चाहिए क़ि अपना घराना औद्योगिक है और तुम्हारी शादी दूसरे औद्योगिक परिवार में होगी। इससे कारोबार में वृद्धि होती है और दोनों परिवारों को लाभ होता है। अपने जीवन में पैसे का महत्त्व है; अगर वह है तो हम नेताओं, पुलिस, अधिकारी वर्ग और मातहतों पर नियंत्रण रख सकते हैं और अगर वह न हो तो हम किसी काम के नहीं हैं। धीरे-धीरे ये चीजें तुम समझ जाओगे। तुम्हारे ऊपर घर की जिम्मेदारी है, तुम मेरे इकलौते पुत्र हो और तुम इश्क-मोहब्बत में अपना समय नहीं गँवा सकते। फिर तुम्हारी उम्र भी क्या है? चौबीस साल की आयु में कोई शादी करता है?''

मदन गुस्से में था। वह अपनी माँ के पास गया और उन्हें सारी बातें सुनाईं। ''पिताजी मुझे विदेश भेजना चाहते हैं, मैं नहीं जाऊँगा। मैं जानता हूँ कि शादी के लिए मेरी उम्र कम है, पर जल्दी क्या है? हम रुक सकते हैं। प्रेम और काम का क्या संबंध है? मैंने कभी कहा कि मैं काम नहीं करूँगा? मैं उस लड़की से शादी का वादा कर चुका हूँ। मैं उसे क्या मुँह दिखाऊँगा?''

माँ ने धीरज से उसकी बातें सुनीं, ''बेटे, मुझे खुशी है कि तुम इतना तो समझ रहे हो कि विवाह के लिए तुम्हें कुछ साल रुकना होगा। शादी गंभीर विषय है, जल्दी में नहीं की जाती और अपने यहाँ धूमधाम से मनाई जाती है। प्रश्न केवल तुम्हारा और उस लड़की का नहीं है, रिश्ता दो खानदानों का होता है। हमें उनके माँ-बाप से मिलना होगा, उनकी अनुमति लेनी पड़ेगी। अच्छा यह बताओ, क्या उसके माँ-बाप राजी हैं?''

''मुझे नहीं मालूम।''

''फिर पूछ करके देख लो। जहाँ तक मुझे मालूम है, वे राजपूत हैं। ये लोग धर्म के कट्टर होते हैं और अपनी जाति के बाहर शादी नहीं करते। यह मत समझना कि वे लोग शादी के लिए तैयार हो जाएँगे, क्योंकि हम रईस और उद्योगपति हैं।''

''ठीक है। मैं पता लगाता हूँ।''

''इसमें थोड़ा समय लगेगा। इस बीच तुम विदेश जाकर लौट आओ। विदेश जाना आवश्यक है, क्योंकि इसका संबंध कर्म से है। टेलीफोन से तुम दोनों बातें कर सकते हो। थोड़ी देर की जुदाई प्रेम को दृढ़ बना देती है।''

मदन ने यह बात रति को बताई और कहा कि वह कुछ जरूरी काम से ऑस्ट्रेलिया जा रहा है। वहाँ से वह हर रोज रति को टेलीफोन करता था। जैसे-जैसे दिन बीतते गए, उसके कॉल्स में कमी पड़ने लगी। मदन को महसूस होने लगा कि रति की उत्सुकता में कमी आ रही है।

बचपन से मदन को रईसी रहन-सहन की आदत थी। वह जो चाहता था, उसे मिल जाता था। ऑस्ट्रेलिया महँगा देश है, लेकिन वहाँ भी उसे पैसे की कमी कभी नहीं खली। वह सबसे महँगे होटल और मनोरंजन के स्थानों पर जाता था। उसे अपने पिता के कथन याद आए—'अगर पैसा है तो सबकुछ है, वरना कुछ भी नहीं।' उसकी मुलाकात विदेशी लड़कियों से हुई और वह उनके साथ घूमने लगा। धीरे-धीरे रति की यादें खिसक रही थीं।

ऑस्ट्रेलिया में तीन महीने रहने के बाद उसे अमेरिका भेजा गया। धीरे-धीरे वह पाश्चात्य जीवन-शैली का आदी बन गया। वह अपने पिता से सहमत हो गया, जीवन में सबसे महत्त्वपूर्ण काम है पैसा कमाना। वह अपने व्यवसाय में कुशल हो गया था। उसके माँ-बाप प्रसन्न थे।

रति पढ़ाई में व्यस्त हो गई थी। एक लंबे अरसे से उसने पुस्तकों पर ध्यान नहीं दिया था और इस कमी को उसे बचे तीन महीनों में पूरा करना था। जब कभी उसे मदन का खयाल आता था, तब वह रोष में आ जाती थी—उसके ऊपर और अपने ऊपर।

वह असमंजस में पड़ गई थी। वह अपने माँ-बाप से पूछे तो क्या पूछे? उसे मालूम था कि उसका खानदान पुराने खयालों का है। मारवाड़ी घर में वह अपनी लड़की कभी नहीं देंगे। अच्छा तो यह होता कि वह चुपचाप शादी कर लेते। ऑस्ट्रेलिया जाने से पहले मदन एक हफ्ते तक मुंबई में था; अगर एक दिन पुणे आया होता तो वह उससे बात कर लेती, लेकिन वह आया ही नहीं। उसे अपने ऊपर भी क्रोध आता था। वह आई किसलिए थी और क्या कर बैठी? वह उसे भूलने में लगी थी। जैसे-जैसे टेलीफोन कम हो रहे थे और बाद में बंद हो गए, वह खुश थी।

परीक्षा शुरू होने से पहले एक दिन रति मेरे घर आई। उसने कहा कि उसके बड़े भाई उसे घर ले जाने के लिए आनेवाले हैं। उसने निवेदन किया कि उसके भाई को मदन के बारे में कुछ पता नहीं चलना चाहिए।

जब बड़े भाई आए, रति ने खुद उपाय सोच लिया था। वह दिन भर उन्हें बाहर घुमाने के लिए ले जाया करती थी। उन्हें किसी से मिलने नहीं दिया। एक सप्ताह रहने के बाद दोनों हिमाचल चले गए।

मोहल्ले के बुजुर्गों को बातें करने के लिए नया प्रसंग मिल गया था—यह कौन लड़का है, जिसको स्वप्नपरी ने अपने जाल में फँसा लिया है। हैरत की बात तो यह है वह उसी के साथ नीचेवाले भाग में रहता था और साथ भगाकर ले गया। प्रश्न मुझसे पूछे जाते थे।

मैंने बताया कि वह उसका भाई था। लेकिन वे लोग मानने के लिए तैयार नहीं थे। एक ने मुझसे कहा, ''आजकल की लड़कियों के यही तरीके हैं, एक जाता है तो दूसरा आ जाता है।''

रति छुट्टियों के बाद वापस लौटी। इस बार वह अकेली हवाई जहाज से दिल्ली से पुणे पहुँची। उसने चाबी मेरे घर से उठाई और बँगले में चली गई। नौकर-चाकर वहीं रहते थे और उसकी प्रतीक्षा कर रहे थे। ऊपरवाला भाग खाली पड़ा था।

कॉलेज शुरू हो गया था। रति सबसे अलग रहती थी और पढ़ाई में मगन रहती थी। मदन के अनेक दोस्त उससे मिलना चाहते थे, लेकिन रति ने सबको मना कर दिया। किसी को घर के अंदर नहीं आने दिया। बुजुर्ग अचरज में थे कि यह बदलाव कैसे हो गया?

रति ने मेरे घर आना शुरू कर दिया। एक दिन मैंने उससे मदन के बारे में पूछा। उसने कहा कि वह कहानी खत्म हो गई है। उसने अपनी गलती कबूल की। बिना खानदानी जान-पहचान के न जाने वह क्यों उससे हिल-मिल गई? वह मारवाड़ी

परिवार में कदापि नहीं रह सकती थी। उसकी कुछ आकांक्षाएँ थीं; वह गरीबों के लिए काम करना चाहती थी। लेकिन वासना के मायाजाल में फँस गई थी, परंतु ईश्वर की कृपा से ठीक समय पर उससे बाहर निकल गई।

मैं खुश था। मैंने सुरेश को वचन दिया था कि मैं उसकी देखभाल करूँगा। गत वर्ष जब वह मदन के साथ घूमने जाया करती थी, मुझे अजीब सा लगता था। कई बार मेरे मन में विचार आया कि मैं उसके पिता को पत्र लिख दूँ। मेरी पत्नी ने मुझे जल्दबाजी करने से रोका। रति के इस साल के व्यवहार ने मेरी चिंताएँ दूर कर दी थीं।

एम.बी.ए. की परीक्षा के बाद सुरेश और उनकी पत्नी रति को वापस ले जाने के लिए पुणे पहुँचे। रति अव्वल दरजे में पास हुई थी और कॉलेज ने उसे सर्वश्रेष्ठ छात्रा के लिए पारितोषिक दिया था। सुरेश भला आदमी था; उसने मकान को साफ-सुथरी हालत में छोड़ा था।

जाने से पहले उसने मुझसे पूछा, "आप हिमाचल कब आ रहे हैं ?"

"अगले साल। मैं सत्यानंदजी के निवास-स्थान पर जाना चाहूँगा।"

"उसमें कोई कठिनाई नहीं होगी।"

मेरी पड़ोसन श्रीमती गडकरी अमेरिका से वापस आ गई थीं। वह प्रसन्न थीं; उनका घर अच्छी हालत में उन्हें मिल गया था और पूरा किराया भी।

मेरा मेरी पड़ोसन के साथ समझौता है। जब कोई एक बाहर जाता है तो दूसरा घर की निगरानी रखता है। इस बार हमारे जाने की बारी थी। मैंने उन्हें बताया कि हम हिमाचल जा रहे हैं।

हिमाचल मेरे लिए नया नहीं था। पंजाब से मैं तीन-चार बार गया था। गरमी के दिनों में वहाँ की ठंडी हवा तन-मन को भा जाती है। देश के विभिन्न भागों में हिल-स्टेशंस का निर्माण ब्रिटिश ने किया था, जिसके लिए हम उनके आभारी हैं। शिमला को 'क्वीन ऑफ द हिल-स्टेशंस' के नाम से पुकारा जाता था। हर साल गर्मियों के दिनों में राजधानी दिल्ली से शिमला पहुँच जाया करती थी। वहाँ वाइसराय और 'कमांडर इन चीफ' के रहने का उपयुक्त प्रबंध था। बड़ी रेलवे लाइन दिल्ली से कालका जाती है और वहाँ से छोटी लाइन पहाड़ों में घूमती हुई शिमला पहुँच जाती है। रेल की यात्रा सुहावनी है। बड़े साहबों ने नाश्ते और भोजन के लिए विशेष स्टेशंस बनाए थे। उन दिनों जीवन की गति धीमी थी और किसी को समय का अभाव नहीं था। लोगों के पास अपने शौक के लिए उपन्यास और कविता पढ़ने के लिए पर्याप्त समय

था। अंबाला और कालका के बीच कोई बस्ती नहीं थी; नक्शे में चंडीगढ़ नहीं था। देश की आबादी ने अब हालत खराब कर रखी है; शिमला में एक भी जगह ऐसी नहीं है जहाँ लोग शांति से घूम सकें।

हिमाचल पहाड़ी प्रदेश है। समतल भूमि राज्य में बहुत कम है। यहाँ दो मुख्य मार्ग हैं—एक, कालका से शिमला और आगे सीमा तक जाता है और दूसरा, धर्मशाला से कुल्लू-मनाली और आगे लेह तक जाता है। इन दोनों सड़कों पर अनेक हिल-स्टेशंस हैं, हालाँकि शिमला का नाम प्रसिद्ध है। छुट्टी बिताने के लिए छोटी जगहें ज्यादा शांतिमय हैं। हिमाचल प्रदेश का इतिहास बहुत पुराना है; वेदों में इनका उल्लेख है और देवभूमि यहीं पर है।

हमने एक महीना कसौली में बिताया। यह जगह कालका के नजदीक है और यहाँ फौजी छावनी है। सेना से निवृत्त हुए अफसरों को छुट्टी काटने के लिए यहाँ जगह सस्ते दामों में मिल जाती हैं। हमने शांति से एक महीना गुजारा।

मैं अपने ध्येय को भूला नहीं था। मैं सत्यानंदजी की कर्मभूमि जाना चाहता था। कसौली से हम शिमला गए और सुरेश परमार से मिले। उनका बँगला शिमला के भीड़-भाड़ वाले इलाके से दूर राष्ट्रीय मार्ग पर था। उन्हें हमारा हिमाचल आने का कारण मालूम था।

"आप सैमुअल स्टोक्स के निवास-स्थान पर जाना चाहते थे न? आपको कोई दिक्कत नहीं होगी। रति वहीं रहती है, वह आपको सब दिखा देगी।"

हम शिमला से सवेरे चले और दो घंटे बाद कुफरी पहुँचे। कुफरी में हर साल जाड़े में हिमपात होता है और यह स्थान 'विंटर स्पोर्ट्स' के लिए प्रसिद्ध है। पर्यटक दूर-दूर से यहाँ स्केटिंग और स्कीइंग के लिए आते हैं। यहाँ हम चाय पीने के लिए रुके।

कुफरी से हम राष्ट्रीय राजमार्ग संख्या २२ पर बढ़े और नरकंडा पहुँचे। यहाँ सेब की मंडी है। राष्ट्रीय राजमार्ग यहाँ से रामपुर होते हुए चीन की सरहद पर पहुँच जाता है। हमने फौजी गाड़ियाँ देखीं, जो सरहद पर रसद पहुँचाने जा रही थीं।

नरकंडा से एक पतली सड़क थानेदार, कोटगढ़ होते हुए तिब्बत जाती है। यह तीर्थयात्रियों का मानसरोवर, कैलाश जाने का पुराना रास्ता था। हमारा लक्ष्य थानेदार पहुँचने का था। थानेदार खूबसूरत जगह है। रुडयार्ड किपलिंग इसे 'उत्तरी पहाड़ों की अप्सरा' के नाम से पुकारते थे। रति हमें यहाँ मिली और उसने हमारे ठहरने का प्रबंध किया। रति में पूर्णतया बदलाव आ गया था; वह खादी के कपड़े पहने हुए थी और स्थानीय लोगों की तरह दिख रही थी।

अगले दिन रति हमें सत्यानंदजी के निवास-स्थान पर ले गई। उनका दो मंजिला घर 'हारमनी हॉल' के नाम से जाना जाता है। यह अकेला घर एक पहाड़ी पर बना है, जहाँ से तीनों दिशा में हिमालय की बर्फीली चोटियाँ साफ दिखाई देती हैं। जगह रमणीय है और दृश्य शांतिमय है। सत्यानंदजी ने इस जगह को सोच-समझकर चुना होगा।

घर देखने के बाद हम उस मंदिर में गए, जो सत्यानंदजी ने हिंदू धर्म अपनाने के बाद बनाया था। इसका निर्माण सन् १९३० में शुरू हुआ था और इसे 'परमज्योति मंदिर' के नाम से पुकारा जाता है। मंदिर बनाने के लिए जुगल किशोर बिरला ने सत्यानंद को २५,००० रुपए भेंट के रूप में दिए थे। यह मंदिर स्थानीय लोगों को सत्यानंदजी की देन है। मंदिर की दीवारों पर गीता और उपनिषद् के श्लोक अंकित हैं। ये वे श्लोक हैं, जिन्होंने अनगिनत व्यक्तियों को प्रेरणा दी है और आगे भी देते रहेंगे।

थानेदार से छह किलोमीटर दूर कोटगढ़ नाम की जगह है। सन् १८४३ में अंग्रेजों ने यहाँ गिरजाघर बनाया था। सैमुअल स्टोक्स पंजाब की गरमी को बरदाश्त नहीं कर पाए। उन्हें राहत के लिए सन् १९०४ में यहाँ भेज दिया गया। यहाँ उनका स्वास्थ्य सुधर रहा था। ठीक हो जाने पर वह पहाड़ों में दूर-दूर तक भ्रमण करते थे। वह तीर्थयात्रियों और स्थानीय लोगों से मिलते थे। वह रंग के भेदभाव से परे थे। इस ठंडी और ऊँची पहाड़ीवाले इलाके में उनका मन रमने लगता था। उन्होंने समतल इलाके में जाने का विचार छोड़ दिया। उन्हें यह जगह इतनी पसंद आई कि उन्होंने अपना जीवन यहीं बिताने का निश्चय किया।

थानेदार वापस पहुँचने पर रति ने हमें सत्यानंदजी के ऊपर लिखी हुई दो पुस्तकें दीं।

''मेरे पिताजी ने पुणे में आपको सत्यानंदजी के बारे में काफी-कुछ जानकारी दे दी है; आप स्वयं यहाँ आ चुके हैं और बाकी जो कुछ बचा है, आपको इन पुस्तकों में मिल जाएगा।''

मैंने रति से पूछा, ''तुम सत्यानंदजी की भक्त हो, तुमने उनसे क्या सीखा है ?''

''मैंने श्रेयस और प्रेयस के बीच जो अंतर है, उसे सीख लिया है।''

''मैं समझा नहीं।''

''इसे मैं समझाने में असमर्थ हूँ। मंदिर के पुरोहित ज्ञानी हैं; अगर आप उनसे पूछें तो वे समझा देंगे।''

''मैं पुरोहितजी से अवश्य मिलूँगा। मुझे उनसे और भी प्रश्न पूछने हैं। एक बात बताओ—क्या यह वही कारण है, जिसकी वजह से तुम मदन से अलग हो गई ?''

रति ने सिर नीचे किया और कहा, ''जी हाँ।''

अगले तीन दिन हमने मंदिर में पुरोहितजी के साथ बिताए। पुरोहितजी विद्वान् थे, शास्त्रों के ज्ञाता। उनके पिता और सत्यानंद समकालीन तथा अच्छे मित्र थे। मैंने उनसे श्रेयस और प्रेयस के बारे में पूछा।

''हमारे शास्त्र, गीता, उपनिषद् आदि काव्य में लिखे हैं। वे संक्षिप्त हैं, क्योंकि उन दिनों बहुत ज्यादा लिखना संभव नहीं था। किंतु इन सूत्रों में जीवन के गुह्य रहस्यों पर सक्रिय उल्लेख और चर्चा है, जो मनुष्य को सोच-विचार में डाल देता है। उदाहरण के लिए इस वाक्य पर ध्यान दो—श्रेयस और प्रेयस दो अलग चीजें हैं। हम अपना जीवन लोभ, लालच, वासना और विलास में बिता देते हैं। हम उन क्रियाओं पर चलते हैं, जो इंद्रियों को मजा, सुख और आनंद देती हैं। मगर क्या यह सही है? अब देखिए—खाना, पीना, सोना, मिथुन आदि जीवन के लिए आवश्यक हैं, किंतु ये जीवन का ध्येय तो नहीं बन सकते! इंद्रियों को वश में रखना जरूरी है। हमें माया-मोह के जाल से बचना चाहिए। कुछ लोग शराब, तंबाकू और स्त्रीभोग के नशे में डूबे रहते हैं, क्योंकि ये उन्हें अच्छे लगते हैं; मगर क्या ये श्रेयस हैं? श्रेयस कर्म वह है, जो मनुष्य का उद्धार करता है; उसे ऊँचा उठाता है। प्रेयस कर्म वह है, जो मनुष्य को विनाश के रास्ते पर ले जाता है, उसके चरित्र, बुद्धि और आत्मा को नष्ट कर देता है।

हमारे उपनिषद् में लिखा है—जीवन में उतना ही धन और वस्तुओं का भोग करो, जो तुम्हारे लिए आवश्यक हैं, बाकी समाज का है। सबको मालूम है कि हम खाली हाथ आते हैं और खाली हाथ जाते हैं। फिर भी हम सारा जीवन धन-दौलत जुटाने में बिता देते हैं। मनुष्य की आवश्यकताएँ उसके पद और काम पर निर्भर हैं। अगर कोई बड़ा अफसर है तो उसकी आवश्यकताएँ ज्यादा होती हैं और अगर वह मजदूर है तो उसकी कम। लेकिन हम हैं कि जो चाहत के पीछे भागते रहते हैं; वह खत्म नहीं होती और हमें पता नहीं चलता कि कहाँ पर रुक जाना है। शास्त्रों का यह भी कहना है कि हमारी जरूरतें जितना हम सोचते हैं, उससे बहुत कम होती हैं। मगर कौन इन रहस्यों को समझता है और उनका पालन करता है? जीवन में समाज की प्राथमिकता है; समाज स्थायी है, मनुष्य आते-जाते रहते हैं। हमें अपना जीवन समाज के लिए अर्पित कर देना चाहिए।

अपने शास्त्रों की सिखलाई कुछ ऐसी है, जो मनुष्य को पट जाती है, चाहे वह किसी भी देश का हो। सत्यानंदजी के साथ ऐसा ही हुआ। वह जिज्ञासु थे और मानव समाज के लिए सबकुछ बलिदान करना चाहते थे। वह आए थे कोढ़ रोग को दूर करने

के लिए, लेकिन वह उनसे हुआ नहीं। किंतु वह अपने आदर्श को भूले नहीं थे। पहाड़ों की ठंडी हवा उनके स्वास्थ्य के लिए अनुकूल थी और उन्होंने इसी जगह को अपनी कर्मभूमि बना लिया।

मेरे पिताजी के साथ उनकी मैत्री थी। पिताजी संस्कृत के विद्वान् तो थे ही, पर उन्हें अंग्रेजी भी अच्छी तरह आती थी। सत्यानंदजी ने हिंदू धर्म और दर्शनशास्त्र पर अंग्रेजी में पुस्तकें पढ़ी थीं, लेकिन उससे उनकी जिज्ञासा पूरी नहीं हुई। वह मेरे पिताजी से संस्कृत का अध्ययन करते थे।

सत्यानंदजी को साधारण जीवन पसंद था। उन्हें अंग्रेजों के दिखावे से नफरत थी। लोग उनका आदर करते थे। उन्होंने हिमाचल के लिए चिरस्मरणीय काम किया है।''

पुरोहितजी के साथ मेरी वार्त्ता संतोषजनक और शिक्षाप्रद रही। उन्होंने मेरे अनेक प्रश्नों का निर्णायक उत्तर दिया। उन्होंने बताया कि कर्मफल जन्म-जन्मांतरों के होते हैं, किंतु सबसे ज्यादा प्रभाव इसी जन्म के कर्मों का होता है। कर्म अनेक जन्मों तक चलते रहते हैं। श्रेयस और प्रेयस में अंतर समझने के बाद मैं रति की मानसिक स्थिति को समझने लगा था।

रति थानेदार के छोटे से अस्पताल में नर्स का काम करती थी और सारा दिन समाज-सेवा में बिता देती थी। उसे खाली समय सिर्फ शाम को मिलता था। मैंने उससे सेब के उत्पादन के बारे में पूछा।

''सेब की कहानी बहुत पुरानी है। बाइबल के अनुसार ईव ने इस निषेध फल को खुद खाया था और ऐडम को खिलाया था; परिणामस्वरूप मानवजाति की शुरुआत हुई। यह तो कहानी की बात है। इतना तो सच है कि हिमाचल में लाखों लोगों का जीवन सेब-उत्पादन पर निर्भर है। इसका श्रेय सत्यानंदजी को जाता है।

सेब का फल ऊँचे पहाड़ों और ठंडे इलाकों में उगता है। इसका उत्पादन अच्छी वर्षा और हिमपात पर निर्भर करता है। जब सत्यानंदजी कोटगढ़ में रह रहे थे, उन्हें खयाल आया कि यह जगह सेब के उत्पादन के लिए उपयुक्त है। इससे गरीबों को मदद मिलेगी। किसान आलू और आलूबुखारा बोया करते थे, जिससे उनकी आमदनी बहुत कम थी और वह अत्यंत गरीबी में जीवन व्यतीत करते थे।

सत्यानंदजी सेब-उत्पादन करनेवाले पहले व्यक्ति नहीं थे। उनसे पहले ब्रिटिश सेना के कप्तान आर.सी. स्कॉट ने 'लिपिन' किस्म के सेब कुल्लू-मनाली में सन् १८९० में लगाए थे, लेकिन ये सेब खट्टे थे और लोगों को पसंद नहीं आए।

सन् १९१५ में सत्यानंदजी अमेरिका गए थे। वहाँ उन्होंने 'रेड डिलीशस' किस्म के सेब का नाम सुना। वह अपने साथ कुछ पौधों को लेकर आए और उन्हें घर के पास लगा दिया। यह किस्म कामयाब साबित हुई और इसके फल मीठे तथा देखने में सुंदर निकले। सत्यानंदजी की माँ ने जो जमीन खरीदी थी, वह एक चाय का बागान था और 'बड़ोबाग के' नाम से पुकारा जाता था। इस कामयाबी के बाद सत्यानंदजी ने चाय की जगह सेब का बाग खड़ा करने की ठानी। पाँच साल बाद सन् १९२१ में सत्यानंदजी की माँ ने जहाजरानी द्वारा ढेर सारे पौधे भेजे। ये पौधे लगाए गए और 'बड़ोबाग' चाय की बजाय सेब का बाग बन गया। सन् १९२६ से इसमें फल लगने शुरू हो गए और उनकी बिक्री शुरू हो गई।

बागान लगाते समय सत्यानंदजी को परेशानियाँ आईं। सन् १९२१ में जब बाग की शुरुआत हो रही थी, ब्रिटिश सरकार ने उन्हें लाहौर जेल में भेज दिया। उनकी अनुपस्थिति में उनकी पत्नी ऐगनेस ने सारा काम सँभाला। श्रमिक उनके साथ थे; उन्होंने मेहनत में कोई कसर नहीं छोड़ी। बाग की देखभाल पर कोई फर्क नहीं पड़ा।

बड़ोबाग में सेब का सफल उत्पादन ऐतिहासिक घटना थी। जापान से सेब का आयात बंद हो गया। ये सेब के बाग हिमाचल के कोने-कोने में, हर भाग में फैल गए। इससे किसानों की आमदनी बढ़ी और उनका जीवन-स्तर ऊपर पहुँच गया। इस समय सेब हिमाचल की मुख्य उपज है। प्रदेश की लगभग आधी जनता की कमाई इसी पर निर्भर है।

अब मैं आपके ऊपर छोड़ देती हूँ। आप ही अनुमान लगाइए कि सत्यानंदजी ने हिमाचल के लिए क्या किया?''

मैंने कहा कि उस महापुरुष ने हिमाचल को नई दिशा दी है।

मैंने रति से पूछा, ''तुम्हारे हृदय में गरीब मजदूरों की मदद करने के आदर्श थे। तुम कहाँ तक पहुँचीं?''

''लगी हुई हूँ, किंतु इसमें अनेक कठिनाइयाँ हैं। मुझे एक ही साल हुआ है और इसमें समय लगेगा। सेब उत्पादन को बढ़ावा देने के लिए कई संस्थाएँ और राज्य सरकारें काम कर रही हैं। इनका ध्येय उत्पादन और लाभ बढ़ाने की ओर है। ये लोग वहाँ जाते हैं जहाँ यातायात की सुविधा है। मैं उनकी मदद करना चाहती हूँ, जो दुर्गम पहाड़ों में रहते हैं। आपने देखा तो है कि वे किस तरह पीठ पर टोकरी लटकाए पहाड़ों पर चढ़ते हैं। इनका जीवन कठिन है और इनको उपयुक्त रोजगार नहीं मिलता। इनकी ओर कोई ध्यान ही नहीं देता।''

''इसके लिए तुम क्या कर रही हो?''

"मैंने इनके बारे में विशिष्ट व्यक्तियों, नेताओं और मंत्रालय में बातचीत की है। इनकी समस्या सभी समझते हैं, लेकिन करते कुछ नहीं हैं। इनका कहना है कि सेब की कीमत और मजदूरों की कमाई बाजार की हालत पर निर्भर है।

अंग्रेजी में शब्द है—'मार्केट फोर्स'। इस शब्द ने मुझे परेशान कर रखा है; आखिर यह है क्या? इस एक शब्द में सभी संबंधित काम और लोग शामिल हो जाते हैं, जैसे कि किसान, मजदूर, परिवहन, थोक व्यापारी, दुकानदार, खरीदार इत्यादि। आमदनी अच्छी और खराब फसल पर निर्भर करती है। आजकल तो विदेश से भी सेब आने लगे हैं और उनसे मुकाबला करना पड़ता है। लोग एक-दूसरे को दोष देते हैं, लेकिन जिनकी हालत खराब है, उनकी ओर कोई देखता नहीं।

लोगों का कहना है कि सेब के उत्पादन में बहुत वृद्धि हुई है और लोगों को फायदा हुआ है। मैं मानती हूँ, मेरा प्रश्न तो उन लोगों के लिए है, जो दुर्गम इलाकों में रहते हैं, जहाँ सड़क नहीं है, जहाँ खेती के आधुनिक उपकरणों का प्रयोग नहीं किया जा सकता। मेरा सवाल मानवता से है।

कभी-कभी मैं सोचती हूँ कि अगर सत्यानंदजी गरमी को नहीं बरदाश्त कर पाए थे तो वह शिमला में क्यों नहीं ठहरे? इस दुर्गम इलाके में आने की क्या जरूरत थी? शिमला उन दिनों में भी अच्छी जगह थी। सेब वहाँ भी उगाए जा सकते थे।

सच तो यह है कि सत्यानंदजी गरीबों की मदद करना चाहते थे। उनको इनकी सादगी, सच्चाई, भोलापन और मेहनत पसंद थी। ये गरीब हैं मगर पतित और दरिद्र नहीं हैं। इनके चेहरों पर हमेशा मुसकान रहती है। इनके गाने, नृत्य और रीति-रिवाजों में आकर्षण है। वह इनको छोड़कर और कहीं नहीं जाना चाहते थे।"

मैंने पूछा, "क्या तुम भी अपना जीवन यहीं बिताना चाहती हो?"

"हर्ष और उल्लास से।"

"अच्छा यह बताओ, क्या तुम शादी करोगी या कुँवारी रहोगी?"

रति मुसकराई। उसकी मुसकराहट में वही आकर्षण और चंचलता थी, जो मैंने पहली बार पुणे में देखी थी।

"मैं शादी करूँगी अगर मनपसंद लड़का मिल जाए, मगर मैं यहाँ से जाऊँगी नहीं। उसे यहीं मेरे साथ रहना होगा। शादी सुखदायक तब होती है जब पति-पत्नी एक-दूसरे को समझें और मदद करें, जैसे…"

"सत्यानंद और उनकी पत्नी ऐगनेस।"

"जी हाँ!" वह हँसकर बोली।

"और अगर ऐसा लड़का नहीं मिला तो?"

"फिर मैं अकेले अपने रास्ते पर चलूँगी।"

हम पुणे वापस आ गए हैं। मेरे बुजुर्ग मित्र हिमाचल की यात्रा के बारे में जानने के लिए उत्सुक हैं। मैं पूरी तरह तैयार हूँ। मैंने सत्यानंदजी के बारे में सारी जानकारी हासिल कर ली है। मैंने अपने दोस्तों को उनके बारे में बताया और उनके योगदान का वर्णन किया। सभी आश्चर्यचकित थे।

एक मित्र ने कहा, "अजीब बात है, २१ साल का एक युवक अमेरिका से आए, अपने देश के लिए इतना सब कर जाए और हमें उसका नाम भी नहीं मालूम!"

दूसरे ने कहा, "इसके बाद जब कभी मैं सेब खाऊँगा, उसका नाम लूँगा और दूसरों को उसके बारे में बताऊँगा।"

तीसरे ने कहा, "देखो, तुम लेखक हो, तुम उसके बारे में जल्दी से एक लेख लिख दो।"

मैं मुसकराया। इसी कारण मैं हिमाचल गया था।

मुझे मालूम है कि मेरे मित्र रति के बारे में पूछेंगे, जिसे वह 'स्वप्नपरी' के नाम से पुकारते थे। मैंने उन्हें रति की कहानी सुनाई और बताया कि उस लड़की ने निश्चय कर लिया है कि वह सत्यानंदजी के मार्ग पर चलेगी और गरीबों की सेवा करेगी।

मेरे सारे मित्र दंग रह गए, "हम ख्वामखाह उसकी निंदा और मजाक करते थे। आजकल के दिनों में ऐसी लड़कियाँ कहाँ दिखाई देती हैं? बुढ़ापे में ऐसा करना ठीक नहीं था।"

मेरे चेहरे पर हलकी सी मुसकराहट आई। मैंने व्यंग्य में कहा, "इस बार मैं उसके भाई से मिला था।"

उनकी आँखें शर्म से झुक गईं। थोड़ी देर बाद एक मित्र ने कहा, "वह लड़का मदन था न, उसे अमेरिका में गाड़ी की दुर्घटना से जबरदस्त चोट आई है। उसके हाथ-पैर टूट गए हैं। अच्छा ही हुआ, उस साले ने रति को धोखा दिया था। तुम रति को लिख दो, उसे खुशी होगी।"

मुझे हँसी आई, "कोई फायदा नहीं होगा। रति जगत् के ऐसे सुख-दुःख को त्यागकर बहुत आगे निकल गई है।"

मेरे एक मित्र ने गंभीरतापूर्वक कहा, "अपने जीवन-काल में रति कहाँ तक पहुँचेगी, मैं उसे देख तो नहीं पाऊँगा, लेकिन इतना जरूर कह सकता हूँ कि वह हिमाचल की लड़की सही दिशा में चल रही है।"

□

६

शांता बाबू

शांता बाबू कई कारणों से शहर में विख्यात थे। खेल-कूद के प्रेमी उनकी हॉकी से मोहित थे। वह टीम के सबसे अच्छे लेफ्ट फॉरवर्ड थे और सबसे ज्यादा गोल उन्हीं ने किए थे। एक बार गेंद उन्हें मिल जाए तो उनकी रफ्तार देखने लायक होती थी। देखने में वह लंबे और आकर्षक थे। उनका व्यवहार और बातचीत करने का तरीका फिल्मी एक्टर की तरह लोकप्रिय था। गरीब उनकी उदारता की प्रशंसा करते थे और धार्मिक लोग उनकी सादगी तथा धर्मनिष्ठा से प्रसन्न थे। उनका खानदान गोरखपुर में सबसे रईस था।

मैं उन्हें बचपन से जानता हूँ। उस समय मेरी आयु १४ साल की थी और वह ३५ वर्ष के थे। पिताजी का देहांत होने के बाद घर में केवल मैं और मेरी माँ रहा करते थे। मेरी माँ को पिताजी की संपत्ति प्राप्त करने में कठिनाइयाँ हो रही थीं। उन्हें अटॉर्नी की जरूरत थी और किसी वकील की, जो कचहरी का काम सँभाल ले। मुझे अभी भी याद आता है कि बुलावा भेजने पर शांता बाबू फौरन हमारे घर आए। उन्हें चाय के लिए रुकने को कहा, लेकिन वह जल्दी में थे; उन्होंने कहा, ''हम खाना खाने के लिए आएँगे, लेकिन काम हो जाने के बाद।''

कुछ सप्ताह के बाद वह और उनकी पत्नी हमारे घर आए थे। शांता बाबू की विशेषता थी कि वह गरीब-अमीर सबसे एक जैसा व्यवहार करते थे। उन्हें किसी प्रकार की हिचकिचाहट नहीं होती थी।

मैंने एक बार उनकी स्पोर्ट्स मॉडल कार में सवारी की थी। उन दिनों गोरखपुर में वह अपने प्रकार की एकमात्र गाड़ी थी। उनका घर महल जैसा था। मैं उनका

प्रशंसक बन गया था। मैं बड़ा होकर उन्हीं की तरह बनना चाहता था; किंतु उस समय मुझे एक बात की कल्पना भी नहीं थी; शांता बाबू नाना प्रकार की समस्याओं से घिरे हुए थे।

उनकी सबसे बड़ी समस्या उन्हीं के परिवार से जुड़ी थी। उनके बड़े भाई कांता बाबू उम्र में उनसे १५ साल बड़े थे और संयुक्त परिवार के प्रमुख थे। उनकी तबीयत ठीक नहीं रहती थी और विवश होकर उन्हें हवेली की चहारदीवारी के अंदर रहना पड़ता था। उनको एक पुत्र और कन्या थी। लड़की की शादी हो गई थी और वह खुश थी; किंतु लड़का उनकी चिंता का कारण बन गया। वह आलसी निकला और उसने कॉलेज की पढ़ाई भी पूरी नहीं की। उसका विवाह सरकारी वकील की लड़की के साथ हुआ था। बहू चाल-चलन में अच्छी और देखने में सुंदर थी। नवविवाहित दंपती प्रसन्न थे, पर वकील साहब ने झमेला खड़ा कर दिया था।

कांता और शांता बाबू के संबंध आदर्श भाइयों की तरह थे। उन्होंने पारिवारिक समृद्धि को ऊँचा उठाया था, पहले कांता बाबू ने और फिर शांता बाबू ने। हर १५ दिन के बाद शांता बाबू अपने बड़े भाई को कारोबार की सामयिक स्थिति के बारे में विवरण देते थे और उनसे सलाह लेते थे।

बड़े भाई ने कहा, ''यह सब तो ठीक है, लेकिन एक मसला खड़ा हो गया है।''

''कौन सा?''

''गौरव कारोबार शुरू करना चाहता है।''

''यह तो खुशी की बात है और उसे काम में रुचि लेनी चाहिए। उसे कितने पैसों की आवश्यकता है?''

''दस लाख।''

शांता बाबू ने थोड़ी देर के लिए विचार किया। उन्होंने हिसाब लगाया और इस नतीजे पर पहुँचे कि रकम जुटाई जा सकती है। उन्होंने बड़े भाई को बताया कि राशि का प्रबंध किया जा सकता है।

शांता बाबू को जोर से हँसी आई। उन्होंने छोटे भाई को प्यार से पास बुलाया और उसके बाल सँवारने लगे। शांता बाबू को विचित्र सा लग रहा था।

''बबुआ, यह मसला इतना आसान नहीं है। देखो, हमारे पास धन-दौलत है और लोगों की आँखें उस पर लगी हैं। गौरव स्वतंत्र कारोबार चलाना चाहता है और संयुक्त परिवार से अलग हो जाना चाहता है।''

"मगर वह करेगा कैसे? उसके पास इतनी काबिलियत कहाँ है?"

"तुम सही कह रहे हो, लेकिन वह सोचता है कि वह अपना कारोबार खड़ा कर लेगा। मैंने उससे पूछा कि तुम करना क्या चाहते हो? वह इसका जवाब ही नहीं देता, चुप रहता है।"

"यह आश्चर्य की बात है। अगर वह परिवार में रहकर धंधा करना चाहे तो हम उसकी मदद कर सकते हैं।"

"देखो बबुआ, यह बात छल-कपट की है। गौरव सीधा-सादा है। माना कि वह आलसी और तेज दिमाग का नहीं है, मगर वह धूर्त और मक्कार भी नहीं है। वह किसी के चंगुल में आ गया है और मैंने उसको जान लिया है। यह करतूत उसके ससुर वकील साहब की है।"

"वकील साहब का स्वभाव अच्छा नहीं है, मगर उनकी लड़की सुनंदा शालीन और सुशील है।"

"वह तो है। मुझे नहीं लगता कि वह इस षड्यंत्र में शामिल है, पर भरोसा कैसे किया जाए?"

शांता बाबू ने अपने बड़े भाई को बताया कि वह इस मसले को सुलझाने की पूरी कोशिश करेंगे। कांता बाबू ने कहा कि झगड़े की शुरुआत हो गई है और समझ-बूझ से काम करना पड़ेगा।

गोरखपुर में बाबा गोरखनाथ का मंदिर सबसे बड़ा और प्रसिद्ध है। मंदिर की देख-रेख महंत करते आ रहे हैं। जनता उन्हें श्रद्धा और विश्वास से देखती है। शांता बाबू महंतजी से मिलने गए।

महंतजी बाबू परिवार से अच्छी तरह परिचित थे। वह खानदान अरसे से मंदिर की सहायता करता चला आ रहा था। महंतजी ने शांता बाबू को शांत रहने के लिए कहा। ऐसी समस्याएँ हर बड़े परिवार में उत्पन्न हो जाती हैं। उन्होंने तुलसीदास के पद की याद दिलाई—'जहं संपत्ति तहं विपत्ति नाना, जहं कुमति तहं दुःख निदाना।' उन्होंने दिलासा दिया कि कुमति नहीं आई है, इसलिए समस्या अपने आप दूर हो जाएगी। उपाय के लिए उन्होंने बताया कि वह अगले चार मंगलवार को हनुमानगढ़ी जाकर प्रार्थना करें और उसके बाद श्री सत्यनारायणजी की कथा कराएँ।

शांता बाबू ने अपनी पत्नी नलिनी को इस मसले के बारे में बताया और कहा कि गौरव स्वतंत्र कारोबार करना चाहता है।

"इसका नतीजा यह होगा कि हमारा संयुक्त परिवार टूट जाएगा।"

"हाँ, और हमें इसे रोकना है।"

"मुझे शक हो रहा है; कहीं सुनंदा गौरव को उकसा तो नहीं रही है?"

"कह नहीं सकता। बड़े भइया को वकील साहब पर शक है।"

"यह हो सकता है, लेकिन बाहर से आई लड़कियों पर एकदम विश्वास नहीं करना चाहिए। उसकी शादी को एक साल भी नहीं हुआ। गौरव उस पर लट्टू हो गया है; दिन भर कमरे में रहता है, बाहर निकलता ही नहीं। हमें त्रिया चरित्र से सावधान रहना चाहिए।"

"अगर सुनंदा कोई गड़बड़ी कर रही है तो उसके बरताव में बदलाव आना चाहिए। तुमने कोई ऐसे लक्षण देखे?"

"नहीं।"

"सुनो, तुम उसके ऊपर नजर रखो। अगर तुम्हें कोई फर्क दिखाई पड़ता है तो मुझे बताना। धनिया अपने घर की पुरानी मेहरी है, उससे भी पूछते रहना।"

नलिनी हर सप्ताह अपने पति को सुनंदा के बारे में खबर देती रही। उसे और मेहरी को कोई अंतर नहीं दिखाई दिया। चार सप्ताह बीत गए।

सत्यनारायण की पूजा और कथा जोरों-शोरों से हो रही थी। सुनंदा उत्साह से भाग ले रही थी। उसे लग रहा था कि पूजा उसके विवाह के एक साल बाद उसकी और गौरव की समृद्धि के लिए की जा रही है। शाम को कथा सुनने के लिए घर के सभी लोग और मेहमान एकत्रित हो गए थे, मगर गौरव नहीं दिखाई दे रहा था।

नलिनी ने पूछा, "तुम्हारे पतिदेव कहाँ हैं?"

"छोटी माँ, उनकी तबीयत ठीक नहीं है। उनका पेट खराब है।"

"हुआ क्या है उसे?"

"पेट फूला है और गैस तंग कर रही है।"

"वह कोई बड़ी बीमारी नहीं है।"

नलिनी अपने कमरे में गई और जेलुसिल की बोतल ले आई। उसने सुनंदा से कहा कि वह गौरव को एक बड़ा चम्मच पानी के साथ पिला दे।

जब सुनंदा अपने कमरे में गई, गौरव आरामकुरसी पर बैठा अपना पेट मल रहा था। उसने अपने पति को दवाई पिलाई और कहा कि आधे घंटे बाद वह हाल पूछने आएगी।

कथा शुरू हो गई। सुनंदा कथा में पूरी तरह तल्लीन हो गई और अपने पति के पास जाना भूल गई। उसे आश्चर्य हुआ, जब उसने गौरव को कुरता-धोती पहने कथा-स्थल पर आते देखा। उसके चेहरे पर मुसकराहट थी।

कांता और शांता बाबू गौरव को देखकर बहुत प्रसन्न हुए। वह अगली पीढ़ी का ज्येष्ठ सदस्य था और दोनों भाई उससे बहुत अपेक्षा रखते थे।

रात को खाना खाने के बाद गौरव और सुनंदा आराम से अपने कमरे में बैठे बात कर रहे थे। कथा के बाद घर का वातावरण शांतिपूर्ण हो गया था।

गौरव ने कहा, ''तुम्हारे पिताजी ने एक चिट्ठी भेजी है। वह चाहते हैं कि तुम उसे पढ़ लो और हस्ताक्षर कर वापस भेज दो।''

''चिट्ठी में लिखा क्या है?''

''मुझे नहीं मालूम; मैंने पढ़ी ही नहीं।''

सुनंदा ने चिट्ठी उठाई। पढ़ने के बाद वह जोर-जोर से हँसने लगी।

''हँसने की क्या बात है?''

''ये चिट्ठी जरा पढ़कर तो देखो। इसमें लिखा है कि ससुरालवाले मुझे तंग कर रहे हैं और मेरा जीना मुश्किल हो गया है। मैं अपने पति के साथ अलग रहना चाहती हूँ। बोलो, है न हँसने की बात?''

गौरव ने पत्र पढ़ा। वह लंबा था और उसमें दुर्व्यवहार के प्रसंगों का वर्णन दिया था।

सुनंदा ने कहा, ''यहाँ मुझे सब लोग प्यार करते हैं, बेटी की तरह बरताव करते हैं और फिर यह चिट्ठी! अजीब मजाक है!''

गौरव ने शांति से बताया, ''इस पत्र का अच्छे और बुरे बरताव से कोई ताल्लुक नहीं है। तुम्हारे पिताजी चाहते हैं कि हम अपना कारोबार अलग से खोल लें। यह हमारे हित में होगा। उनका कहना है कि इतने बड़े बिजनेस में हमें कुछ मिलता ही नहीं। कम-से-कम हमें ५,००० रुपए महीने मिलने चाहिए, मगर देते हैं सिर्फ १,००० रुपए ।''

''वह तो सिर्फ 'पॉकेट मनी' है।'' सुनंदा ने कहा, ''घर का सारा खर्चा वे उठाते हैं। हम जो कुछ माँगते हैं, खुशी से दे देते हैं। हमें और क्या चाहिए?''

''देखो, समझने की कोशिश करो। अगर हम संयुक्त परिवार से अलग हो जाते हैं तो इसका फ़ायदा हमें ही होगा। हम किसी के ऊपर निर्भर नहीं रहेंगे। आगे जाकर ये हमारे बच्चों के हित में होगा। तुम्हारे पिताजी के अनुसार मुझे कम-से-कम दस लाख रुपए मिलने चाहिए। वे हमारे अलग होने की तैयारी कर रहे हैं। अब बोलो, तुम इस चिट्ठी का मतलब समझी?''

सुनंदा की उत्सुकता बढ़ रही थी। वह पूरी जानकारी लेना चाहती थी। उसने

पूछा, "इतना सारा धन लेकर तुम करोगे क्या?"

"हम अपना व्यापार खोलेंगे। सबसे जरूरी चीज होती है—रोकड़। अगर वह हो तो बाकी सारी समस्याएँ अपने आप सुलझ जाती हैं।"

"कौन सा कारोबार खोलना चाहते हो?"

"अरे, कुछ भी। हम सिनेमा खोल सकते हैं; किराए के लिए मकान बना सकते हैं; मोटर वर्कशॉप और पेट्रोल पंप खड़ा कर सकते हैं, खेती के लिए जमीन खरीद सकते हैं। धंधों की कोई कमी नहीं है, पहले पैसा तो आए!"

सुनंदा को हलकी सी हँसी आई, "मैं आपसे एक बात पूछूँ? बुरा तो नहीं मानेंगे? देखिए, व्यापार में भाग-दौड़ करनी पड़ती है। सवेरे से रात तक काम करना पड़ता है; क्या आप यह कर पाएँगे?"

गौरव ने ऐंठ में आकर कहा, "मैं क्यों करूँगा? मैं पूँजीपति की तरह रहूँगा। भाग-दौड़ मेरे मातहत करेंगे।"

"और उन्होंने आपको धोखा दिया तो?"

"नौकरी से जाएँगे। हर एक को अपनी कमाई की फिकर रहती है।"

"देखिए, व्यापार सब नहीं चला सकते। मैं कई लोगों को जानती हूँ, जिनका कारोबार ठप हो गया। कहीं हमारे साथ ऐसा न हो जाए?"

"अरे, कैसे होगा? लेकिन थोड़ा-बहुत जोखिम तो लेना पड़ता है। तुम्हारे पिताजी ने मुझे एक पते की बात बताई है। वे कह रहे थे कि सारा पैसा एक ही धंधे में मत लगाना। अगर एक असफल होता है तो बाकी चलेंगे। यह नामुमकिन है कि सारे काम एक साथ फेल हो जाएँ।"

"क्या आपने सोचा कि अलग होने से घर में कड़वाहट पैदा होगी। चाचाजी और पिताजी क्या कहेंगे?"

"कड़वाहट क्यों पैदा होगी? हर औद्योगिक परिवार में बँटवारा होता है। हम झगड़ा थोड़े ही करने जा रहे हैं!"

सुनंदा के सारे प्रश्न खत्म हो गए थे। वह चुप हो गई।

गौरव ने पूछा, "क्या तुम पत्र पर दस्तखत कर रही हो?"

"अभी तो बहुत देर हो गई है, कल बताऊँगी।"

सुनंदा रात भर इस विषय पर सोचती रही। वह अपने पिताजी के चरित्र और स्वभाव को अच्छी तरह जानती थी। उसे आश्चर्य इस बात पर हो रहा था कि कितनी चालाकी से उन्होंने गौरव को भड़का दिया था। उसके पास हर प्रश्न का उत्तर था। एक साल में वह अपने पति को भली-भाँति समझ गई थी। उसके पति

आलसी थे, आराम-तलब थे, परंतु उनमें किसी प्रकार का छल-कपट नहीं था। वह सिगरेट या शराब नहीं पीते थे। अगले दिन सुनंदा ने अपने पति से बात की।

"आप मेरे पिताजी को कितना जानते हैं?"

"यह अजीब सवाल है, जानना तो तुम्हें चाहिए!"

"आप ठीक कह रहे हैं। मैं उन्हें जानती हूँ और अच्छी तरह। देखिए, अपने पिता के बारे में बुरे शब्द कहना उचित नहीं है, लेकिन मुझे कहना पड़ेगा। उन्होंने मेरी माँ के साथ कभी अच्छा व्यवहार नहीं किया। इसे मैं बचपन से देख रही हूँ। वह लालची और लोभी हैं। भइया की शादी पर उन्होंने इतनी बड़ी रकम वसूली थी कि उनके ससुरजी को जमीन बेचनी पड़ी। वह अपने ग्राहकों को ठगते रहे हैं और पैसा हड़पना उनकी आदत है। अगर आपने उन पर विश्वास किया तो मुझे डर है कि वह आपके दस लाख लूट लेंगे। मैं माँ को बताती हूँ, वह आपको समझा देंगी।"

"तुम्हें ये सब मुझे पहले बताना चाहिए था।"

"मौका ही नहीं मिला।"

"अब देरी हो गई है। मैंने पिताजी से दस लाख रुपए माँग लिये हैं। उसको छोड़ो, मैं उनसे माफी माँग लूँगा, लेकिन तुम्हारे पिताजी से क्या कहूँ?"

"क्या आपने मेरे पिताजी को कोई वायदा किया है या उनके साथ कोई लिखित अनुबंध किया है?"

"नहीं, ऐसा मैंने कुछ नहीं किया। वह पिछले तीन महीनों से मुझसे इस विषय पर बात कर रहे हैं। मेरी आदत तुम्हें तो मालूम है। जब बड़े मुझसे बात करते हैं तो मैं 'जी' कहता हूँ। इसका मतलब यह तो नहीं कि मैंने अपनी सहमति दे दी है।"

"तब तो यह मामला आसानी से सुलझाया जा सकता है। मैं चिट्ठी पर दस्तखत नहीं करूँगी। तुम मेरे पिताजी को 'जी-जी' करते रहना।"

"उपाय अच्छा है।" गौरव ने कहा।

"मैं आपसे एक बात पूछूँ?"

"पूछो।"

"अगर आपको अलग व्यापार खोलना था तो आपने पिताजी या चाचाजी से क्यों नहीं बात की? मेरे पिताजी के बहकावे में आने की क्या जरूरत थी?"

"तुम ठीक कह रही हो। यह बात मुझे सूझी ही नहीं।"

बाबू खानदान की कोठी मीरा नगर मोहल्ले में थी। दोनों भाइयों के घर जुड़े हुए

थे। रविवार के दिन खाने के लिए पूरा परिवार इकट्ठा होता था।

सत्यनारायण की पूजा के दो दिन बाद गौरव ने अपने पिताजी को बताया कि वह अलग कारोबार नहीं खोलना चाहता। कांता बाबू ने अपने छोटे भाई से कहा, ‘‘गोरखनाथ की कृपा है कि बला टल गई। मैंने तुम्हें बताया था कि सुनंदा अच्छी लड़की है। हमें उसके प्रति कृतज्ञ होना चाहिए।’’

‘‘गुण तो गौरव के भी हैं; उसने अपनी पत्नी की बात मान ली। ठीक समय पर वह बहकावे में आने से बच गया। उसका दिल साफ है।’’

‘‘वह तो है।’’

शांता बाबू ने अपने बड़े भाई को कारोबार का विवरण दिया और बताया कि बैंक में तीन लाख रुपए जमा हो गए हैं। वह सिनेमाघर बनाने की सोच रहे हैं और गौरव को उसका मैनेजर बनाने की।

कांता बाबू ने पूछा, ‘‘क्या वह सिनेमा चला पाएगा?’’

‘‘क्यों नहीं? हम उसे अच्छे कर्मचारी देंगे। मेरे विचार में सुनंदा को भी इस काम में लगा देना चाहिए।’’

‘‘तुम्हारा खयाल अच्छा है, मगर क्या वह मानेगी?’’

‘‘पूछकर देख लेते हैं।’’

गौरव और सुनंदा को बुलाया गया। कांता बाबू ने अपने छोटे भाई की योजना सुनाई। उन्होंने अपने पुत्र से कहा कि वह बड़ा हो गया है और उसे कारोबार में हाथ बँटाना चाहिए। उन्होंने सुनंदा से कहा कि अगर वह चाहे तो काम में शामिल हो सकती है।

गौरव ने ‘जी’ कहा।

सुनंदा को हँसी आ गई। उसने कहा, ‘‘जी मत कहिए, कहिए कि आपको स्वीकार है।’’ गौरव को भी हँसी आ गई। सुनंदा ने कहा कि इस बहाने उसे फिल्म देखने का मौका मिल जाएगा। शांता बाबू ने कहा कि इस काम के लिए ५,००० रुपए मासिक वेतन मिलेगा। गौरव की चाहत पूरी हो गई।

कांता बाबू प्रसन्न हुए। उनके छोटे भाई ने कुशलतापूर्वक मसले का हल निकाल लिया था। शांता बाबू को स्थायी समाधान चाहिए था, जिससे गौरव के दिमाग में फिर कभी अलग होने की बात न घुसे।

मेरी पढ़ाई गोरखपुर में खत्म हो गई थी। मुझे पुणे में नौकरी मिल गई थी। मेरा संबंध मेरे बचपन और किशोर अवस्था से जुड़े हुए शहर से टूट गया था, लेकिन

स्मृतियाँ साथ रहती थीं। अगर मुझे कोई गोरखपुरी मिल जाता था तो मुझे बहुत खुशी होती थी और मैं घंटों उससे बात करता था।

गोरखपुर राप्ती नदी के तट पर बसा है। नदी बाढ़ के लिए कुख्यात है और उस साल भयंकर बाढ़ आई थी। आधा शहर प्रभावित हो गया था और हनुमानगढ़ी का निचला भाग पानी में डूब गया था। महंतजी ने शांता बाबू से कहा कि वह बाढ़ से पीड़ित लोगों के लिए शिविर बनाएँ और हर प्रकार से सहायता करें। शांता बाबू ने यह काम अपने हाथ में ले लिया और एक महीने तक वह इसी काम में दिन-रात जुटे रहे। धीरे-धीरे बाढ़ का पानी कम हो गया। गोरखपुर की जनता उनकी आभारी हो गई। समाचार-पत्रों ने उनकी प्रशंसा की और नगरपालिका ने उनको मान्यता दी।

महंतजी खुश हुए। उन्होंने शांता बाबू को राज्य की विधानसभा में चुनाव लड़ने को कहा। शांता बाबू आसानी से बहुत बड़े अतंर से जीते। उनके सिर पर महंतजी का हाथ था और अगर वह हो तो जीत निश्चित ही रहती थी।

अगले पाँच साल बाबू परिवार के लिए सुख और समृद्धि के थे। इस काल में उन्होंने सिनेमाघर, गाड़ी का वर्कशॉप और पेट्रोल पंप खोले। उन्होंने ६० एकड़ का फार्म भी खरीदा।

गौरव ने कारोबार में रुचि लेना आरंभ कर दिया। सुनंदा उसके साथ रहती थी। दोनों मिलनसार बन गए थे। छुट्टियों में वे दूर-दूर के स्थानों पर घूमने जाया करते थे। उनके शादी के सुखमय पाँच साल बीत गए थे। इस बदलाव को देखकर कांता और शांता बाबू बेहद खुश रहते थे। लेकिन सबसे बड़ी खुशखबरी तो यह थी कि सुनंदा गर्भवती हो गई थी।

किंतु विधाता के मन में कुछ और ही था। सुनंदा को लकवे से पीड़ित शिशु पैदा हुआ। बच्चे के दिमाग पर असर हुआ था और वह हमेशा के लिए अक्षम हो गया था। सदमा और भी गहरा था। सुनंदा को बाद में पता चला कि उसका गर्भ फिर से नहीं भरेगा। सुनंदा ने अपंग बच्चे की देखभाल के लिए किसी तरह अपने को सँभाला, परंतु गौरव इस दुःख को सहन नहीं कर सका। उसने शराब पीना शुरू कर दिया।

कांता बाबू और उनकी पत्नी को बहुत दुःख पहुँचा। बड़ी माँ का रोना बंद ही नहीं होता था—क्या फायदा है धन-दौलत का अगर घर में संतति न हो? कांता बाबू अपने परिवार का अंत देख रहे थे। दोनों की तबीयत बिगड़ रही थी। बिना किसी को बताए उन्होंने दवाइयाँ लेना बंद कर दिया। छह महीने बाद एक ही रात

को दोनों की मृत्यु हो गई।

शांता बाबू ने श्रद्धापूर्वक बड़े भाई और भाभी की अंतिम क्रियाएँ कीं। गौरव कमरे के बाहर भी नहीं निकला।

शांता बाबू को बड़े भाई और भाभी के जाने का दुःख था, किंतु उन्होंने अपने को नियंत्रण में रखा। उन्हें ज्यादा फिक्र गौरव की थी। उसने बहुत ज्यादा पीना शुरू कर दिया था। उसकी पाचन-क्रिया खराब हो गई थी और पेट में वायु की तकलीफ शुरू हो गई थी। डॉक्टरों ने बताया कि उसके जिगर में सिरोसिस की जानलेवा बीमारी शुरू हो गई है और उसे पूरी तरह शराब छोड़ देनी चाहिए। गौरव मान नहीं रहा था। सुनंदा कुछ कह नहीं रही थी। उसके मन में बैठ गया था कि परिवार में विपदा उसकी वजह से आई है। उसने गौरव को कई बार कहा कि संतति के लिए वह दूसरी शादी कर ले।

शांता बाबू हर रोज सुबह-शाम गौरव और सुनंदा से मिलने जाया करते थे। वह अक्षम बच्चे को अपनी गोद में लेते थे और उसके साथ खेला करते थे। एक दिन सुबह जब वह बच्चे से खेल रहे थे, उनके लिए टेलीफोन आया और उन्हें जल्दी में जाना पड़ा। सुनंदा रसोईघर में थी। शांता बाबू ने बच्चे को उठाया और गौरव की जाँघों पर लिटा दिया। जब वह वापस आए तो उन्होंने एक भद्दा दृश्य देखा। गौरव ने उलटी कर दी थी। शराब और गंध से भरी उलटी बच्चे के मुँह और बदन पर फैल गई थी। वह चिल्लाकर रो रहा था।

सुनंदा रसोईघर से भागकर आई। उसने बच्चे को उठाया और सफाई करने लग गई। गौरव का चेहरा शर्म से झुका था और वह मूकदशा में अपनी पत्नी और चाचाजी की तरफ देख रहा था। शांता बाबू ने नाराजगी का एक शब्द भी नहीं निकाला।

गौरव को इतनी लाज आई कि उस दिन उसने बोतल को हाथ नहीं लगाया। शाम को जब शांता बाबू आए तब उसने माफी माँगी। चाचाजी ने कहा कि इस परिवार में कोई किसी को डाँटता नहीं है। यह तो हर व्यक्ति के ऊपर निर्भर है कि उसका चाल-चलन कैसा है।

"अब तो तुम बहुत बड़े हो गए हो, खुद समझ सकते हो। क्या तुम्हें कभी खयाल आता है कि अगर मुझे कुछ हो गया तो परिवार की सारी जिम्मेदारी तुम्हारे कंधों पर पड़ेगी? मेरे लड़के तो छोटे हैं, स्कूल में पढ़ रहे हैं। डॉक्टरों का कहना है कि तुम्हें शराब बिलकुल छोड़ देनी चाहिए।"

शांता बाबू के जाने के बाद गौरव ने सुनंदा को बताया कि उसे कभी खयाल

में भी नहीं आया कि चाचा के बाद उसे सारा कारोबार सँभालना पड़ेगा।

सुनंदा ने कहा, ''संयुक्त परिवार चलाना आसान नहीं है। इसके लिए दायित्व और लगन की आवश्यकता होती है। बड़े बाबू और माँजी के जाने के बाद चाचा हर रोज हमारे यहाँ आते हैं। यही नहीं, वह हमारे बच्चे के साथ प्यार से खेलते हैं। कितने लोग ऐसा कर सकते हैं?''

गौरव के मस्तिष्क में यह बात बैठ गई। उसने पीना छोड़ दिया और छह महीने में उसकी तबीयत सामान्य हो गई।

शांता बाबू उदार और बड़े दिल के आदमी थे। वकील साहब और उनके पुत्र की आपस में पट नहीं रही थी। शादी के कुछ साल बाद लड़का दूसरे घर में रहने चला गया। बुढ़ापे में वकील साहब को अपनी गलतियों का एहसास हुआ, लेकिन तब तक बहुत देर हो चुकी थी। उनके कर्मों ने उनको छोड़ा नहीं, उन्हें कैंसर का रोग हो गया। कोई उनसे मिलने नहीं जाता था और सुनंदा को भी उनसे लगाव नहीं था। केवल शांता बाबू उनसे मिलने जाते थे और अपने साथ सुनंदा को ले जाते थे। शांता बाबू अंत तक वकील साहब के इलाज का पैसा देते रहे।

गोरखपुर का विकास तेज गति से हो रहा था। वहाँ रेलवे की बड़ी लाइन पहुँच गई थी और गोरखपुर जोनल मुख्यालय बन गया था। विमान की सेवाएँ शुरू हो गई थीं। नगर में विश्वविद्यालय बन गया था। निजी और सार्वजनिक क्षेत्र में अनेक उद्योग खुल गए थे। बौद्ध धर्मवालों के लिए कसिया आकर्षण की जगह थी। यहाँ लेटे हुए गौतम बुद्ध की एकमात्र मूर्ति देखने लायक है।

बाबा गोरखनाथ के मंदिर का लगातार पुनरोद्धार हो रहा था। श्रद्धालुओं की भीड़ पहले जैसे लगी रहती थी। जनता के विश्वास में कोई कमी नहीं आई थी।

शांता बाबू की राजनीतिक पार्टी फिर से चुनाव जीत गई। मुख्यमंत्री ने उनको मंत्री पद के लिए आमंत्रित किया, किंतु शांता बाबू ने उसे स्वीकार नहीं किया। अपना परिवार उनकी प्राथमिकता थी और वह उसी में फँसे हुए थे।

इन घटनाओं को बीते २५ साल हो गए।

मैं पुणे के गॉल्फकोर्स में बैठा हुआ था। हाल ही में इसका नवीकरण किया गया था और अब यह बहुत बढ़िया गॉल्फ कोर्स बन गया है। पुणे में काली मिट्टी की पथरीली जमीन है, किंतु इसके बावजूद विशेषज्ञों ने इसे सुंदर और चुनौती भरा

गॉल्फ कोर्स बना दिया है।

मेरी बगलवाले टेबुल पर एक युवा दंपती और वयस्क पुरुष बैठे हुए थे। वह खेल खेलने के बाद कोका-कोला से अपना गला ठंडा कर रहे थे। वयस्क पुरुष दंपती को गोरखपुर के बारे में बता रहा था। मैंने चौंककर उनकी तरफ देखा।

मुझे ऐसा लगा कि मैंने उस पुरुष को पहले कभी देखा है, लेकिन पहचान नहीं पा रहा था। गोरखपुर शब्द ने मेरे मन में जिज्ञासा उत्पन्न कर दी थी। मैं उनकी टेबुल के पास गया।

"आप गोरखपुर के रहनेवाले हैं?"

"जी हाँ।"

"मैं गोरखपुर में रहता था। मेरा नाम रवि शर्मा है।"

"रवि भइया, मैं सुनील हूँ, शांता बाबू का लड़का।"

मैं उसे पचास साल पहले मिला था। उस समय वह छोटा सा दस साल का लड़का था। मैंने उसे गले से लगा लिया। उससे मिलकर मुझे बेहद खुशी हुई। मैंने उसे अगले दिन भोजन का निमंत्रण दिया।

सुनील की लड़की की शादी एक साल पहले वायुसेना के अफसर से हुई थी। वह लोहेगाँव में रहते थे। सुनील उनसे मिलने आया था। हमारी मुलाकात आकस्मिक थी और बड़ी सुहावनी।

अगले दिन शाम को सुनील अकेला ही आया। उसके जँवाई और लड़की को खाना खाने कहीं और जाना था। हमारे पास बात करने के लिए पर्याप्त समय था। सुनील मुझे शांता बाबू की याद दिला रहा था। देखने में वह उन्हीं की तरह लंबा, गोरा और सुदृढ़ शरीर का था। उसकी आवाज उनसे मिलती-जुलती थी।

मैंने कहा, "पाँच दशक बीत गए हैं; मैं तुम लोगों से मिल नहीं पाया। गोरखपुर की याद मुझे हमेशा आती रहती है। शांता बाबू तो मेरे आदर्श पुरुष हैं। मैं तुम लोगों के बारे में सबकुछ विस्तृत रूप में जानना चाहता हूँ।"

"कहाँ से शुरू करूँ?"

"आखिरी खबर जो मैंने सुनी थी, वह थी कि गौरव ने बहुत पीना शुरू कर दिया था और फिर यह भी सुना कि उसने पीना छोड़ दिया। क्या यह सच है?"

"बिलकुल सच है। गौरव भइया में बदलाव आ गया था। वह कारोबार में हाथ बँटा रहे थे। उनका अंत:करण निर्मल और स्वच्छ था। उनकी मृत्यु दस साल पहले हो गई।"

"उनकी पत्नी सुनंदा कैसी हैं?"

"भाभी महान् स्त्री हैं और अभी भी हैं। उन्होंने आखिरी दिन तक अपने अक्षम पुत्र को सँभाला। उन्होंने परिवार का काम-काज सीख लिया था और पिताजी की सहायता करती थीं। इस समय वह सबसे बड़ी हैं और हम उनका आदर करते हैं। उन्होंने एक नेक काम किया, जिसका बहुत बड़ा फायदा बाबू खानदान को हो रहा है।"

"वह क्या?"

"उन्होंने अपने पुत्र की देखभाल के लिए एक आया काम पर लगाई थी। आया निष्ठावान और अच्छे स्वभाव की थी। वह विधवा थी और स्कूल जानेवाले तीन लड़कों की माँ थी। भाभी ने बच्चों की पढ़ाई की जिम्मेदारी ले ली। लड़के पढ़ने में अच्छे थे और होनहार प्रतीत होते थे। गौरव भइया को भी वे पसंद आए।

एक दिन भाभी ने मेरे पिताजी से पूछा कि क्या वह तीनों बच्चों को गोद ले सकती हैं? बिना हिचकिचाहट के मेरे पिताजी ने अनुमति दे दी। वह चाहते थे कि कांता बाबू का परिवार निरंतर चलता रहे।

तीनों लड़के भाभी के पास रहने लगे। उनके व्यवहार में सुधार आने लगा और वे प्रतिष्ठित खानदान में पले हुए बच्चों की तरह दिखने लगे। पढ़ाई में तीनों प्रवीण थे। नवीन ने लॉ में उच्च शिक्षा प्राप्त की, राजेश ने बिजनेस एडमिनिस्ट्रेशन में और प्रदीप ने इंजीनियरिंग में। उनका समावेश घर के काम-काज में हो गया। पहली बार बाबू कंपनी में इतने पढ़े-लिखे लोग काम कर रहे थे। प्रदीप सबसे तेज निकला। उसने 'बाबू बिल्डर्स' के नाम से कंपनी खोली। वह कंपनी सबसे ज्यादा मुनाफा कमा रही है।

हमारे परिवार में तीन लड़कों को गोद लेना भाभी की सबसे बड़ी देन है। तीनों मन लगाकर काम करते हैं। बुढ़ापे में पिताजी की चिंताएँ और कष्ट कम हो गए थे। उन्हें आराम की जरूरत थी।"

"तुम्हारे पिताजी कैसे हैं?"

"उनकी मृत्यु पिछले साल हो गई। उनकी उम्र ९४ वर्ष थी।"

"यह खेद की बात है। मुझे पता नहीं चला। क्या वे बीमार थे?"

"बिलकुल नहीं। अंत समय तक वह स्वस्थ थे। रात को थोड़ा सा खाने के बाद उनकी छाती में दर्द शुरू हुआ। कुछ ही समय बाद दिल के दौरे से उनकी मृत्यु हो गई।"

"ईश्वर की कृपा से उन्हें लंबी अवधि तक बीमार नहीं रहना पड़ा। मुझे कांता बाबू की याद आती है। उन्हें बहुत ज्यादा तकलीफ उठानी पड़ी थी।"

"इस बारे में वह भाग्यशाली रहे। गोरखपुर के लोगों ने उन्हें याद किया और कृतज्ञता जताई। उनकी अंतिम क्रिया में महंतजी, मेयर और सारे वरिष्ठ अधिकारी मौजूद थे। हजारों की संख्या में लोग आए थे। क्या आपको याद आता है कि हमारी हवेली से पहले एक चौक था?"

"हाँ, अच्छी तरह।"

"उस चौक का नाम उनके नाम पर रख दिया गया है। सुनंदा भाभी ने इलाहाबाद के एक मशहूर मूर्तिकार से उनकी प्रतिमा बनवाई। उसे वहाँ स्थापित कर दिया गया है।"

"शांता बाबू बड़े नेक आदमी थे। मुझे अभी भी याद आता है कि उन्होंने निष्काम भाव से मेरी माँ को मदद दी थी।"

"मदद करना उनके चरित्र का स्वाभाविक अंग था। दूसरों की सहायता करने में उन्हें सुख और संतोष मिलता था। उनके पास आने के बाद कोई भी निराश होकर नहीं जाता था। यह सब करने के बाद मुझे यह कहने में दुःख होता है कि उन्हें अपने ही लड़कों से शांति नहीं मिली।"

"क्यों? क्या हुआ?" मैंने पूछा।

"मेरी और मेरे बड़े भाई महेश की पटी नहीं। बचपन में तो सब ठीक था, लेकिन जैसे-जैसे हम बड़े होते गए, अनबन बढ़ती चली गई। वह मुझे हर बात पर फटकारता था।"

"कारण क्या था?"

"अब मैं क्या बताऊँ? पढ़ाई-लिखाई में मैं अच्छा था। उसे लगता था कि माँ और पिताजी मुझे ज्यादा प्यार करते हैं। शायद उसके दिमाग में बैठ गया था कि कारोबार मुझे दिया जाएगा। कहना कठिन है, लेकिन इतना तो कह सकता हूँ कि उसे मेरी शकल ही पसंद नहीं थी। वह बहुत गुस्सैल था और हर बात पर गालियाँ सुनाया करता था।

मुझे उच्च शिक्षा के लिए जर्मनी भेज दिया गया। मेरी गैरहाजिरी में वह खुश रहता था। पढ़ाई खत्म हो जाने के बाद मैंने पिताजी से अनुरोध किया कि घर में शांति के लिए मेरा बाहर नौकरी करना उचित रहेगा। लाचार होकर पिताजी ने मेरी बात मान ली।

मैं छुट्टियों में गोरखपुर जाया करता था। मुझे देखते ही उसकी पुरानी हरकतें शुरू हो जाती थीं। माँजी, पिताजी और मैं चुपचाप उसके दुर्व्यवहार को झेल लिया करते थे।

उसने एक तमाशा खड़ा कर दिया था। उसे भाभी का तीन लड़कों को गोद लेना पसंद नहीं आया। उसने पिताजी से कहा कि इन लड़कों में बाबू खानदान का खून नहीं है। इसलिए वे घर में कदापि रह नहीं सकते। वह नौकरानी के लड़कों को अपना रिश्तेदार नहीं मान सकता।

पिताजी ने उसे समझाने के लिए उसी से परिचित एक वकील को नियुक्त किया। वकील ने महेश को समझाया कि गोद लेना गौरव भइया और भाभी का कानूनी हक है। इसके लिए कुछ नहीं किया जा सकता। अगर उसे पसंद नहीं है तो वह अपना संबंध तोड़ सकता है। उसने वही किया। उसने उन मासूम बच्चों का हमारे कक्ष में आना बंद करवा दिया।

कुछ साल बाद महेश का विवाह हुआ। काफी समय तक वह वैवाहिक जीवन में मग्न था और शांत रहा। बाद में वह अपनी आदतों पर लौट आया। उसने पिताजी को बताया कि वह कारोबार सीख चुका है। बाबूजी बूढ़े हो गए हैं, इसलिए कर्ता का भार उसे सौंप देना चाहिए। बाबूजी माने नहीं। महेश पर उनका बिलकुल विश्वास नहीं था। और सच तो यह भी था कि सुनंदा भाभी और उनके तीन पुत्र कारोबार ठीक चला रहे थे। महेश चालाक था, वह परिवार से अलग नहीं होना चाहता था। उसकी निगाह संयुक्त परिवार की संपूर्ण संपत्ति पर थी। उसे मालूम था कि बाबूजी के बाद उसका नंबर आता है। वह उस दिन के लिए रुक रहा था।

मुझे दुःख होता है कि शांता बाबू को अपने जीवन के अंतिम दिनों में ऐसी घटनाएँ देखनी पड़ीं। माँ के देहांत के बाद बाबूजी अकेले पड़ गए थे। महेश से परेशान होकर वह अपना समय सुनंदा के साथ बिताते थे। वह था तो मेरा भाई, लेकिन था बहुत दुष्ट। उसने पिताजी और भाभी के रिश्ते पर गंदगी फैलाना शुरू कर दिया। वह विचित्र आदमी था। उसकी किसी से भी पटती नहीं थी। उसने तो अपनी पत्नी और बच्चों तक की हालत खराब कर रखी थी। मुझे अफसोस इस बात का है कि मैं उनकी कोई मदद नहीं कर सका।''

''क्या शांता बाबू शिकायत करते थे?''

''नहीं, वह चुप रहते थे। वह महेश से परेशान थे, किंतु उन्होंने उसकी निंदा किसी के सामने नहीं की। शांता बाबू ने अपना पूरा जीवन दूसरों की मदद में बिता दिया, लेकिन उनके निजी जीवन में उन्हें चैन नहीं मिला। अगर हम दोनों भाई मिल-जुलकर रहते तो उन्हें आनंद मिलता, लेकिन वह उनकी किस्मत में नहीं था।

शांता बाबू को मालूम था कि उनके मरणोपरांत महेश संयुक्त परिवार में

गड़बड़ी करेगा। तकलीफ सुनंदा भाभी को और मुझे होगी। वह इस मसले का हल निकालना चाहते थे, किंतु उनसे हुआ नहीं। जिंदगी विचित्र है, जो उनसे उनके जीवनकाल में नहीं हो सका, वह उनके मरने के बाद हो गया।''

''वह कैसे?''

''पिताजी के देहांत के १५ दिन बाद महेश ने संपत्ति के लिए झगड़ा शुरू कर दिया। उसने वकील नियुक्त किए, लीगल नोटिस भेजी और कोर्ट जाने की धमकी दी। एक महीने बाद महेश अचानक परलोक चला गया। यह चमत्कार बाबा गोरखनाथ की कृपा से हुआ। वह हमारे परिवार को शुरू से ही सँभालते रहे हैं। इस समय हमारे खानदान में कोई दुःख या झगड़ा नहीं है। मैं तो यहाँ तक कहूँगा कि महेश की पत्नी और उसके बच्चे भी खुश हैं।''

''चलो, अच्छा ही हुआ। लेकिन अब जिम्मेदारी तुम्हारे सिर पर आ गई है। तुम सँभाल लोगे?'

''जी हाँ, हर्ष के साथ।''

बातचीत में काफी समय बीत गया था। हमने चुपचाप भोजन किया। जाने से पहले सुनील ने गोरखपुर आने के लिए आग्रह किया।

मैंने कहा, ''मैं अवश्य आऊँगा।''

□

७

सुलोचना

सुलोचना के लिए वह दिवस विशेष महत्त्व का था, उनका ८५वाँ जन्मदिन! उनका संपूर्ण परिवार—दो लड़के और और तीन लड़कियाँ, उनके पति-पत्नी, पोते, पोती—सभी जश्न मनाने के लिए इकट्ठा हो गए थे। बीस लोगों का एक फ्लैट में रहना आरामदेह नहीं था, किंतु इस अवसर पर वे एक साथ रह रहे थे।

सुलोचना को सब 'अक्का' कहकर पुकारते थे। वह कोनेवाले कमरे में रहती थीं। उनकी देखभाल के लिए २४ घंटे आया साथ रहती थी। शाम को ठीक ७ बजे नर्स उनको पहिएवाली कुरसी पर बिठाकर बैठक में ले आई। नर्स ने उनके हाथ-मुँह धो दिए थे। उन्होंने रेशम की महँगी साड़ी पहनी थी। वह स्वस्थ और प्रसन्न दिख रही थीं। एक-एक कर सारे संबंधी अक्का के पास आए, उन्हें दंडवत् प्रणाम किया और अपनी शुभकामनाएँ प्रकट की। अक्का ने हर एक को अपनी तरफ से उपहार दिए। इसके बाद उन्होंने केक काटा और सभी ने मिलकर अंग्रेजी में 'हैपी बर्थडे' गीत गाया।

लगभग एक घंटे तक सुलोचना अपने संबंधियों के बीच रहीं। उम्र की वजह से उनकी याददाश्त कम हो गई थी और कइयों को उन्होंने पहचाना भी नहीं। वह अपने ज्येष्ठ पुत्र सुरेश, उसकी पत्नी शालिनी और पोते नकुल को भली-भाँति पहचान पा रही थीं। इसका कारण यह था कि वे उनके साथ रहती थीं और प्रतिदिन उनके साथ संपर्क बना रहता था। कहना कठिन होगा कि उनके अंत:करण में क्या-क्या चल रहा होगा, किंतु इतना सच था कि अपने रिश्तेदारों के बीच में वह बेहद खुश नजर आ रही थीं। सुरेश ने सबको बताया कि वर्षों से उसने अक्का को इतना प्रसन्न

नहीं देखा था। अक्का ने केक का छोटा टुकड़ा और थोड़ी खिचड़ी खाई। वह थक गई थीं और उनकी पलकें नींद से बंद हो गईं। नर्स उन्हें उनके कमरे में ले गई और किवाड़ बंद कर दिए।

धूमधाम वाली असली पार्टी अक्का के जाने के बाद शुरू हुई। आखिरी पार्टी पाँच साल पहले हुई थी, जब अक्का ८० वर्ष की थीं। तब से काफी तब्दीलियाँ हो गई थीं और सभी मिलने के लिए उत्सुक थे। सुरेश ने सोच-विचार कर पार्टी का प्रबंध किया था। खाने-पीने का बढ़िया इंतजाम था। पार्टी रात तीन बजे तक चलती रही।

अगले दिन सारे संबंधी देर से उठे। वे दिन के भोजन के समय एकत्रित हुए। सभी जन्मदिन की पार्टी से खुश थे तथा सुरेश और शालिनी को धन्यवाद दे रहे थे। सुरेश ने एक बात कही, जिसकी वजह से चुप्पी छा गई। उसने बताया कि वह चार महीने के लिए अपनी लड़की के पास अमेरिका जाना चाहता है। अगर कोई अक्का को इस अवधि के लिए सँभाल ले तो उसकी चिंता दूर हो जाएगी। यह सुनकर सब एक-दूसरे का मुँह देखने लगे। किसी ने जिम्मेदारी नहीं ली। शाम तक सारे रिश्तेदार अपने-अपने ठिकानों के लिए रवाना हो गए और सोनेवाड़ी का फ्लैट पहले की तरह शांत हो गया।

सुरेश का छोटा भाई अमोन पुणे में रहता था। उसकी तीन बहनें—कामिनी, माधवी और पद्मिनी मुंबई, बंगलुरु और चेन्नई में रहती थीं। तीनों बहनों की शादियाँ शिक्षित और समृद्ध घरों में हुई थीं। अमोन की स्थिति इतनी अच्छी नहीं थी। वह एक छोटे से फ्लैट में रहता था। सुरेश सोचता था कि अगर उसका भाई या कोई बहन अक्का के साथ रह ले तो वह निश्चिंत होकर अमेरिका चला जाए, लेकिन कोई जिम्मेदारी नहीं ले रहा था।

शालिनी नाराज थी, "ये क्यों नहीं अपनी माँ को सँभाल सकते? हम अक्का को उनके यहाँ थोड़े ही भेज रहे हैं! उन्हें हमारी गैरहाजिरी में यहाँ अक्का के साथ रहना है। इसमें क्या मुश्किल है? सभी पहले यहाँ रह चुके हैं!"

सुरेश को समझ नहीं आ रहा था कि वह क्या करे! शालिनी का कहना ठीक था, लेकिन भाई-बहन रुचि नहीं दिखा रहे थे। वह उनके ऊपर अक्का का बोझ नहीं लादना चाहता था। यह समस्या एक विचित्र ढंग से अपने आप सुलझ गई। अक्का ने सुरेश को बुलाया और कहा कि वह ज्यादा दिन नहीं टिक पाएँगी। वह अपने अंतिम दिन उसी के साथ जीना चाहती हैं।

शालिनी ने पूछा, "अक्का को कैसे पता चला कि हम विदेश जा रहे हैं, क्या तुमने बताया?"

"मैंने तो कुछ नहीं कहा। अगर बताया भी होता तो उन्हें कहाँ कोई चीज याद रहती है। लगता है कि उन्हें अपने अंत का भास हो गया है।"

शालिनी को अच्छा नहीं लगा। निराश होकर उसने कहा, "ऐसी बात है तो हम कुछ समय के लिए रुक सकते हैं। लेकिन अमेरिका जाना जरूरी है।"

पार्टी की रात को सुरेश को पता चल गया था कि उसका बेटा नकुल घर से नदारद था। अगले दिन उसने शाम को पूछा, "कल तुम कहाँ थे? तुम्हें मालूम था कि हम अक्का की ८५वीं सालगिरह मना रहे थे। तुम्हें मौजूद होना चाहिए था।"

"अक्का की पार्टी रात ८ बजे खत्म हो गई थी और तब तक मैं यहीं था।"

"पार्टी सवेरे ३ बजे तक चलती रही। सारे रिश्तेदार तुम्हारे बारे में पूछ रहे थे। आखिर तुम गए कहाँ थे?"

"मेरे दोस्त विनय की सगाई थी। उसने मुझे ७ बजे बुलाया था, लेकिन वह नामुमकिन था। मैं रात को साढ़े आठ बजे तक घर में था, उसके बाद चला गया। मैंने दोनों ही काम कर लिये—अक्का की पार्टी और दोस्त की सगाई। क्या मैंने कोई गलती की?"

सुरेश चुप रहे।

नकुल ने पूछा, "आपके अमेरिका जाने की बात का क्या हुआ?"

"इसे हमने फिलहाल स्थगित कर दिया है।"

नकुल के मुँह पर शरारत भरी हँसी थी।

सुलोचना पुणे की रहनेवाली थी। उसकी शादी महादेव से हुई थी, जो नासिक में रहता था। पाँचों बच्चों का जन्म वहीं हुआ था। उसके पति का देहांत ४५ साल की उम्र में हो गया, जब बच्चे पढ़ाई कर रहे थे। सुलोचना ने नासिक छोड़कर पुणे में रहने की ठानी, जहाँ पढ़ाई की बेहतर सुविधाएँ उपलब्ध थीं। उसके रिश्तेदार पुणे में थे। उन्होंने सोनेवाड़ी में फ्लैट लेने में उसकी मदद की।

अक्का ने कई वर्ष अपनी बिगड़ी हुई हालत को सुधारने में लगाए। उसे दो लड़कों और तीन लड़कियों का पालन-पोषण करना था। सुरेश सबसे बड़ा और समझदार था। उसने वाणिज्य विषय में डिग्री प्राप्त की और उसके बाद सी.ए. की पढ़ाई की। जब वह २५ वर्ष का था, उसे अच्छी नौकरी मिली और तब से घर की दशा सुधर गई। लड़कियों की पढ़ाई धीरे-धीरे अपने समय में पूरी हो गई। वे देखने में सुंदर और अच्छे चाल-चलन की थीं। अक्का को उनकी शादी में कोई परेशानी नहीं हुई। अच्छे खानदान के रिश्ते उनके पास आ रहे थे और उन्हें खर्चा भी अधिक नहीं करना पड़ा।

अक्का की चिंता का कारण अमोन था। बचपन से ही वह दुर्बल और पढ़ाई-लिखाई में कमजोर था। किसी तरह उसने बी.ए. पास किया। भाग-दौड़ के बाद उसे स्कूल में शिक्षक की नौकरी मिल गई। अक्का उसकी इसी उपलब्धि से संतुष्ट थीं। वह समझती थीं कि जीवन में सबकुछ नहीं मिलता और जो भगवान् ने उन्हें दिया है, वही बहुत है।

सुरेश अच्छे स्वभाव का था और हर प्रकार से लायक निकला। उसने बहनों की शादी हो जाने तक अपनी शादी की बात नहीं की। उसके बॉस कंपनी-सेक्रेटरी का काम करते थे। उन्हें सुरेश बहुत पसंद आया। उन्होंने अपनी लड़की की शादी का प्रस्ताव अक्का के सामने रखा। शालिनी को सुरेश का स्वभाव व बातचीत करने का तरीका पसंद आया।

अक्का के सामने केवल एक समस्या रह गई थी, और वह थी अमोन का घर-संसार बसाना। उन्होंने उसके लिए सीधी-सादी गरीब खानदान की लड़की चुनी। लड़की भी स्कूल में पढ़ाती थी और अक्का को वह योग्य लगी। अक्का ने सुरेश से कहा कि वह अमोन के लिए फ्लैट ढूँढ़े।

''क्यों? तुम नहीं चाहतीं कि वे तुम्हारे साथ रहें?''

''चाहती तो हूँ, लेकिन बेहतर होगा कि वे अलग रहें।''

''घर के लिए पैसे कहाँ से आएँगे?''

''वह मेरी समस्या है और मैं प्रबंध कर लूँगी। छोटा फ्लैट देखना, दो कमरे का। उसे सँभालना उन्हें आसान रहेगा।''

अक्का समझदार थीं। वह जानती थी कि बहुओं के बीच अनबन होगी। शालिनी के पिताजी ने दहेज के पैसे बचाकर रखे थे। सुलोचना ने उस समय नहीं लिये, क्योंकि जरूरत नहीं थी। उन्होंने इस राशि को अलग बचाकर रखने को कहा था।

शादी के बाद अमोन अपने फ्लैट में चला गया। बहुएँ खुश थीं, उन्हें वही मिला, जो चाहती थीं।

अमोन की शादी के बाद अक्का के सारे व्यावहारिक कर्तव्य पूरे हो गए थे। संघर्षपूर्ण जीवन के बाद उन्हें आराम मिल रहा था। लड़कियाँ बीच-बीच में उनसे मिलने आया करती थीं। अक्का अपना अधिकांश समय पूजा-पाठ और धर्म-कर्म में बिताया करती थीं। उनका स्वास्थ्य अच्छा था और दिन शांति से गुजर रहे थे।

जब वह ७५ साल की हुईं तब उन्होंने अपने लड़कों से कहा कि वे उनके लिए कोई वृद्धाश्रम ढूँढ़ लें। लड़के इस बात पर हँसने लगे।

''अक्का, आप बिलकुल ठीक हैं। आपके स्वास्थ्य की सारी रिपोर्ट सामान्य

हैं। फिर आप किसलिए घर को छोड़कर जाना चाहती हैं ?''

''तकलीफें जल्द ही शुरू हो जाएँगी। मैं तुमको बाँधकर नहीं रखना चाहती। मैं किसी पर बोझ बनकर नहीं रहना चाहती।''

सुरेश माना नहीं। उसने अक्का के झेले हुए कष्ट देखे थे। वृद्धावस्था में वह अपनी माँ को अलग नहीं छोड़ना चाहता था।

अक्का ने अपना इच्छा-पत्र बनाया। उन्होंने अपनी संपत्ति को बराबर हिस्सों में बाँटने के लिए लिखा और सुरेश को निष्पादक बनाया। उन्होंने अपनी आँखें अस्पताल में और अंग दूसरों के लिए दान कर दिए।

८० साल की उम्र में अक्का बीमार पड़ गईं। स्वास्थ्य की जाँच-पड़ताल में कुछ निकला नहीं। उनकी याददाश्त कम हो गई थी। उनको ठीक होने में तीन महीने लगे। डॉक्टरों ने कहा कि उनके शरीर के सारे अंग सामान्य रूप से काम कर रहे हैं और चिंता का कोई कारण नहीं है। वह कमजोर पड़ गई थीं और दूसरों पर अवलंबित हो गई थीं। सुरेश ने २४ घंटे के लिए नर्स रख ली। पर इन सब सहूलियतों के बावजूद अक्का खुश नहीं थीं। उन्होंने सुरेश से कहा कि समय आ गया है, कि अब वह अपना शेष जीवन काशी, प्रयाग या हरिद्वार में किसी आश्रम में बिताएँ। वह चाहती थीं कि उनका अंत गंगा के किनारे हो। मगर सुरेश मानने के लिए तैयार नहीं था।

एक दिन तंग आकर अक्का ने सुरेश को चिट्ठी लिखी कि उन्होंने अपने जीवन में अच्छे और बुरे दिन देखे हैं। उनको किसी से कोई शिकायत नहीं है। वह अपना अंत चाहती हैं। अक्का ने पत्र लिफाफे में डालकर सुरेश को दे दिया। सुरेश को डर लगा, कहीं अक्का आत्महत्या न कर लें! खतरनाक दवाएँ और तेज धारवाली वस्तुएँ कमरे से निकाल दी गईं। रात के लिए एक और नर्स का प्रबंध किया गया। उन्हें आदेश दिया कि वे अक्का पर नज़र रखें।

नकुल हमेशा अपने पिता को सलाह देता था कि अक्का को वृद्धाश्रम में रख देना चाहिए। जब वह सूझ-बूझ, जान-पहचान खो बैठी हैं तो क्या फर्क पड़ेगा कि वह घर में रहें या कहीं और ?

शालिनी अपने पति को अमेरिका जाने के बारे में याद दिलाया करती थी। नकुल ने माँ को बताया कि पापा कभी नहीं जा पाएँगे। बेहतर होगा कि वे दोनों चले जाएँ और पिताजी को अक्का की देखभाल के लिए छोड़ दें। शालिनी चाहती थी कि उसके पति अवश्य जाएँ, वरना शीला बुरा मानेगी। उसे एम.बी.ए. करने में चार साल लगे थे और हाल ही में काम मिला था। उसको छुट्टी मिलना मुमकिन नहीं था, इसलिए वह चाहती

थी कि माँ-बाप अमेरिका चले आएँ। नकुल ने माँ को बताया कि कोई अक्का की जिम्मेदारी नहीं लेगा और अगर वे अभी नहीं जाते हैं तो फिर कभी नहीं जा पाएँगे।

शालिनी और नकुल अमेरिका चले गए। शालिनी को यात्रा करना पसंद था। वह मोटी थी और डायबिटीज से पीड़ित रहती थी। फिर भी उसे घूमने-फिरने का शौक था। यात्रा सुखद रही। शीला दोनों को लेने के लिए कैलिफोर्निया आ गई थी। उसके पास दो बेडरूम का आरामदेह फ्लैट था। तीनों खुशी के साथ दिन व्यतीत कर रहे थे। शीला उन्हें घुमाने ले जाया करती थी। शालिनी को अमेरिका में आनंद आ रहा था। पुणे में उसे विचित्र सा लगता था, जैसे कि वह किसी अस्पताल में नर्स की ड्यूटी पर हो।

एक दिन शालिनी खरीदारी के लिए बाजार गई थी। उसने घर-गृहस्थी की तमाम चीजें खरीदीं। उसका बैग भारी हो गया। वापसी में जब वह सड़क पार कर रही थी, उसका पैर फिसला और वह गिर गई। पीछे से तेज रफ्तार में वैन आ रही थी, जिसके नीचे वह दब गई। उसकी तत्काल मृत्यु हो गई।

शीला दु:ख से रो रही थी। वह खुद को कोस रही थी कि क्यों उसने मरने के लिए माँ को यहाँ बुलाया? जब वह शांत हुई तो उसने नकुल से कहा कि माँ के पार्थिव शरीर को पुणे भेजने का प्रबंध करना चाहिए। नकुल ने कहा कि उसका कोई फायदा नहीं होगा। अंतिम क्रियाएँ यहाँ या पुणे में उसी को करनी पड़ेंगी। लॉस एंजेल्स बड़ा शहर है, जहाँ गुरुजी मिल जाएँगे। बच्चों ने पिताजी से बात की। उनकी सहमति मिल गई।

वापस पहुँचने पर नकुल ने सारी घटना का वर्णन अपने पिताजी को सुनाया। वह खुश थे कि उनकी पत्नी की अंतिम क्रियाएँ हिंदू धर्म के अनुसार की गईं।

"आपने अक्का को माँ की मृत्यु के बारे में बताया?"

"कहा तो था, लेकिन उन्हें कुछ याद नहीं आया। सब भूल जाती हैं।"

कुछ महीनों के बाद सुरेश को बुखार चढ़ा। ज्वर उतरने के बाद वह कमजोर हो गए थे। उनका वजन घट गया था। नकुल ने उनके माथे पर झुर्रियाँ देखीं और आँखों के चारों तरफ कालापन।

"आपकी उम्र क्या है?"

"६५ वर्ष।"

"ज्यादा नहीं है, लेकिन अगर आप अपना खयाल नहीं रखेंगे तो जान जा सकती है। मेरी सुनिए, मैं माँ को खो चुका हूँ और अब आपको नहीं खोना चाहता। फिर आपको अक्का को भी तो सँभालना है!"

''मैं समझ रहा हूँ, लेकिन करूँ तो क्या?''

''आपको अवकाश लेना चाहिए। समय निकालकर समुद्र तट पर चले जाइए; आप अपनी बहनों के पास जा सकते हैं। यहाँ आपको आराम नहीं मिलेगा, सदा अक्का की चिंता सताती रहेगी।''

''वह तो ठीक है, लेकिन अक्का को कौन देखेगा?''

''इस तरह चलता रहा तो आपकी मृत्यु अक्का से पहले हो जाएगी।''

''ऐसा मत कहो, यह हुआ तो अनर्थ हो जाएगा।''

''देखिए, इन सब चीजों का उपाय है, मगर आप मानें तो?''

''कौन सा?''

''आप मेरे विचार अच्छी तरह जानते हैं।''

''ठीक है। वैसा ही कर लो, मगर वृद्धाश्रम पास होना चाहिए।''

नकुल खुश हुआ। आखिर उसके पिताजी ने उसकी सलाह मान ली थी। वह और उसके दोस्त अक्का के लिए दूसरी जगह ढूँढ़ने में लग गए। उन्होंने कुछ वृद्धाश्रम देखे, पर वे उन्हें विविध कारणों से पसंद नहीं आए। कहीं पर कमरा ठीक नहीं था, कहीं नर्स का प्रबंध नियमित नहीं था, कहीं डॉक्टर की सुविधा उपयुक्त नहीं थी, कहीं खर्चा बहुत ज्यादा था और अधिकांश जगहों में वह अक्का जैसे मरीज को लेना नहीं चाहते थे। विनय ने सुझाव दिया कि वे अस्पतालों में जाकर पता लगाएँ। नकुल ने हँसकर कहा, ''अपने पास बच्चन की तरह दौलत नहीं है।''

एक दिन जब वे चक्कर लगाने के बाद लौट रहे थे, तब विनय ने लिफ्ट के पास विज्ञापन देखा। एक बेडरूम का फ्लैट दूसरी मंजिल पर खाली पड़ा था। वे मकान मालिक से मिलने गए। उसने ३,००० रुपए प्रति महीने भाड़ा माँगा। यह उनके बस में था।

सुरेश को यह व्यवस्था पसंद आई। अक्का उसी बिल्डिंग में केवल दो मंजिल नीचे थीं। नर्सें भी खुश थीं; उनके लिए स्वतंत्र जगह आरामदेह थी। भाग्य से डॉक्टर भी उसी इमारत में रहते थे।

नकुल ने हर्ष के साथ अपने पिताजी से पूछा, ''नई व्यवस्था कैसी लगी?''

''अच्छी है। जब अक्का घर में रहती थीं तब मायूसी छाई रहती थी। अब वह चली गई हैं। लेकिन जब तुम ऑफिस चले जाते हो तो मुझे अकेलापन सताने लगता है। अरे, मुझे याद आया! तुम शादी कब करनेवाले हो?''

''जल्द ही।''

"मतलब?"

"अगले साल।"

सी.ए. करने के बाद नकुल को एक बड़ी कंपनी में नौकरी मिल गई थी। उसका प्रेम एक लड़की के साथ हो गया था, जो एम.बी.बी.एस. के आखिरी वर्ष में थी। सुरेश को जोड़ी पसंद थी। अक्का के नीचे जाने के बाद घर शांतिमय और विवाह के अनुकूल हो गया था।

गत ३० वर्षों से डॉ. कुलकर्णी अक्का और उनके परिवार की सेहत देख रहे थे। शाम का समय था और सुरेश डॉक्टर के साथ बातचीत कर रहा था। जब नकुल पहुँचा तब सुरेश अपनी माँ से मिलने नीचे चला गया। नकुल के लिए यह सुनहरा अवसर था; वह एक खास विषय पर डॉक्टर से बात करना चाहता था।

"दादी कैसी हैं?"

"वैसी ही हैं। उनकी हालत में कोई अंतर नहीं है।"

"वह कब तक इस तरह जीवित रहेंगी?"

"यह तो भगवान् जानता है; हम कुछ नहीं कह सकते।"

"मगर उन्हें कष्ट हो रहा है, उसके लिए आप क्या कर रहे हैं?"

"उनका कष्ट अलग प्रकार का है। नर्स रोज सुबह और शाम मुझे रिपोर्ट देती है। अगर उन्हें पीड़ा होगी तो वह चीखेंगी, चिल्लाएँगी, मगर ऐसा तो कुछ हो नहीं रहा है।"

"डॉक्टर, आप अक्का को मुझसे ज्यादा लंबे अरसे से जानते हैं। अपने बच्चों को बड़ा करने में उन्होंने १५ साल तक कष्ट झेले थे। वह अलग प्रकार का कष्ट था, यह अजीब है। कुछ साल पहले उन्होंने मुझसे कहा था कि वह किसी पर बोझ बनकर नहीं जीना चाहतीं। उन्होंने लिखकर भी दिया था कि वे अपना अंत चाहती हैं। उन्हें किसी चीज की सूझ-बूझ नहीं है। सिर्फ जिंदा हैं; यह भी तो कष्ट ही है।"

"सो तो है।"

"यह एक प्रकार का अन्याय है। ऐसा लगता है कि वह किसी जुर्म की सजा झेल रही हैं। क्या इसका कोई उपाय नहीं है?"

डॉ. कुलकर्णी मुसकराए, "पता नहीं तुम किस उपाय के बारे में सोच रहे हो, लेकिन अगर तुम्हारे दिमाग में युथेनेसिया है तो वह नहीं हो सकता। यह कानून का उल्लंघन है और डॉक्टर ऐसा नहीं कर सकते।"

"मैं दवा देने के लिए नहीं कह रहा हूँ, लेकिन इस विषय पर मैं आपसे बात करना चाहता हूँ। मुझे पता नहीं चल रहा था कि बात कैसे खोलूँ! हमारी चर्चा केवल

अकादमिक होगी। अगर आप आज्ञा दें तो मैं आगे बोलूँ?''

''ठीक है।''

''मैंने शब्दकोश में युथेनेसिया का अर्थ पढ़ा। इसका अर्थ है—शांतिपूर्ण मृत्यु। यह कष्ट से छुटकारा देने का तरीका है। यह उन रोगों के लिए उपयुक्त है, जिनका कोई इलाज नहीं है और उन लोगों के लिए, जो बहुत वृद्ध हो चुके हों तथा सूझ-बूझ खो बैठे हों। इसमें क्या खराबी है?''

''दुरुपयोग। आम लोग बूढ़ों की, जब वह किसी काम-काज के नहीं रहते, उनकी देखभाल नहीं करना चाहते। अगर ऐसी प्रथा समाज में प्रचलित हो जाए तो न जाने कितने लोग बिना कारण मारे जाएँगे? तुम लोग जिस तरह अक्का की देख-भाल कर रहे हो, वह सराहनीय है, लेकिन सब नहीं करते।''

''डॉक्टर, आप सच कह रहे हैं। गरीब वर्ग में लोग बूढ़ों की तरफ ध्यान नहीं देते, क्योंकि उनके पास पैसे नहीं हैं। कुछ लोग जान-बूझकर उन्हें मंदिर, तीर्थस्थान, मेले, नदी के किनारे या जंगलों में छोड़कर भाग जाते हैं। ऐसा व्यवहार अनुचित और दंडनीय है। इसके विपरीत, कुछ विशिष्ट व्यक्तियों को कोमा में जबरदस्ती जिंदा रखा जाता है जब जीने की कोई उम्मीद नहीं होती; इसमें क्या तुक है? बिना दर्द के शांतिपूर्ण मृत्यु मानवता का लक्षण है।''

''तुम्हारा कहना ठीक है, लेकिन युथेनेसिया को विकसित देशों में भी मान्यता नहीं मिली है। सिर्फ हॉलैंड एक ऐसा देश है, जहाँ इस प्रथा को कानूनी तौर पर माना गया है। इसकी चर्चा तो अनेक देशों में होती है, लेकिन इसके लिए समाज सहमत नहीं है। अपने देश में ऐसा कानून बनाना संभव नहीं है। जो लोग धर्म में विश्वास रखते हैं, वे इसे कभी नहीं मानेंगे। उनके हिसाब से जन्म और मृत्यु भगवान् की देन है।''

''जी हाँ, और फिर अपना देश धर्मप्रधान है। मैं इन दिक्कतों को समझ रहा हूँ, किंतु इस दिशा में सोचना तो चाहिए। कुछ मरीजों की दशा इतनी खराब होती है कि देखा नहीं जाता।''

''तुम ठीक कह रहे हो। सभी चाहते हैं कि उनकी मृत्यु शांति से हो, मगर ऐसा होता नहीं। मैं डॉक्टर हूँ, मैंने कई मरीजों की दुर्दशा देखी है, जिसका वर्णन करना मुश्किल है। वे रोते हैं, चिल्लाते हैं, शरीर पटकते हैं और साँस लेने के लिए हाँफते और तड़पते हैं। तुम सही कह रहे हो कि उनकी दशा देखी नहीं जाती।''

''तब आप क्या करते हैं?''

''यह सवाल जरा अजीब है, लेकिन मैं जवाब दूँगा। मैं उनकी इंद्रियों को सुन्न

करने की दवा देता हूँ और चुपचाप कमरे से निकल जाता हूँ। बाकी नर्स सँभाल लेती है। मैं मृत्यु को नहीं देखना चाहता।''

''मैंने सुना है कि अस्पतालों में जब मरीज की हालत बेहद बिगड़ जाती है, तब डॉक्टर रिश्तेदारों से पूछते हैं कि वह जान को लंबित करने के लिए यंत्र लगाएँ या नहीं। बहुधा रिश्तेदार मना कर देते हैं, क्योंकि यह इलाज बहुत महँगा पड़ता है और जीने की कोई संभावना नहीं होती। मरीज को पीड़ा में मरने के लिए छोड़ दिया जाता है। यह कैसा आचार है ?''

डॉक्टर कुलकर्णी थोड़ी देर के लिए चुप रहे, फिर बोले, ''देखो बेटे, यह प्रश्न सदाचार या दुराचार का नहीं है। अस्पताल खैराती तो हैं नहीं, उन्हें पैसा लेना है। डॉक्टर अपनी जेब से क्यों दे ? और रिश्तेदार फिजूल का खर्चा नहीं करना चाहते। दुनियादारी के नियम अलग होते हैं। जरा सोचो—एक दिन तो सभी को मरना है; भावुक होने से काम नहीं चलता।''

''क्या युथेनेसिया का संबंध नीति, चरित्र और सदाचार से नहीं है ?''

''बिलकुल नहीं। प्रश्न केवल इतना है कि समाज इसे मान्यता देता है या नहीं ? इसका संबंध धर्म, कर्म या भगवान् से नहीं है। अगर समाज चाहे तो कानून बनाए जा सकते हैं और अगर ऐसा होता है तो डॉक्टर केवल अपना फर्ज अदा करेंगे।''

सुरेश माँ से मिलने के बाद आ गया था। डॉक्टर जाने की तैयारी में थे। उन्होंने कहा कि उनकी नकुल के साथ बड़ी दिलचस्प चर्चा हुई।

दरवाजे की घंटी बजी और गीता अंदर आई। यह वही लड़की थी, जिसकी नकुल के साथ शादी तय थी।

सुरेश ने नकुल से पूछा, ''क्या शादी के प्रबंध में कोई कमी रह गई है ?''

''मेरे हिसाब से तो कोई नहीं।''

सुरेश अपने कमरे में चले गए। गीता ने कहा, ''तुम्हारे पिताजी शादी में बहुत दिलचस्पी ले रहे हैं।''

''हाँ, और सही भी है। यह घर बहुत सालों से उदास रहा है। यहाँ हँसी और उमंग की सख्त जरूरत है।''

रात के १२ बज गए थे। विनय ने नकुल को टेलीफोन कर फौरन अपने घर बुलाया था। उसके पिता की तबीयत खराब हो गई थी।

विनय के बचपन में उसके माँ की मृत्यु हो गई थी। उसके पिताजी ने प्यार से अपने इकलौते पुत्र को पढ़ाया-लिखाया था। विनय उनकी साधना को हमेशा याद

रखता था और उनके बुढ़ापे में उन्हें खुश रखने का भरसक प्रयत्न करता था।

नकुल ने विनय के लिए लड़की सुझाई थी। वह बगलवाले मोहल्ले में रहती थी और नकुल उस परिवार से परिचित था। विनय और उसके पिताजी को लड़की पसंद आई। उनकी सगाई पाँच साल पहले हुई थी, उसी दिन जब अक्का का ८५वाँ जन्मदिवस मनाया जा रहा था। शादी छह महीने बाद हुई और तब से तीनों शांति और सुखमय जीवन व्यतीत कर रहे थे।

करीब एक साल पहले विनय के पिताश्री बीमार पड़ गए। उन पर सामान्य दवाइयों का असर नहीं हो रहा था। विस्तृत जाँच के बाद पता चला कि उनको खून का कैंसर हो गया है। केमियोथेरैपी करने के बाद उन्हें कुछ महीनों के लिए आराम तो मिला, लेकिन वह ज्यादा दिन नहीं टिका। अगली बार जब प्रकोप बढ़ा तब उसकी आकृति भीषण थी।

जब नकुल अपने मित्र के यहाँ पहुँचा, वह रो रहा था। विनय के पिताजी की हालत असहनीय थी। वह चीख और चिल्ला रहे थे। वह बिस्तर पर पाँव पटक रहे थे। उनके दोनों हाथ सिर के ऊपर जुड़े हुए थे। ऐसा लगता था कि वह भगवान् से अपने अंत की प्रार्थना कर रहे हों।

विनय ने कहा कि इस दशा में पिताजी को देखना मुश्किल हो रहा था, इसलिए उसने अपने मित्र को बुलाया था।

नकुल ने डॉ. कुलकर्णी को टेलीफोन किया। वह आधे घंटे में वहाँ पहुँचे। मरीज की जाँच करने के बाद उन्होंने सूई लगाई और नर्स को कुछ गोलियाँ दीं। दोनों लड़कों को वहाँ से निकालकर बैठक में ले गए। उन्होंने बताया कि अंत नजदीक आ रहा है।

विनय ने उग्रता से कहा, ''वह तो हम भी जानते हैं, लेकिन उन्हें पीड़ा हो रही है, उसके लिए कुछ तो करिए।''

डॉक्टर ने नकुल की ओर देखा। कुछ दिन पहले उनकी जो चर्चा हुई थी, वह याद आई। उन्होंने कहा, ''देखो, तुम दोनों को मैं अपने ही लड़कों की तरह समझता हूँ, इसलिए मैं तुम्हें सलाह दे रहा हूँ। तुम उस कमरे में मत जाना। मैंने नर्स को समझा दिया है; वह अपना काम कर लेगी।''

डॉ. कुलकर्णी चले गए। नर्स ने कमरे का दरवाजा बंद कर लिया। उसने कलाई और अन्य जगहों से सारे उपकरण निकाल लिये। पानी में गोलियाँ घोलकर मरीज को पिला दीं। उनके सिरहाने के पास ट्रांजिस्टर रखा, भजन का कैसेट लगाया और उसकी आवाज तेज कर दी।

लड़के बेचैन थे और ज्यादा देर तक अपने को रोक नहीं पाए। वे एक घंटे बाद उठे और उन्होंने धीरे से दरवाजा खोला। विनय के पिताजी लेटे हुए थे। उनका चिल्लाना और पाँव पटकना बंद हो गया था। हाथ अभी भी जुड़े हुए थे, लेकिन ऊपर-नीचे हिलाना बंद हो गया था। उनका चेहरा शांत था, पलकें बंद थीं और आँखों से अश्रु की बूँदें टपक रही थीं। ट्रांजिस्टर भजन बजाए जा रहा था।

नर्स ने कहा कि पिताजी प्रार्थना कर रहे हैं। छेड़खानी करने की कोई जरूरत नहीं है। अच्छा होगा कि वे चले जाएँ। जब जरूरत पड़ेगी, वह खुद उन्हें बुला लेगी। नर्स ने उन्हें यह नहीं बताया कि सूई और गोलियों के असर से वह बेजान लेटे हैं।

विनय और नकुल बैठक में चले गए। विनय ने कहा, "अच्छा हुआ तुम आए। मैं बिलकुल घबरा गया था। ऐसी दशा में डॉक्टर मरीज को हमेशा के लिए क्यों नहीं सुला देते?"

नकुल ने विनय को हाल में हुई युथेनेसिया पर चर्चा का विवरण दिया। दोनों देर तक बातें करते रहे। दो घंटे बीत गए। सुबह होनेवाली थी। रात की खामोशी के बाद पक्षी चहचहाने लगे थे।

नर्स बैठक में आई। उसने बताया कि पिताजी का देहांत हो गया है।

अक्का की ९०वीं सालगिरह मनाई जा रही थी। इस बार सारा प्रबंध नकुल और गीता ने किया था। सभी रिश्तेदार एकत्र हुए थे। पार्टी पहले की तरह धूमधाम से चल रही थी और सभी आनंद ले रहे थे। फर्क सिर्फ इतना था कि अक्का को बैठक में नहीं लाया गया।

अगले दिन रिश्तेदार जाने की तैयारी में थे। उन्होंने सुरेश, खासकर नकुल को धन्यवाद दिया। जाने से पहले वे अक्का से मिलने गए। अक्का बिस्तर पर लेटी हुई थीं। उनके नग्न शरीर पर हलकी सी चादर बिछी थी। उनका सिकुड़ा बदन और हड्डियाँ साफ दिखाई दे रही थीं। उनकी आँखें बंद थीं और वह पूरा मुँह खोलकर साँस ले रही थीं। सारे रिश्तेदारों ने बारी-बारी से मौन अवस्था में अक्का के दर्शन किए। बच्चों को वहाँ जाने नहीं दिया गया था।

रिश्तेदारों की हलचल के बावजूद अक्का वैसी-की-वैसी अचेत पड़ी थीं। न तो वह मरी हुई थीं और न ही जिंदा थीं।

□

८

कर्मफल

अशोक के साथ मेरी गहरी दोस्ती है। हम दिल्ली में एक साथ स्कूल और कॉलेज में पढ़े थे। हमारा साथ तब छूटा जब नौकरी के लिए मुझे मुंबई जाना पड़ा। दूरी के बावजूद हम किसी-न-किसी कारण से मिलते रहते हैं।

मैं वकील हूँ। पढ़ाई के बाद पहले दस साल मैंने कंपनियों में काम किया। अनुभव मिल जाने के बाद मैंने निजी व्यवसाय शुरू कर दिया और वह ठीक चल रहा है। मैं बहुत बड़ा वकील नहीं हूँ और न ही बनने की इच्छा है। मैं अकेला जीवन व्यतीत करता हूँ और विवाह नहीं करना चाहता। मुझे एक बुद्धिजीवी पुरुष के कथन याद आते हैं—'दुःखी वैवाहिक जीवन से कुँआरा रहना अच्छा है।' मुझे उनकी सलाह जँच गई है। दादर में मेरे पास छोटा सा फ्लैट है और मैं खुश हूँ।

पिछले तीन साल से मेरा दोस्त फँसा हुआ है। उसे उसके दामाद ने दुःखी कर रखा है। वह दिल्ली में रहता है और मुंबई के सारे काम मुझ पर छोड़ देता है। कल ही मैंने उसे टेलीफोन किया और बताया था कि उसका मामला गंभीर हो गया है। उसे जल्दी से मुंबई पहुँचना चाहिए। उसने कहा कि वह अगले दिन पहुँच जाएगा।

अशोक व्यापारी है। वह अपना पारिवारिक धंधा कुशलता से चला रहा है। दिल्ली ऐसी जगह है, जहाँ हर चीज बिक जाती है। भाग्य से वह बने-बनाए कपड़ों के उद्योग में है, जिसकी खपत देश-विदेश में बहुत बढ़ गई है। स्वतंत्रता के ५० साल बाद युवा पीढ़ी पर फैशन सनक की तरह सवार हो गया है। मेरा दोस्त कहता रहता है, ''दिल्ली आओ तो नजारा दिखाऊँ!''

मैं कहता हूँ, ''मुंबई से ही तो दिल्ली पहुँची है।''

अशोक की शादी सुनीता के साथ हुई थी, जब वह केवल २५ वर्ष का था। आमतौर पर वाणिज्य परिवार में शादियाँ जल्दी हो जाती हैं; अशोक की स्थिति विशेष थी, वह इकलौता लड़का था। दो साल बाद उनके घर में लड़की पैदा हुई। जन्म के बाद सुनीता को बहुत कष्ट हुए और फिर शिशु होने की संभावना खत्म हो गई। अशोक को बुरा लगा, उसे लड़का चाहिए था, जो उसका कारोबार सँभाल ले। समय के साथ उनके विचार बदलने लगे। लड़कियाँ हर क्षेत्र में आगे बढ़ रही थीं। माँ-बाप ने सारा ध्यान कल्पना पर लगा दिया।

कल्पी ने वाणिज्य में डिग्री प्राप्त की। वह देखने में अच्छी तो थी ही, पर मानसिक दृष्टि से भी बहुत दृढ़ और मजबूत थी। वह जानती थी कि उसे अपने पिता का कारोबार सँभालना पड़ेगा। व्यावहारिक कुशलता प्राप्त करने के लिए वह मुंबई चली गई। उसके पिताजी ने उसे रोका नहीं; वह सहमत थे कि बाहर जाकर सीखना घर के लाड़-प्यार से बेहतर है।

एक बार कल्पी ए.टी.एम. से पैसे निकालने बैंक गई थी। मशीन खराब हो गई थी और तकनीशियन उसे ठीक कर रहे थे। वहाँ एक लड़का भी रुका हुआ था। दोनों बैंक को कोस रहे थे। समय गुजारने के लिए दोनों बातों में लग गए। २० मिनट बाद जब मशीन ठीक हो गई तो उन्होंने पैसे निकाले और चले गए। उसी शाम को कोलाबा में वह कॉफी हाउस में मिले। उनके बीच दोस्ती की शुरुआत हो गई और वह हर हफ्ते एक-दूजे से मिलने लगे।

अगली बार जब कल्पना दिल्ली गई, उसने माँ-बाप को अपने दोस्त के बारे में बताया। अशोक ने कहा कि बेहतर होगा अगर वह कोई दिल्लीवाला लड़का पसंद कर ले, जिसकी रुचि व्यापार में हो। वे एक साथ रह और काम कर सकेंगे। कल्पी ने कहा कि उसका चयन ज्यादा अच्छा है; लड़का नाविक है, महीनों बाहर रहता है, जिसकी वजह से उसे अपने काम के लिए समय मिलेगा। वैसे भी उसे पति का २४ घंटे इर्द-गिर्द घूमना पसंद नहीं था।

अशोक और सुनीता लड़के के बारे में पूछताछ करने के लिए मुंबई पहुँचे। करन माहिम में रहता है, मेरे घर से लोकल के तीन स्टेशन के फासले पर। उसके पिता मझगाँव डॉक्स में काम करते हैं। उनको एक लड़का व लड़की है। पिता ने पुत्र को जहाजरानी में जाने के लिए प्रोत्साहित किया। करन ने उनकी सलाह मानी और जब वह १८ साल का था, उसने एक कंपनी में एप्रेंटिस का काम ग्रहण कर लिया। जहाजरानी में उसके ८ साल बीत गए थे। वह लंबा और चुस्त लड़का है, सिगरेट

और शराब नहीं पीता। वह शाकाहारी है और बातचीत बहुत कम करता है।

अशोक को लड़का सही लगा, लेकिन एक बात उसे अड़चन में डाल रही थी। उनका खानदान मध्यवर्ग का था और दो परिवारों में असमानता होना अच्छा नहीं होता। सुनीता ने कहा कि यह बात कल्पी के हित में होगी, ससुरालवाले उस पर रोब डालने की कोशिश नहीं करेंगे। करन के माँ-बाप खुश थे, उन्हें रईस खानदान की इकलौती लड़की मिल रही थी। कल्पी मनपसंद लड़का मिलने पर खुश थी।

अशोक ने दोनों की जन्मपत्रियाँ मिलवाईं। वे मिल रही थीं। शादी धूम-धाम से संपन्न हुई।

शादी के छह महीने बाद कल्पी और करन के बीच झगड़ा होना शुरू हो गया। कारण अनेक थे। करन को हर रात वैवाहिक संभोग की इच्छा होती थी; कल्पी इसके लिए तैयार नहीं थी। करन संतान चाहता था, कल्पी कुछ वर्षों के लिए टाल देना चाहती थी। करन घर में रहकर उकता जाता था, कल्पी को काम से फुरसत नहीं मिलती थी। जब करन समुद्र पर काम के लिए जाता था, उस समय कल्पी को राहत मिलती थी।

सन् १९९० में जहाजरानी के व्यवसाय में मंदी आई। बहुत सारे नाविक बिना काम के पड़े हुए थे। करन को मुंबई में कई महीनों के लिए रुकना पड़ा। इन्हीं दिनों उसके पिताजी की तबीयत बिगड़ गई। कल्पी का फ्लैट कोलाबा में था। वह माहिम और कोलाबा के बीच चक्कर लगाता रहा।

अपनी बिगड़ती हुई हालत में करन के पिताजी को लगा कि वे अपनी वसीयत बना लें। करन ने उन्हें बताया कि उसे माँ और बहन को देखना पड़ेगा, इसलिए उचित होगा कि घर और सारी संपत्ति उसके नाम कर दें। इससे संपत्ति का बँटवारा नहीं होगा और सद्भावना बनी रहगी। उसके पिताजी मान गए।

करन की बेरोजगारी और उसके पिता की बीमारी ने आर्थिक समस्या खड़ी कर दी थी। उसने अपने धनी ससुरजी को चिट्ठी लिखी। मेरे दोस्त ने फौरन बड़ी रकम भेज दी।

कुछ समय बाद मैं दिल्ली गया। मेरा घर वहीं है और सारे रिश्तेदार वहीं रहते हैं। अशोक और सुनीता अपनी बेटी तथा जमाई के बारे में जानना चाहते थे। मैंने बताया कि आखिरी बार जब मैं करन से मिला था, वह बहुत नाराज था।

"क्यों, क्या हुआ?" सुनीता ने पूछा।

"करन के पिताजी की मृत्यु के १५ दिन बाद मुझे वसीयतनामा खोलने के लिए बुलाया गया। उसमें लिखा था कि वे फ्लैट और सारी संपत्ति अपनी पत्नी, पुत्र और पुत्री के नाम बराबरी के हिस्सों में छोड़ रहे हैं। उन्होंने करन को निष्पादन की जिम्मेदारी सौंपी।"

"वसीयतनामा तो ठीक है।" अशोक ने कहा।

लेकिन करन को पसंद नहीं आया। वह गुस्से में था। उसने अपने पिता को वचन दिया था कि वह माँ और छोटी बहन की देखभाल करेगा। वह सारी संपत्ति अपने नाम चाहता था और उसके पिताजी राजी हो गए थे। मगर वसीयतनामा अलग था। वह जानना चाहता था कि वसीयतनामा किसने लिखवाया?

मैंने उसे बताया कि यह मुझे मालूम नहीं है और इसमें मेरा कोई हाथ नहीं है।

करन ने पूछा, "भागीदारी में पहला अधिकार किसका होगा?"

"तुम्हारी माँ का। तुम्हें उन्होंने निष्पादक बनाया है।"

करन का गुस्सा और बढ़ गया। उसने गंदी गालियाँ निकालीं। दो सप्ताह बाद वह काम पर चला गया।

अशोक और सुनीता मुंबई आए हुए थे। वे कुछ दिन अपनी लड़की के साथ रहना चाहते थे। कल्पना खुश थी। करन समुद्र पर गया था और वह स्वतंत्र थी।

अशोक और सुनीता जब मुझसे मिलने आए, तब पूछा, "हमारे संबंधियों का क्या हाल है?"

मैंने बताया, "करन की माँ मुझसे मिलने आई थी। करन ने माहिम का घर बेचने के लिए एक दलाल को नियुक्त किया था। समुद्र पर जाने से पहले उसने महानगरपालिका के नाम आवेदन-पत्र लिखा। उसमें लिखा था कि उसके मृतक पिता ने उसे संपत्ति का निष्पादक नियुक्त किया है। वह घर को बेचकर पैसा बराबर हिस्सों में बाँटना चाहता है।"

माँ ने पूछा, "क्या ऐसा किया जा सकता है?"

मैंने उन्हें बताया कि वसीयतनामा के हिसाब से करन का कहना सही है।

करन की माँ रोने लगीं। वह कह रही थीं कि उनके पुत्र ने यह काम उनसे पूछे बगैर किया है। अगर घर बिक गया तो उनका और उनकी बेटी का क्या होगा? वे कहाँ जाएँगी? बेटी की पढ़ाई के अभी भी कुछ साल बाकी थे। करन

की माँ ने कहा कि उनका लड़का निर्दयी है। उसका चरित्र ठीक नहीं है और उस पर भरोसा नहीं किया जा सकता। वह सारी संपत्ति अपने हाथ में लेकर दूसरों पर धौंस दिखाना चाहता है। उन्होंने मेरी सहायता माँगी।

मैंने उनसे पूछा, "आप चाहती क्या हैं?"

उन्होंने कहा कि घर उनकी बिटिया की पढ़ाई और शादी तक बिकना नहीं चाहिए। मैंने उन्हें बताया कि यह काम आसानी से किया जा सकता है। इस मामले में उनके पक्ष में दो हैं और करन अकेला पड़ जाएगा। उन्हें कचहरी में मुकदमा दाखिल करना पड़ेगा।

सुनीता ने पूछा, "अभी की हालत क्या है?"

मैंने बताया कि केस कचहरी में दर्ज हो गया है। पहली तारीख दो साल बाद की मिली है। केस को सुलझने में बहुत साल लगेंगे। वह आराम से घर में रह सकती हैं।

कल्पी ने कहा कि उसकी सासूजी इस घटना के बाद से उसके साथ काफी हिल-मिल गई हैं। वे करन के दुर्व्यवहार के किस्से उसे सुनाती रहती हैं। करन भी अजीब लड़का है; उसे अपनी माँ और बहन का थोड़ा भी खयाल नहीं है। पैसों के मामले में महाकंजूस है। उसने घर पर एक धेला भी खर्च नहीं किया है। यह अलग बात है कि उसे उसके पैसों की जरूरत नहीं है। कल्पी को शिकायत अपने पिता से थी। बिना पूछे ढेर सारी रकम उसे भेज दी!

अशोक ने कहा, "उसने माँगा था, इसलिए भेज दिया। हमें क्या फर्क पड़ता है। मैं पैसों की वजह से झंझट में नहीं पड़ना चाहता था।"

कल्पी ने बताया, "सासूजी कह रही थीं कि शादी में जो धन हमने उन्हें दिया था, वह सारा करन ने हड़प लिया है, उन्हें कुछ नहीं मिला।"

सुनीता बोली, "यह विचित्र बात है। न पैसे अपनी पत्नी को देता है और न अपनी माँ को! करता क्या है?"

"भगवान् जाने", कल्पी ने कहा, "मैं तो इतना जानती हूँ कि जहाजरानी की नौकरी में बहुत वेतन मिलता है, जिस पर टैक्स भी नहीं लगता। करन का रहना जहाज और घर में, दोनों ही मुफ्त है।"

सुनीता ने कहा, "मुझे गड़बड़ी नजर आ रही है। आखिर पैसा जाता कहाँ है? पता लगाना चाहिए।"

मैंने कहा कि वह किया जा सकता है।

शाम का समय था। अशोक और मैं घर में बैठे ह्विस्की पी रहे थे।

अशोक ने कहा, ''अजीब बात है। आखिर मेरा जमाई करना क्या चाहता है? न तो वह शराब पीता है, न सिगरेट, है पूरा शाकाहारी!''

''ऐसे लोग खतरनाक होते हैं,'' मैंने कहा, ''ये लोग अपना गुस्सा, दुःख, वेदना, निराशा आदि को अपने अंदर घुटाए रहते हैं।''

''तुम ठीक कहते हो। हर रोज कोई-न-कोई समस्या खड़ी हो जाती है। हम लोग बैठकर थोड़ी पी लेते हैं, चर्चा करते हैं और भूल जाते हैं। सवेरे नई शुरुआत हो जाती है।''

''करन का रोना यह है कि उसका कोई दोस्त नहीं है। वह किसी खेल-कूद में भाग नहीं लेता और न ही व्यायाम करता है।''

''मेरी भी क्या किस्मत है! कैसा विचित्र दामाद मिला! खैर, मेरी बात छोड़ो, यह लड़का अपनी माँ-बहन को क्यों सता रहा है? वह फ्लैट बेचकर उन्हें सड़क पर क्यों छोड़ना चाहता है? क्या सचमुच उसे रुपयों की कमी है? अरे, मुझे याद आया, सुनीता कह रही थी कि पता लगाना चाहिए कि वह पैसों का क्या करता है।''

मैंने अपने मित्र को बताया कि वह हो जाएगा। उसे समुद्र से आ जाने दो। मुंबई में तमाम जासूसी कंपनियाँ हैं; हम किसी एक को उसके पीछे लगा देंगे। मैंने अशोक से कहा कि हमें कल्पना का ध्यान रखना चाहिए। उसके दिमाग पर इन सबका असर नहीं होना चाहिए।

''अरे कल्पी! वह बिलकुल ठीक है। उसे इन चीजों से कोई फर्क नहीं पड़ता। अगर शादी टूट भी जाए तो उससे वह विचलित नहीं होगी। यह तो मैं हूँ, जो सोच-विचार में डूबा रहता हूँ। मैं चाहता हूँ कि बिगड़े रिश्ते फिर से ठीक हो जाएँ, लेकिन देखो क्या होता है! मैं तो केवल आशा कर सकता हूँ।''

करन समुद्र से वापस आ गया था। इस बार उसे घरवालों का व्यवहार बदला सा लगा। उसकी माँ और बहन के व्यवहार में पहले जैसा प्यार नहीं था। उसके दलाल ने बताया कि माँ और बहन ने कचहरी में फ्लैट बेचने के खिलाफ अरजी दाखिल कर दी है। मामला खिंच गया है; पहली सुनवाई दो साल बाद होगी।

कल्पना का व्यवहार भी पहले जैसा नहीं था। रिश्ते में दरार पड़ गई थी। करन समझ गया कि उसे कुछ करना पड़ेगा। दोनों ही जगह वह अनचाहा जैसा बन गया था। इस बार वह मुंबई में ज्यादा दिन नहीं ठहरा। उसने काम के लिए

जहाज ढूँढ़ा और बाहर चला गया।

करन मुंबई में केवल तीन हफ्ते रुका था। उसे पता नहीं था कि जासूस उसके पीछे लगा रखे हैं। वे उसकी हर गतिविधि पर नजर रखे हुए थे।

जासूसी कंपनी का एक आदमी मुझसे मिलने आया। उसने बताया कि गिरगाँव में एक छोटी सी जगह है, जहाँ करन हर रोज जाता है। उस घर में एक लड़की और उसके पिता रहते हैं। पिताजी दोनों आँखों की रोशनी खो बैठे हैं। लड़की जवान है, कामवासना से भरी है और शाम को एक होटल में काम करती है।

इस रिपोर्ट ने मुझे केवल झलक दी थी। मैं संतुष्ट नहीं था, मुझे विस्तृत जानकारी चाहिए थी। जासूसी कंपनी ने इतनी सी खबर देने के ५,००० रुपए माँगे। आगे का काम शुरू करने से पहले उन्होंने २०,००० रुपए ले लिये। ये कंपनियाँ इसी तरह काम करती हैं। पहले तो ये जिज्ञासा जगाती हैं और फिर ढेर सारा पैसा वसूल कर लेती हैं।

दो हफ्ते बाद कंपनी का आदमी मुझे मिलने आया। उसने लड़की का नाम लतिका बताया। वह अयेषा होटल में काम करती है। लड़की २५ वर्ष की है, उसका रंग गेहुँआ है और शकल-सूरत अच्छी है। उसने मुझे उसकी फोटो दिखाई और वापस ले ली।

''करन की इस लड़की से पहचान कब से है?''

''लगभग दो साल हो गए होंगे।''

''क्या वहाँ और भी लोग मिलने जाते हैं?''

''जी नहीं।''

''उनके संबंध कैसे हैं?''

''करीबी के हैं। इसकी शुरुआत अयेषा होटल के बाहर एक वारदात से हुई। होटल बंद होने के समय दो व्यक्ति, जिन्होंने काफी शराब पी हुई थी, लतिका को खींचकर अपनी कार में ले जाने की चेष्टा कर रहे थे। करन उसी समय वहाँ पहुँचा। उसने दोनों को मार भगाया और लतिका को उसके घर छोड़ दिया।''

''क्या उस लड़की को मालूम है कि क़रन शादीशुदा है?''

''जी हाँ। करन ने उसे अपने बारे में सब बता दिया है। वह कोई बात छुपाता नहीं। उसने लतिका को बताया कि उसकी शादी ने उसे बरबाद कर दिया है। उसके माँ-बाप ने पैसे के लालच में उसकी शादी एक रईस खानदान में कर दी है। उसकी पत्नी का मिजाज गुस्सैल है और वह उससे नौकर की तरह बरताव करती है। उसके व्यक्तित्व को ठेस पहुँची है और वह अलग हो जाना चाहता है।

वह लतिका से प्रेम करता है और उससे शादी करना चाहता है, लेकिन उससे पहले रहने का प्रबंध करना जरूरी है। उसे तनख्वाह बहुत मिलती है, लेकिन उसके पास रहने के लिए जगह नहीं है। वह फ्लैट खरीदना चाहता है। उसने काफी धन जमा कर लिया है, थोड़े और धन की आवश्यकता है। कुछ ही दिन पहले उसने लतिका को बताया था कि उसके पास एक कंपनी से लाभदायक प्रस्ताव आया है। इसमें उसे थोड़ी-बहुत जोखिम उठानी पड़ेगी, लेकिन वह झेल लेगा। अगली बार जब वह अवकाश पर आएगा, उसकी सारी समस्याएँ सुलझ गई होंगी। वे दोनों शादी कर खुशी के दिन काट सकेंगे।''

''शादी के प्रस्ताव पर लतिका के क्या विचार हैं?''

''वह राजी है और उसका इंतजार कर रही है।''

''ये खबरें आप कैसे प्राप्त करते हैं?''

''होटल अयेषा में लतिका की दोस्त है, वह भी वहीं काम करती है। हमने उसका इस्तेमाल किया। इसके लिए हमें ५,००० रुपए खर्च करने पड़े।''

''क्या आप दावे से कह सकते हैं कि आपकी हासिल की हुई जानकारी सच है?''

''जी हाँ। हम मिली जानकारी को कम-से-कम दो सूत्रों से क्रॉस-चेक कर लेते हैं। हम रिपोर्ट लिखित नहीं देते और न ही कचहरी में गवाही देते हैं। अब मानना या न मानना आपके ऊपर है।''

जो सूचना उस व्यक्ति ने दी थी, वह ठीक ही लग रही थी। उसने मुझे और काम के लिए पूछा। मैंने मना कर दिया। वह २५,००० रुपए लेकर चला गया।

मैं अशोक और सुनीता के मुंबई आने की प्रतीक्षा कर रहा हूँ। विमान दो घंटे देरी से चल रहा है, मगर इसका कोई असर नहीं पड़ेगा। कल्पना ने टेलीफोन किया था, वह दफ्तर में काम में फँस गई है, लेकिन दोपहर के भोजन तक अवश्य पहुँच जाएगी।

आज हमें कुछ जरूरी निर्णय लेने हैं। मैं अपने घर में ही बैठा हुआ हूँ। इन घटनाओं की शुरुआत दो साल पहले हुई थी। ये घटनाएँ चलचित्र की तरह मेरी आँखों के सामने गुजर रही हैं। मुझे अपने दोस्त, उसकी पत्नी और बेटी के लिए बुरा लग रहा है।

जब अशोक और सुनीता घर पहुँचे तो मैंने उन्हें जासूसी जानकारी दी। सुनीता ने कहा कि कल्पी इन बातों को सहन नहीं कर पाएगी। उसने अपने पति

को फटकारा और कहा कि उनको पहले से सोचना चाहिए था।

उसने कहा, ''किसे मालूम था कि यह सारा लफड़ा होगा?''

उसने मुझे बताया कि तलाक के लिए केस दाखिल कर दो। उसने कहा कि कल्पी का मुंबई में प्रशिक्षण खत्म हो गया है। वे उसे लेकर दिल्ली चले जाएँगे।

कल्पना गुस्से में मेरे घर पहुँची। उसका चेहरा लाल हो गया था। आते ही वह चिल्लाई, ''उस बेईमान ने मेरे सारे गहने चुरा लिये हैं।''

इसका कारण मैं समझ रहा था। करन मकान के लिए धनराशि बटोर रहा था।

हमारे लिए यह बुरा दिन था। सभी चुप बैठे थे। भोजन के बाद अशोक, सुनीता और कल्पना कोलाबा चले गए। दो दिन बाद वे 'सलाम मुंबई!' कहकर दिल्ली चले गए।

एक महीना गुजर गया था। करन की माँ मुझसे मिलने आई थीं। वह जोरों से रो रही थीं। उन्होंने कहा कि किसी ने उनके पुत्र की हत्या कर दी है।

''हुआ क्या?'' मैंने पूछा।

माहिम में मछुआरों की बस्ती के पास पुलिस चौकी है। कल ही वहाँ से टेलीफोन आया था कि उनके लड़के की लाश मिली है। वह उसे आकर ले जाएँ। वह अपनी बेटी के साथ चौकी गईं। वहाँ उन्हें पता चला कि मछुआरों को समुद्र में तैरती हुई लाश दिखाई दी। लाश पर प्लास्टिक का कार्ड लगाया हुआ था, जिसमें नाम और पता दिया हुआ था। ढकी हुई लाश को जब खोला गया तो करन की माँ ने अपने पुत्र को पहचान लिया।

''क्या पुलिस ने आपको और कोई जानकारी दी?''

उन्होंने सिर हिलाकर 'नहीं' कहा। पुलिस ने बताया कि वह पूछताछ कर रहे हैं और उसमें वक्त लगेगा। अगर वह चाहें तो शिकायत दर्ज करा सकती हैं। उन्होंने अरजी दी और अंतिम संस्कार के लिए मृतक शरीर घर ले आईं। उन्होंने मुझे प्लास्टिक का कार्ड दिया, जिसमें नाम, पता और एक जालिम संदेश लिखा था—'अगले जन्म में भी ऐसी गलती मत करना।'

उन्होंने कहा कि यह बेरहमी से किया हुआ कत्ल है। उन्होंने पूछा कि क्या मैं उनकी सहायता कर पाऊँगा?

मैंने उन्हें आश्वासन दिया कि मैं पूरी कोशिश करूँगा।

दो दिन बाद एक जवान, आकर्षक चेहरेवाली लड़की ने मेरे घर का दरवाजा

थपथपाया। उसने अपना नाम लतिका बताया, मैंने उसे पहले ही फोटो से पहचान लिया था।

उसने अपनी झोली में से गहनों का बक्सा निकाला और मेज पर रख दिया। ''ये कल्पना के हैं। आप इन्हें उसके पास पहुँचा दीजिए।''

मैंने बक्से को खोलकर देखा। उसमें कीमती हीरे और सोने के गहने भरे पड़े थे।

''आपको मेरा पता कैसे मिला?''

''करन से। वह मुझे हर बात बताता था। उसने आपका भी जिक्र किया था।''

मैंने लतिका को उसकी ईमानदारी पर बधाई दी। अगर कोई और लड़की होती तो सारा माल हड़प जाती।

लतिका के चेहरे पर कोफ्त भरी मुसकराहट थी। उसने कहा, ''देखिए, मैं एक गरीब लड़की हूँ। इन्हें पहनूँगी तो पकड़ी जाऊँगी। लोग पूछेंगे—तुम्हारे पास गहने कहाँ से आए? इन्हें बेचना चाहूँगी तो वहाँ भी यही सवाल उठेगा। अगर मैं किसी दलाल के जरिए बेचने जाऊँ तो सारा पैसा वह हड़प लेगा, मुझे कुछ नहीं मिलेगा। इन सब बातों को सोचकर मैंने निश्चय किया कि इन्हें उसके मालिक के पास पहुँचा दूँ।''

मैं लतिका की सीधी-सादी बात सुनकर विस्मित हो गया। मैंने उसी समय अशोक से बात की। वह भी चकित रह गया। मैंने लतिका को बताया कि मेरा दोस्त बहुत खुश है, उसका आभारी है और एक लाख रुपए इनाम देना चाहता है।

लतिका ने सोच-विचारकर कहा, ''पैसों से तो मुझे फायदा होगा, मुझे अपने पिताजी की देखभाल भी करनी है। लेकिन मैं करन की तरह लालच में नहीं फँसना चाहती। ऐसे पैसों से बेहतर है कि मैं गरीबी में जिंदगी गुजार दूँ।''

मुझे लतिका के भोलेपन ने बहुत प्रभावित किया। मैंने उसे बताया कि वकील होने की वजह से मैं दावे के साथ कह सकता हूँ कि जो धन उसे मिलेगा, वह वैध होगा। उसमें कोई गड़बड़ी नहीं होगी और जिम्मेदारी मेरी होगी।

लतिका ने मुझे प्लास्टिक का कार्ड दिया। वह हूबहू वैसा ही था, जैसा मुझे करन की माँ ने दिया था। उसने मुझे एक फाइल्स का बंडल दिया, जिसमें करन के सारे कागजात थे। मैंने लतिका को २०,००० रुपए दिए। उस समय मेरे पास उतने ही पैसे थे। मैंने उसे बताया कि बाकी राशि जब चाहे तब ले जा सकती है।

लतिका चली गई। उसका आना मेरे लिए अच्छा रहा। कल्पना के जेवर

मिल गए। अशोक ने कहा था कि तलाक की तैयारी शुरू कर दो, लेकिन अब उसकी भी कोई जरूरत नहीं रही। अशोक की दोनों समस्याएँ खत्म हो गई थीं।

फाइल्स मिलने की वजह से मेरा अगला काम सरल हो गया था। मैंने नौकरी संबंधी फाइल खोली। करन को आखिरी नौकरी 'गोल्ड लाइन शिपिंग कंपनी' ने दी थी। उनका दफ्तर कोलाबा में है।

मुझे कंपनी में काम करनेवाले अधिकारी सभ्य लगे। उन्होंने मेरा स्वागत किया और शांति से बातें कीं। जब मैंने उन्हें अपने आने का कारण बताया, उनके अफसर ने कंप्यूटर खोला, कुछ बटन दबाए और मेरे प्रश्नों का उत्तर देने के लिए तैयार हो गया।

"करन सिंह ने हमारी कंपनी में २५ सितंबर से काम करना शुरू किया था। उनको चीफ ऑफिसर की पोस्ट पर 'जल-तरंग' नामक जहाज पर नियुक्त किया गया। यह जहाज अपने पश्चिमी तट और गल्फ के देशों में माल लाने-ले जाने का काम करता है। पहली नवंबर को जहाज को दुबई से मुंबई के लिए रवाना होना था। करन सिंह निर्धारित समय पर काम के लिए नहीं पहुँचे। कंपनी ने दुबई में पुलिस को खबर दी और दूसरे व्यक्ति को काम पर लगा लिया। उसके बाद से हमें करन सिंह के बारे में कोई जानकारी नहीं है।"

"आपको कैसे मालूम कि वह जहाज पर नहीं था?"

"हर जहाज पर रोज क्रू लिस्ट बनाई जाती है। इसका रखना अनिवार्य है। उसकी गैरहाजिरी की रिपोर्ट हम दुबई पुलिस को दे चुके हैं।"

"जहाज पर दूसरों के साथ उसका बरताव कैसा था?"

अफसर ने कुछ बटन दबाए और कहा, "संतोषजनक था, कोई शिकायत दर्ज नहीं है।"

"देखिए, मैं विशेष कारण से आपके यहाँ आया हूँ। क्या आपको मालूम है कि वह कहाँ है?"

अफसर ने ना में सिर हिलाया और कहा, "अभी-अभी तो मैंने आपको बताया कि हमारे पास कोई जानकारी नहीं है।"

"करन का कत्ल किया गया है। उसकी लाश मछुआरों को माहिम के पास समुद्र पर मिली। जाहिर है कि किसी ने जहाज पर उसकी हत्या की और लाश को समुद्र में फेंक दिया। आप कहते हैं कि वह जहाज पर नहीं था, तो लाश समुद्र में कैसे मिली?"

अफसर थोड़ी देर के लिए हिचकिचाया, "मैं क्या बताऊँ? हम तो वह बताते हैं, जो हमारे रिकार्ड में है। एक बात बताइए, लाश कब मिली थी?"

"२५ नवंबर को।"

उसने कुछ बटन दबाए और मुसकराकर बोला, "२५ तारीख को जहाज दुबई में था, माहिम के आस-पास था ही नहीं। फिर करन सिंह पहली तारीख से गैर-हाजिर थे।"

मैं समझ गया कि शिपिंग कंपनी से और बातें करने से कोई फायदा नहीं होगा। अब मुझे जानकारी पुलिस से प्राप्त करनी होगी।

मैं पुलिस मुख्यालय गया। मैंने उन्हें करन सिंह के खून के बारे में बताया। उन्होंने कोई रुचि नहीं दिखाई। उन्होंने कहा कि वे प्रयत्न करेंगे, लेकिन निकलेगा कुछ नहीं।

मैंने उन्हें बताया कि मैं शिपिंग कंपनी में गया था। उनका विवरण सुनकर शंकाएँ और बढ़ गई हैं। कुछ समझ में नहीं आता, खून किसने किया है?

पुलिस अफसर मुसकराया। उसने कहा, "यह खून किसी माफिया गिरोह ने किया है। वे इस काम में माहिर हैं और कोई सबूत नहीं छोड़ते। जहाजरानी में इन माफियाओं की हरकतें बहुत पुरानी हो गई हैं और उनका संगठन मजबूत है। इनका धंधा अवैध वस्तुओं के व्यापार से होता है। ये जहाज और उन पर काम करनेवाले नाविकों का इस्तेमाल करते हैं। उनको इस धंधे में बहुत फायदा होता है और वे नाविकों को अच्छी-खासी रकम देते हैं। किंतु उनके नियम सख्त होते हैं; अगर कोई उन्हें तोड़ने की कोशिश करे तो उसे मृत्युदंड देते हैं। करन सिंह ने कोई गलती की होगी, तभी उसे यह सजा भुगतनी पड़ी।"

मैंने कहा, "शिपिंग कंपनीवालों का कहना था कि उसका व्यवहार अच्छा था। दुश्मनी करना उसके चरित्र में नहीं था। अचरज की बात यह है कि जब उसका खून हुआ, तब जहाज मुंबई के आसपास था ही नहीं।"

पुलिस अफसर को हँसी आ गई, "माफिया भूलकर भी नौकरीवाले जहाज पर खून नहीं करेंगे। यह तो उन्हीं को मालूम है कि उन्होंने खून कहाँ किया और कैसे माहिम के पास लाश को समुद्र में फेंक दिया। उन्होंने करन को सबक सिखा दिया और साथ में दूसरों को चेतावनी भी दे दी।"

पुलिस अफसर को कुछ काम से बाहर जाना था तो वह खड़े हो गए। जाते समय उन्होंने कहा कि वे इस मामले की जाँच करेंगे, लेकिन मिलना कुछ नहीं है। कोस्ट गार्ड और पुलिस इनके पीछे लगी रहती है, किंतु सफलता कम ही मिलती है।

कुछ दिनों बाद मैं दिल्ली गया। दिसंबर का महीना था और ठंडी हवा चल रही

थी। अशोक और मैं बाहर आँगन में बैठे धूप सेंक रहे थे। मैंने उससे कल्पना के बारे में पूछा।

"अरे कल्पी! वह ठीक है। मैंने तुम्हें पहले ही बताया था कि आज की पीढ़ी बिलकुल अलग है। वह गहने मिल जाने पर खुश है और करन के मारे जाने का उसे कोई गम नहीं है। विपदा तो मेरी है। मुझे उसके लिए लड़का ढूँढ़ना है।"

"वह जरूरी है। तुम्हारे खयाल में कोई है?"

"हैं दो लड़के। लेकिन इस बार मैं पूरी सावधानी बरतूँगा।"

थोड़ी देर के लिए हम चुप रहे। गरम चाय का स्वाद ले रहे थे। मेरे दोस्त ने मुंबई का हाल-चाल पूछा।

मैंने उसे करन की मृत्यु और अपनी असफल जाँच का विवरण सुनाया। मैंने उसे बताया कि लतिका को मैंने एक लाख रुपए दे दिए हैं। वह लड़की मुझे भली लगी।

मेरे मित्र ने पूछा, "एक बात बताओ, अगर करन जीवित होता तो क्या वह उस लड़की से शादी करता?"

"कहना कठिन है। उस लड़के का चरित्र इतना विचित्र था कि उसके बारे में कुछ कहा नहीं जा सकता। इतना तो सच है कि उसने उस लड़की की सादगी का पूरा फायदा उठाया। उसके यहाँ गहनों का बक्सा भी छुपा दिया।"

"करन कैसा भी हो, मगर था तो मेरा दामाद। इसलिए मुझे बुरा लगता है। जब लड़के ऐसे काम करते हैं तब क्या उनकी समझ में नहीं आता कि बुरे कर्म छोड़ते नहीं?"

उसी समय सामने सड़क पर किसी की शवयात्रा जा रही थी। रीति के अनुसार हम खड़े हो गए।

'राम नाम सत्य है।'

□

९

ममता

ममता दिन की नौकरी कर चुकी थी। शुक्रवार का दिन था और वह साप्ताहिक अवकाश बिताने के बारे में सोच रही थी। उसने अपनी सहेली को टेलीफोन किया और कहा कि वह उसके पास आना चाहती है।

शर्मिला प्रसन्न हुई, ''जरूर आओ। तुमसे मिले अरसा हो गया है। बताओ, समय कैसे काटना चाहती हो?''

''पहुँचने पर बात करेंगे। मैं आधे घंटे में निकल रही हूँ।''

फ्लैट पर पहुँचने तक सूर्य अस्त हो गया था। ममता ने जल्दी से हाथ-मुँह धोए, कपड़े बैग में डाले और सफर के लिए चल पड़ी। पिछले कुछ सप्ताह से वह निर्धारित समय से ज्यादा काम कर रही थी और थक गई थी। डॉक्टर होने के नाते उसे मरीजों का पूरा खयाल रखना पड़ता था। अमेरिका जैसे देश में उसका सतर्क रहना आवश्यक था। वह किसी कानूनी झमेले में नहीं पड़ना चाहती थी। २० किलोमीटर गाड़ी चलाने के बाद वह गैस भराने के लिए पेट्रोल स्टेशन पहुँची। वहाँ पुलिस का कारपोरल उसकी गाड़ी के पास आया।

''क्या तुम डॉक्टर हो?''

''जी हाँ।''

''नीचे उतरिए। आपके लिए एक जरूरी केस है।''

कुछ कदम चलने के बाद ममता एक खड़ी गाड़ी के पास पहुँची। वहाँ उसने दो मूर्च्छित बूढ़ी महिलाओं को देखा। जाँच के बाद पता चला कि उनकी नाड़ी और रक्तचाप मंद है।

"क्या इनके पास कोई ड्राइवर है?"

"नहीं।"

"इन्हें अस्पताल ले जाना होगा।"

"इसका प्रबंध आप कर लीजिए।"

ममता ने अस्पताल को एंबुलेंस भेजने के लिए कहा। उसने अपनी दोस्त शर्मिला को दुर्घटना के बारे में बताया और कहा कि वह नहीं आ पाएगी।

एंबुलेंस पहुँचने पर ममता ने फिर से वृद्धाओं की हालत का परीक्षण किया। वह उनके साथ अस्पताल गई और उनकी चिकित्सा में लग गई।

पुलिस ने गाड़ी की नंबर प्लेट से दोनों महिलाओं के नाम व ठिकानों का पता लगाया और ममता को सौंप दिया। ममता ने एक व्यक्ति का नंबर घुमाया। दूसरे छोर पर एलेक्स हिल्टन ने टेलीफोन उठाया। ममता ने कहा, "कोलंबस अस्पताल, ओहियो से डॉक्टर ममता चटर्जी बोल रही हूँ। आपकी माँ बीमार हैं और उनकी हालत नाजुक है। हम उन्हें होश में लाने की कोशिश कर रहे हैं। हम आपको परामर्श देंगे कि आप उनसे मिल लें।"

"रात को इस समय मेरा कहीं जाना नामुमकिन है। कल मुझे बहुत काम हैं। शायद मैं परसों पहुँच पाऊँगा, तब तक उनका खयाल रखिए। खबर देने के लिए धन्यवाद।"

ममता ने दूसरी वृद्धा के संबंधी को टेलीफोन किया। टेलीफोन कैरोलीन ने उठाया, "मुझे इस खबर को सुनकर दुःख हो रहा है। आज सवेरे मैंने माँ से बात की थी। वह ठीक थीं। न जाने एकदम से उन्हें क्या हो गया! देखिए, मैं समुद्र तट पर अपने बच्चों के साथ छुट्टी मना रही हूँ। सोमवार को उनसे मिलने आऊँगी। मुझे उनकी हालत की खबर देते रहिएगा। अनेक धन्यवाद।"

ममता को वृद्धाओं के बच्चों का ऐसा व्यवहार पसंद नहीं आया। मगर अमेरिका में लोग ऐसा ही करते हैं। किसी को किसी के लिए समय नहीं है। उसने अपना फर्ज अदा किया था और वह इसी से संतुष्ट थी।

दोनों वृद्धाओं की तबीयत कुछ घंटों तक चिंताजनक रही। सवेरे वे होश में आईं और खतरे से बाहर हो गईं। वे देख-रेख के लिए दो दिन अस्पताल में रहीं। सोमवार तक वे पूरी तरह स्वस्थ हो गईं। एलेक्स और कैरोलीन को आने की जरूरत नहीं पड़ी।

वृद्धाओं की उम्र ७० से ऊपर थी और वे अच्छी दोस्त थीं। दोनों विधवाएँ थीं और अकेले रहती थीं। उन्होंने शनि और रविवार का दिन एक फार्म हाउस में बिताने की ठानी। जब वे जा रही थीं, अचानक उनके पेट और छाती में दर्द शुरू हो गया

और चक्कर आने लगे। वे किसी तरह से गैस स्टेशन तक पहुँचीं। उन्हें अपनी बिगड़ती दशा का कारण नहीं पता चल रहा था। दिन में उन्होंने मछली खाई थी, शायद वह बासी थी। वोदका का भी असर हो सकता था। वे अपने को भाग्यशाली समझ रही थीं कि गैस स्टेशन के पास उन्हें कारपोरल दिखाई पड़ा।

अस्पताल से जाने से पहले उन्होंने ममता को अनेक धन्यवाद दिए। उसकी छुट्टी खराब करने के लिए क्षमा माँगी और उसे घर आने का निमंत्रण दिया। ममता उन्हें पसंद आई और वह उनकी निजी डॉक्टर बन गई। उनके बच्चे मिलने नहीं आए थे, इसका उन्हें बुरा लगा; किंतु यह कमी ममता ने पूरी कर दी थी। ममता से जान-पहचान हो जाने से वे बेहद खुश थीं।

ममता दो साल पहले अमेरिका गई थी। उसने डॉक्टरी की पढ़ाई कोलकाता से की थी और उसके फौरन बाद उसे कुछ अनापेक्षित कारणों से विदेश जाना पड़ा। इन दो वर्षों में उसने अपनी स्थिति मजबूत कर ली थी। वह अपने घर, सुख-सुविधाएँ और आर्थिक दशा से खुश थी। अमेरिका में वह आजाद थी; मनमरजी से घूम-फिर सकती थी और देसी प्रतिबंधों से मुक्त थी।

किंतु क्या वह वास्तव में खुश थी? नहीं। वह बंगाली वातावरण में पली थी और उसे बंगाल की हर चीज पसंद थी। वहाँ का खाना-पीना, संगीत, नृत्य, रीति-रिवाज, भाषा इत्यादि। वह अपने परिवार, संबंधियों और मित्रों से अलग हो गई थी। भारत में उसे अकेलापन कभी महसूस नहीं हुआ था। अमेरिका में वह अपने फ्लैट में अकेली पड़ी रहती थी। प्रेमी मित्र की याद उसे बेचैन कर देती थी।

कॉलेज के दिनों में ममता को एक मलयाली लड़के से प्यार हो गया था। लड़के के पिता ने लंबी अवधि तक कोलकाता में नौकरी की थी। काम से निवृत्त होने के बाद वे तिरुवंतपुरम के पास अपने गाँव चले गए थे। अपने पुत्र राघवन नंबूदरि को पढ़ाई के लिए वहीं छोड़ गए थे। वह कॉलेज के छात्रावास में रहता था। एक दिन कॉलेज के फाटक के पास टैक्सी और स्कूटर के बीच टक्कर लगी। राघवन और ममता पास खड़े थे। दोनों भागकर वहाँ पहुँचे, एक वयस्क पुरुष और महिला को चोट लग गई थी। छात्र उन्हें अस्पताल के कैजुअल्टी कक्ष में ले गए और उन्हें भरती कराया। ऑपरेशन के बाद मरीजों को वार्ड में भेज दिया गया। उस दिन से दोनों छात्र हर रोज सुबह-शाम मरीजों से मिलने जाया करते थे। यह क्रम मरीजों के अस्पताल में रहने तक चलता रहा। उसके बाद भी वे मिलते रहे। दो साल बाद उन्हें महसूस हुआ कि वे एक-दूजे

के बिना जी नहीं सकते। उन्होंने विवाह की इच्छा जताई।

उन्हें अच्छी तरह मालूम था कि शादी में कठिनाइयाँ आएँगी। दोनों अलग कौम के थे और उनके निवास-स्थान दूर थे। ममता के पिताजी कठोर हृदय के थे। वे सोच भी नहीं सकते थे कि उनकी लड़की बंगाली को छोड़कर किसी और से शादी करेगी। ममता ने उन्हें समझाने की कोशिश की। लड़का भले ही दक्षिण भारत का हो, उसका परिवार लंबे अरसे तक कोलकाता में रह चुका है। वह बंगाली अच्छी तरह बोलता है और हमारे रस्म-रिवाज से भली-भाँति परिचित है।

''इससे वह बंगाली तो नहीं हो जाता!''

''मैं आपको एक बात और बताना चाहती हूँ। लड़का ब्राह्मण है।''

''उससे क्या फर्क पड़ता है?''

''बाबा, मैं उस लड़के को चार साल से जानती हूँ। उसका चाल-चलन अच्छा है और वह शिक्षित परिवार का है। मैं क्यों खतरा मोल लूँ? कैसे किसी ऐसे लड़के से शादी करूँ, जिसे मैं जानती ही नहीं और न जिससे मुझे प्यार है?''

''तुम लोगों का रोना यही है—प्यार! यह प्यार क्या चीज होती है? हम लोगों को ऐसा कुछ महसूस नहीं होता था। समझने की कोशिश करो, माँ-बाप सोच-समझकर विवाह तय करते हैं। मेरा अंतिम फैसला सुन लो—तुम्हारी शादी सिर्फ बंगाली लड़के के साथ होगी।''

ममता गुस्से में बोली, ''वह मैं कभी नहीं करूँगी।''

राघवन नंबूदरि की परिस्थिति अलग थी। उसके पिता ने उसे लंबी चिट्ठी लिखी थी। इसमें उन्होंने अपना विचार व्यक्त किया था कि विवाह का संबंध केवल लड़के और लड़की तक सीमित नहीं रहता। रिश्ता दो परिवार और समुदाय के बीच होता है। ऐसी स्थिति में अगर दोनों एक जाति और प्रदेश के हों तो कठिनाइयाँ सामने नहीं आतीं।

तुम्हारी बात कुछ अलग है, क्योंकि तुम एक-दूसरे को जानते हो। पढ़े-लिखे लोगों की समस्या उनके अहंकार और स्वाभिमान से जुड़ी होती है, जिसकी वजह से शादियाँ टूट जाती हैं। ये तुम्हीं को सोचना होगा कि क्या तुम दोनों एक साथ सहजीवी बनकर रह सकते हो?

मैं लड़की और उसके परिवार से मिला नहीं हूँ। इसलिए मैं क्या कहूँ? मैं तुम्हारी कुंडली लेकर गुरुजी के पास गया था। उन्होंने कहा है कि तुम्हारी शादी तुम्हारी इच्छानुसार ही होगी, लेकिन उसके लिए अभी समय है। पाँच-छह साल और लगेंगे। अभी-अभी तो तुम डॉक्टर बने हो और तुम्हारी उम्र शादी लायक नहीं है। गुरुजी कह

रहे थे कि तुम्हारी शादी में कठिनाइयाँ आएँगी, लेकिन शादी होगी तुम्हारी इच्छानुसार। मैं निर्णय तुम्हारे ऊपर छोड़ देता हूँ, लेकिन इतना जरूर कहूँगा कि जल्दी मत करना।

ममता और राघवन ने अपने माँ-बाप के विचारों पर चर्चा की। ममता को राघवन के पिताजी के विचार अच्छे लगे। वह उसके पिता की तरह अड़ियल नहीं थे।

राघवन ने ममता को बताया, "पिताजी ने फैसला मेरे ऊपर छोड़ दिया है। उन्होंने अपना जीवन केरल के बाहर बिताया है और तुम्हारे पिताजी ने बंगाल के बाहर कदम ही नहीं रखा, इसलिए दोनों के विचारों में फर्क है। खैर, छोड़ो इन बातों को। मुझे गुरुजी पर विश्वास है; वे जो कहते हैं, सच निकलता है। उन्होंने कहा था— मैं डॉक्टर बनूँगा और वही हुआ। उन्होंने कहा है कि मेरी शादी मेरी इच्छानुसार होगी। मुझे और क्या चाहिए? लेकिन मुझे एक चीज समझ नहीं आ रही है। गुरुजी ने कहा है कि विवाह में कठिनाइयाँ खड़ी होंगी—कैसी कठिनाइयाँ? किस तरह की?"

"मेरे पिताजी की और कैसी?"

राघवन मुसकराया, "अरे, सब ठीक हो जाएगा, लेकिन तुम्हें दृढ़ रहना पड़ेगा। सब उसी पर निर्भर है। देखो, शादी के लिए समय है। अभी-अभी तो हमने परीक्षा पास की है। हमें आगे के बारे में सोचना चाहिए। नौकरी ढूँढ़नी पड़ेगी।"

"मैं विदेश जाने की सोच रही हूँ। मैंने पिताजी को बता दिया है कि शादी मैं सिर्फ तुम्हारे साथ करूँगी।"

ममता को दुर्गापूजा का पर्व बहुत प्रिय था। वह देवी की उपासक थी। पूजा के शीघ्र बाद वह अमेरिका चली गई। उसका जाना केवल कुछ वर्षों के लिए था। वह अनुभव और पैसा कमाना चाहती थी। उसने ठान लिया था कि वह राघवन से विवाह करेगी और कोलकाता में रहेगी। उसको यह भी उम्मीद थी कि अगर वह ज्यादा दिन बाहर रहेगी तो उसके पिताजी अपने विचार बदल देंगे। उसे अस्थायी नौकरी मिली। उसने लगन और मेहनत से काम करना शुरू कर दिया। उसका फल उसे दो साल बाद मिला। उसकी नौकरी पक्की हो गई और वेतन भी बढ़ गया।

राघवन को अपने ही कॉलेज में प्रशिक्षण के लिए नौकरी मिल गई। उसके बाद उसने शल्य-चिकित्सा में विशेषज्ञता के लिए पढ़ाई आरंभ कर दी।

ममता और राघवन एक-दूसरे को लंबी चिट्ठियाँ लिखते थे। रविवार के दिन वे टेलीफोन पर बात करते थे। राघवन ममता को शांति और धीरज रखने के लिए कहता था। वह उसे शेक्सपीयर की पंक्ति सुनाता था—'सच्चे प्यार के पथ कठिन होते हैं और कठिनाइयों से गुजरते हैं।'

ममता को पहली छुट्टी दो साल बाद मिली। उसने दुर्गापूजा के दिनों में छुट्टी माँगी थी और वह उसे मिल गई। वह छुट्टी का पूरा आनंद उठा रही थी और उन सब चीजों को करने में मस्त रहती थी, जो अमेरिका में दुर्लभ थीं। उसे उसका प्रिय खाना मिल रहा था—चावल, हिलसा मछली का झोल, मिष्टी दही, संदेश और बंगाली मिठाइयाँ।

दिन भर वह अपने संबंधियों के साथ बिताती थी, लेकिन शाम वह केवल राघवन के लिए बचाकर रखती थी। एक दिन वे खरीदारी के लिए हाथीबगान गए थे। अचानक जोर से बारिश आ गई और वे भीगने लगे। उन्होंने भागकर पूजा के पंडाल में शरण ली। उन्होंने माला और फूल खरीदे और देवी की प्रतिमा के पास पहुँचे। पुजारी ने उन्हें नवविवाहित वर-वधू समझा और उन्हें दुर्गा का आशीर्वाद दिया। दोनों ने चकित होकर एक-दूसरे को देखा और माला पहना दी।

वर्षा बंद होने पर वे राघवन के फ्लैट पर गए। ममता ने अपनी गीली साड़ी पंखे के नीचे सूखने के लिए फैला दी। राघवन ने कपड़े बदले। पुजारी का कथन और माला पहनाने की घटना उनके मस्तिष्क में ताजा थी। दोनों के मन में वासना भरी थी। उन्होंने देर तक आलिंगन और चुंबन किया। वे अपने आप को रोक न सके और उन्होंने संपर्क का सुख भोगा।

इसके बाद ममता अधिकतम समय राघवन के साथ बिताने लगी। उनका संबंध पति-पत्नी के जैसा हो गया और ममता उसे 'रघू' के नाम से पुकारने लगी। उसका रात को देरी से लौटना माँ-बाप को पसंद नहीं आया। ममता इसे समझ रही थी, लेकिन प्रेम की भावना से विवश थी। उसके अमेरिका वापस जाने से पहले ममता की माँ ने बात छेड़ी।

"देखो, समय आ गया है कि तुम शादी कर लो। तुम्हारे पिताजी ने दो लड़के खोजकर रखे हैं। वे यहीं के रहनेवाले हैं, अच्छे खानदान के हैं और उनके पास स्थायी नौकरी है। मैं उनसे मिली हूँ और वे मुझे पसंद हैं। उनकी जन्मपत्री तुम्हारे साथ मिलती भी है। इन्हें देखो, ये उनके फोटो हैं।"

ममता ने उन पर कोई ध्यान नहीं दिया, "मैं बाबा से पहले ही कह चुकी हूँ कि मैं किसी और के साथ शादी नहीं करूँगी।"

"तुम दोनों बिना कारण जिद पर अड़े हो। तुम्हारे पिताजी तो मानेंगे नहीं। अच्छा होगा कि तुम अपने विचार बदल दो। आखिर में तो तुम्हें कोलकाता में ही रहना है। कितने साल तुम अकेले अमेरिका में रहोगी?"

ममता ने शांत होकर माँ से कहा कि इस विषय पर और बात करना निरर्थक है। उसे बुरा लग रहा था कि दो साल गुजरने के बाद भी माँ-बाप के विचारों में कोई

बदलाव नहीं आया था।

ममता वापस अमेरिका पहुँच गई। उसका तीसरा वर्ष चल रहा था। हालाँकि माँ-बाप के व्यवहार और सोच में कोई परिवर्तन नहीं आया था, पर वह राघवन से बहुत खुश थी। वह संभोग का आनंद अकसर याद करती थी। वह जानती थी कि शादियाँ असंतोषजनक वैवाहिक संबंधों के कारण संकट में पड़ जाती हैं। अब उसे इस बात का कोई डर नहीं था। जो कुछ भी हुआ था, माँ दुर्गा के आशीर्वाद से हुआ था। वह अपने विवाह के निश्चय पर अटल रही।

उसका जीवन-क्रम सामान्य चल रहा था। वह अपने काम में लगी रहती थी। बीच-बीच में वह दोनों वृद्धाओं से मिला करती थी। दो बार शर्मिला से मिलने गई थी।

उसने पूजा के दिनों में फिर से छुट्टी माँगी। उसे अवकाश केवल दो सप्ताह के लिए मिला। वह राघवन से मिलने को बेचैन थी; उसे जो कुछ मिला, वह उसी में संतुष्ट थी।

कोलकाता पहुँचने पर वह सारा समय राघवन के साथ बिता रही थी। घर में केवल वह नाममात्र के लिए रह रही थी। पिताजी को उसका यह चलन बिलकुल पसंद नहीं आया। उन्होंने गुस्से में अपनी पत्नी को कहा, ''उस लड़की को बोलो कि वह अमेरिका में नहीं है। उसे लाज-लज्जा का कुछ तो खयाल रखना चाहिए।''

माँ अपने पति से सहमत थी, किंतु समझ रही थी कि लड़की बड़ी हो गई है, डॉक्टर है, पैसा कमाती है और किसी पर निर्भर नहीं है।

ममता को इस बार भी अपने माँ-बाप के बरताव में कोई बदलाव नहीं दिखाई दिया। जाने से पहले माँ ने शादी के बारे में पूछने का प्रयत्न किया था। उसने हँसकर माँ को बताया कि पिताजी अपने प्रयासों को छोड़ दें। उनसे कोई फायदा नहीं होगा।

ममता का चौथा साल भाग्यशाली और सुखदाई रहा। उसके वेतन में अच्छी-खासी वृद्धि हो गई थी। वह काफी पैसा बचाने में सक्षम हो गई थी। कोलकाता में नया और बड़ा फ्लैट खरीदना जरूरी था। रघु का कॉलेज स्ट्रीट पर छोटा सा फ्लैट था। डॉक्टर पति-पत्नी की जोड़ी अपने ही प्रकार की होती है। दोनों ही पैसा कमाते हैं और अपने काम में व्यस्त रहते हैं। घर नौकर चलाते हैं और वे ही बच्चों की देखभाल करते हैं। बड़ा घर, जिसमें नौकर-चाकरों के रहने की सुविधा हो, आवश्यक था।

राघवन को सर्जरी में एम.एस. की डिग्री मिली और कॉलेज में ही उसे नौकरी भी मिल गई। काम शुरू करने से पहले उसने दो महीने की छुट्टी माँगी। उसने १५

दिन अपने माँ-बाप के साथ तिरुवंतपुरम में बिताए और उसके बाद अमेरिका चला गया।

ममता बेहद खुश हुई। राघवन का अमेरिका पहुँचना अनापेक्षित था। अमेरिका में कोई उनकी जान-पहचान का नहीं था और स्थानीय लोग पूरी तरह से बेपरवाह थे। वे अनामिकता का पूरा फायदा उठा रहे थे। ममता ने कहा कि वह दो हफ्ते की छुट्टी ले लेगी, ताकि वे इधर-उधर घूमने जा सकें। राघवन ने मना किया, उसने कहा कि वह अपनी छुट्टी दुर्गापूजा के लिए बचाकर रखे।

"मगर तुम घर में अकेले करोगे क्या?"

"मैं घर की सफाई करूँगा, बाजार जाऊँगा और अन्य काम कर लूँगा।"

"उसमें कितना समय लगेगा? मैं तुम्हारे स्वभाव को जानती हूँ। तुम बिना काम के रह नहीं सकते!"

"अगर तुम्हारे अस्पतालवाले दखल न समझें तो मैं तुम्हारे साथ चल सकता हूँ। मैं उनको काम में मदद कर सकता हूँ।"

राघवन ने थोड़े ही समय में ख्याति प्राप्त कर ली। लोग उसके शांत स्वभाव और दक्षता से प्रभावित हुए। अस्पतालों में सर्जनों की हमेशा कमी रहती है। वे राघवन के आभारी हुए। राघवन ने भी नई प्रणालियों और उपकरणों का प्रयोग सीखा। जाने से पहले अस्पतालवालों ने राघवन को पार्टी दी और उसे, जब वह चाहे तब, काम पर आने का निमंत्रण दिया।

तीन महीने बाद ममता छुट्टी पर कोलकाता पहुँची। इस बार उसे चार हफ्तों का अवकाश मिला था। उसे अपने पिता के व्यवहार में बदलाव देखकर आश्चर्य हुआ। कारण माँ ने बताया।

उसके पिताजी स्नानघर में फिसलकर गिर गए थे। उनकी पीठ में रीढ़ की हड्डी में गहरी चोट लगी थी। उन्हें एक माह से ज्यादा अस्पताल में रहना पड़ा। उनकी देखभाल एक तरुण डॉक्टर कर रहा था। वह हर रोज सुबह-शाम उनसे मिलता था और उनसे शुद्ध बंगाली में बात करता था। उसका स्वभाव और चाल-चलन भद्र लोगों जैसा था। बाद में सुनील चटर्जी को पता चला कि वह डॉक्टर बंगाली नहीं, मलयाली है। यह वही लड़का है, जिससे उसकी बेटी प्रेम करती है।

ममता की माँ ने कहा, "मैं तुम्हारे बाबा से कह-कहकर थक गई थी कि अपने व्यवहार में बदलाव कर लें, लेकिन वे मानते ही नहीं थे। मैं उन्हें बताती थी कि समय बदल गया है; दूसरी जाति, कौम और धर्म में शादियाँ होने लगी हैं और हमें युवाओं को आजादी देनी चाहिए। लेकिन इसका कोई असर उन पर नहीं पड़ा था; किंतु

अस्पताल की इस घटना ने उन्हें बदल दिया। अपने यहाँ कहते हैं न—प्रत्यक्ष प्रमाण! और वह काम कर गया। तुम्हारे पिताजी अब शादी के लिए तैयार हैं और उसे देवतुल्य मानते हैं। लेकिन एक बात मैं अपनी तरफ से कहना चाहती हूँ—ये जो तुम रात को घर देरी से आती हो, वह मुझे जँचता नहीं।''

बगलवाले कमरे में ममता के पिताजी माँ-बेटी की बातें सुन रहे थे। वह बाहर निकले, उन्होंने कहा, ''तुम्हारी माँ बिलकुल ठीक कह रही हैं। कोलकाता पहले जैसा नहीं रहा। रात को बाहर निकलना सुरक्षित नहीं है। तमाम गुंडे, चोर और नक्सलवादी घूमते रहते हैं। बेहतर तो यह होगा कि रात को तुम वहीं रुक जाया करो।''

ममता इस बात को सुनकर विस्मय में पड़ गई। वह ऐसा सोच भी नहीं सकती थी। उस रात को वह राघवन के फ्लैट में ठहरी। उसने हर्ष के साथ रघु को बताया कि सारी दिक्कतें दूर हो गई हैं और हम कभी भी शादी कर सकते हैं। राघवन ने कहा, ''आज ही सवेरे मुझे पिताजी की चिट्ठी मिली। गुरुजी ने लिखा है कि शादी इसी साल हो जानी चाहिए, लेकिन उन्होंने सावधानी बरतने के लिए कहा है। कठिनाइयाँ पेश होंगी और मुझे उनका सामना करना पड़ेगा।''

''अब कैसी कठिनाइयाँ? आज सवेरे वह सब खत्म हो गई हैं।''

''वह तुम्हारी तरफ से हैं। तुम्हारा रास्ता साफ हो गया है। मुझे अपने बारे में सोचना पड़ेगा।''

''क्या तुम्हारे माँ-बाप को कोई अड़चन है?''

''कोई नहीं।''

''फिर क्या है?''

''मुझे क्या मालूम? पर इसका कोई फर्क नहीं पड़ेगा। गुरुजी ने सावधान रहने के लिए कहा है और वह मैं रहूँगा।''

देखते-देखते ममता की छुट्टी खत्म हो गई। उसे पता भी नहीं चला और जाने का दिन आ गया। माँ ने पूछा, ''तुम लोग शादी कब कर रहे हो?''

''इसी साल।'' ममता ने दुर्गा माँ के सामने माला पहनाने की घटना सुनाई। उसने कहा कि अगली छुट्टी शादी के लिए होगी।

अभी तक ममता को हवाई अड्डे पर छोड़ने के लिए केवल राघवन जाया करता था। इस बार विदाई देने के लिए हवाई अड्डे पर ममता के माँ-बाप भी पहुँचे थे।

पाँचवें वर्ष के पहले कुछ महीने ममता के अत्यधिक आनंद से गुजरे। गत वर्ष की सुखद घटनाएँ उसे बार-बार याद आया करती थीं। वह शादी के सुहाने सपने देखा

करती थी और उन्हीं विचारों में डूबी रहती थी। वह किस-किस को बुलाएगी, क्या कपड़े पहनेगी, किन आभूषणों से अपने को सुसज्जित करेगी इत्यादि के बारे में सोचा करती थी। हर दूसरे-तीसरे दिन राघवन के टेलीफोन आया करते थे और वह उसकी प्रगति से खुश होती थी।

उसने रघु से पूछा कि क्या वह गरमी की छुट्टियों में अमेरिका आ पाएगा? राघवन ने उसे बताया कि कॉलेज एक महीने के लिए उसे गाँव में चिकित्सा कैंप पर भेज रहा है। जुलाई में वह चार हफ्ते के लिए आ सकेगा। जून के आखिरी दिन ममता ने रघु को टेलीफोन किया; उसे कोई उत्तर नहीं मिला। लगातार दो दिन उसने कोशिश की। हताश होकर उसने अपने बाबा को टेलीफोन किया।

पूरे दिन सुनील चटर्जी ने टेलीफोन और मोबाइल से संपर्क करने की कोशिश की, किंतु नंबर उन्हें भी नहीं मिला। शाम को वह राघवन के फ्लैट पर पहुँचे; वहाँ ताला लगा था। फौरन वह मेडिकल कॉलेज गए और प्राध्यापकों से मिले। वे भी परेशान थे, राघवन ३ दिन से कॉलेज नहीं गया था। पड़ोसियों को उसके बारे में कुछ मालूम नहीं था। सिटकिनी पर एक परची लगी थी, जिसमें लिखा था, ''मैं जरूरी काम से जल्दी में बाहर जा रहा हूँ, वापस लौट आऊँगा।''

सुनील चटर्जी पुलिस चौकी पहुँचे और उन्होंने उस परची के साथ गुम शुदगी की रिपोर्ट दर्ज करा दी। उन्होंने पुलिस अफसर से शीघ्र पता लगाने के लिए निवेदन किया। पुलिस अफसर ने आश्वासन दिया कि वह फौरन इस काम पर लग जाएँगे। बाबा ने अपनी बेटी को टेलीफोन किया और राघवन के आकस्मिक गायब हो जाने की बात बताई।

ममता को गहरा झटका लगा। उसने जब आखिरी बार बात की थी तब रघु ने कहा था कि वह कैंप से आ गया है और जल्द ही हवाई जहाज पकड़नेवाला है। वह गायब कहाँ हो गया? उसे गुरुजी की बात याद आई। उसने रघु के पिताजी को टेलीफोन किया। उन्हें भी कुछ पता नहीं था। उसने राघवन के एकाएक लापता हो जाने की बात और परची में लिखे नोट के बारे में जानकारी दी। उसने कहा कि वह कोलकता जाकर पूछताछ करेगी।

विजयन नंबूदरि शांत स्वभाव के पुरुष थे। उनका गुरुजी पर पूर्ण विश्वास था और इसलिए वह आसानी से विचलित नहीं होते थे। उन्होंने ममता को बताया कि गुरुजी ने कुंडली में कुछ अड़चनें देखी थीं और वह उनसे परामर्श लेंगे। ममता ने कहा कि उसे ये बातें मालूम हैं, मगर यह अजीब उलझन है। रघु ने किसी को कुछ बताया ही नहीं—वह कहाँ गया है? कब आएगा? नया पता, टेलीफोन नंबर इत्यादि। कुछ

नहीं तो वह सेलफोन से बात कर सकता है। लेकिन वह सबको अँधेरे में छोड़कर चला गया है।

राघवन के पिताजी ने ममता को शांत रहने की सलाह दी। वह उसकी दशा अच्छी तरह समझ रहे थे। उन्होंने कहा कि वह गुरुजी से मिलने के बाद उससे बात करेंगे।

विजयन गुरुजी से मिलने गए। उन्होंने कुंडली फिर से देखी। उन्होंने कहा कि अड़चनें आएँ, मगर घबराने की जरूरत नहीं है। विजयन दो खास प्रश्न पूछना चाहते थे। क्या उसे कोई खतरा है? गुरुजी ने मुसकराकर कहा कि ऐसी कोई बात नहीं है। विजयन ने कहा कि उसे एक बंगाली लड़की से प्रेम हो गया है। वह उससे विवाह करना चाहता है। क्या यह हो पाएगा? गुरुजी ने कहा कि जब तक वे लड़की की कुंडली नहीं देखते, कुछ कहना संभव नहीं होगा।

अगले दिन विजयन ने ममता को टेलीफोन किया और बताया कि राघवन को कुछ नहीं होगा। ममता ने कहा कि वह होश खो बैठी है। जब तक वह कोलकाता नहीं पहुँचती, उसे चैन नहीं आएगा।

''तुम जाना जरूरी समझती हो तो जा सकती हो, लेकिन फायदा क्या होगा? तुम पुलिस, कॉलेज, उसके निवास-स्थान आदि जगहों पर जाकर पूछताछ करोगी। यह तो हो ही रहा है। कल ही पुलिस मेरे घर आई थी। देखो मैं पिता हूँ, मैं उतना ही परेशान हूँ जितनी तुम हो। मैं गुरुजी से मिलने के बाद तुम्हें यही सलाह दूँगा कि कुछ दिन और रुक जाओ।''

''आपका कहना ठीक है। कोलकाता में मेरे पिताजी पूरी कोशिश कर रहे हैं। लेकिन मैं तो पागल हो रही हूँ। कुछ समझ नहीं आता कि मैं क्या करूँ? उस छोटी सी परची ने अशांति फैला दी है।''

''देखो। उस परची में संदेश है। अगर वह नहीं होता तो मृत्यु से लेकर न जाने हम लोग क्या-क्या सोचते! मुझे भरोसा है कि जल्द ही वह अपनी कोई सूचना देगा।''

''मैं आपको कैसे बताऊँ? हम दोनों इसी वर्ष विवाह करना चाहते थे और फिर अचानक यह क्या हुआ?''

''राघवन ने शादी के बारे में मुझे बताया था। अरे हाँ, मैंने शादी के बारे में गुरुजी से पूछा था। उन्होंने कहा था कि वह इस विषय में तब तक कुछ नहीं कह सकेंगे, जब तक वह तुम्हारी जन्मपत्री नहीं देख लेते।''

''उसमें कोई दिक्कत नहीं होगी। मैं पिताजी से कहूँगी कि वह कुंडली आपके पास भेज दें।''

राघवन के अचानक लापता हो जाने के बाद दोनों परिवारों में संपर्क हो गया

था। वे एक-दूसरे को खबर देते रहते थे। सुनील चटर्जी ने ममता की कुंडली तिरुवंतपुरम् भेज दी।

राघवन नंबूदरि का अपहरण नक्सलियों ने आधी रात को उसके फ्लैट से किया। उसे किसी से मिलने या बताने का अवसर नहीं दिया गया। उसे केवल दो वाक्य लिखने की अनुमति दी गई। नक्सली उसे वैन में डालकर भाग गए। सवेरे वह जंगल में उनके पड़ाव पर पहुँचा। उसे वहाँ से ग्रामीण चिकित्सा-घर में ले जाया गया। उसे एक जख्मी मरीज का ऑपरेशन करने के लिए कहा गया, जिसकी जाँघों में दो गोलियाँ घुसी हुई थीं। राघवन ने कठिन परिस्थिति में बिना एनेथेटिस्ट की सहायता के ऑपरेशन किया। ऑपरेशन सफल हुआ और बाद में मरीज को कोई तकलीफ भी नहीं हुई।

दो दिन बाद राघवन को पता चला कि जिस व्यक्ति का उसने ऑपरेशन किया था, वह नक्सलियों का नेता भानू बिस्वास था। उसके सिर पर २० लाख रुपए का इनाम था और इस वजह से उसे किसी अस्पताल में भेजना खतरे से खाली नहीं था। नक्सली भाग्यशाली निकले; उन्होंने सही डॉक्टर को चुना।

भानू की प्रगति संतोषजनक थी और दर्द कम हो रहा था। राघवन घाव देखने रोज जाता था और मरहम-पट्टी करता था। भानू को उसका स्वभाव पसंद आया और उसने आभार व्यक्त किया। उसने डॉक्टर से उसके रहने-खाने के प्रबंध के बारे में पूछा। क्या वह उसकी कोई मदद कर सकता है?

राघवन ने कहा, "मुझे यहाँ रहने और मरीजों की देखभाल करने में कोई दिक्कत नहीं है। लेकिन एक बात मुझे बहुत सता रही है। मैं अपने संबंधियों को कुछ बता नहीं पाया हूँ। न जाने वे क्या सोच रहे होंगे? मैं उन्हें चिट्ठी लिखना चाहता हूँ कि मैं सही-सलामत हूँ।"

"उसका प्रबंध किया जा सकता है, लेकिन पत्र में हमारे बारे में कुछ नहीं लिखना। चिट्ठी पोस्ट करने से पहले हमारे आदमी उसे पढ़ेंगे।"

वारदात के आठ दिन बाद सुनील चटर्जी को एक चिट्ठी मिली। उसने अपनी पत्नी को बताया कि यह पत्र राघवन का है और वह सकुशल है। उसने अपनी पुत्री को टेलीफोन किया और पत्र पढ़कर सुनाया।

ममता बेहद खुश हुई। "बाबा, वह है कहाँ... ?"

"यह उसने नहीं लिखा है।"

"उसने अपना पता और संपर्क का नंबर तो दिया होगा? मैं उससे बात करना चाहती हूँ।"

"ऐसा कुछ नहीं दिया है।"

"अजीब बात है। चलिए, इतना तो पता चला कि वह जीवित है। आपने उसके पिताजी को बताया?"

"वही करने जा रहा हूँ।"

सुनील चटर्जी चिट्ठी लेकर पुलिस स्टेशन गए। पुलिस अधिकारी ने चिट्ठी पढ़ी और लिफाफे को उलट-पलटकर देखा।

"क्या इस पत्र से राघवन का पता मालूम हो सकेगा?"

पुलिस अफसर को चटर्जी के भोलेपन पर हँसी आई, "यह पत्र स्थानीय पोस्ट ऑफिस से भेजा गया है। डॉक्टर को नक्सली अपने कैंप पर ले गए हैं। उन्हें अपने मरीजों के लिए डॉक्टरों की जरूरत पड़ती है। वे उनकी देखभाल करते हैं और काम हो जाने पर छोड़ देते हैं। ये नई बात नहीं है, वे पहले भी ऐसा करते रहे हैं।"

"उसकी जिंदगी को कोई खतरा तो नहीं है?"

"आज तक तो ऐसी रिपोर्ट नहीं आई है।"

"अब आप क्या करेंगे?"

"मैं इस चिट्ठी को अपने मुख्यालय में भेज दूँगा। लेकिन मैं बताना चाहता हूँ कि नक्सलियों को पकड़ना हमारे ऑफिस का काम नहीं है।"

भानू बिस्वास पढ़ा-लिखा युवक था, जिसने प्रेसीडेंसी कॉलेज से राजनीति शास्त्र में डिग्री प्राप्त की थी। वह कम्युनिस्ट विचारों से प्रभावित हो गया था और कॉलेज के दिनों से नक्सल आंदोलन में रुचि ले रहा था। परीक्षा पास करने के बाद वह आंदोलन में शामिल हो गया। वह गुस्सैल और उग्र स्वभाव का था। मई २००९ में उसने लालगढ़ पुलिस चौकी पर हमला किया था और खूब नाम कमाया था। नक्सली बंगाल में अपने लिए एक मुक्त इलाका बनाने में सफल हो गए थे। नक्सली उसकी बहादुरी की सराहना करते थे और उसे अपने आदरणीय नेताओं में गिनते थे। हाल ही में सुरक्षाबलों के साथ हुई झड़प में वह घायल हो गया था और दो गोलियाँ उसकी जाँघ में घुस गई थीं।

ऑपरेशन के बाद उसकी तबीयत सुधर रही थी। वह बातूनी था और डींग हाँकना उसकी आदत थी। उसे बात करने के लिए किसी-न-किसी की हमेशा जरूरत पड़ती थी। उसे राघवन पसंद आया; वह पढ़ा-लिखा था और शांति से उसकी बातें सुनता था।

"मेरी बात सुनो! आजादी मिलने के बाद ६० साल से ज्यादा गुजर गए हैं। मैं

पूछता हूँ कि हमने गरीबी हटाने के लिए क्या किया ? तुम हमारे साथ रह रहे हो और खुद इनकी तरफ देख सकते हो। क्या तुम्हें नहीं लगता कि इनकी दशा में सुधार होना चाहिए ?''

राघवन ने सिर हिलाकर 'हाँ' कहा।

''लोग कहते हैं कि गरीबी ब्रिटिश राज की देन है। ठीक है, मैं मान लेता हूँ, वे विदेशी थे और उनका हमारे विकास से क्या ताल्लुक था! लेकिन अपने लोगों ने क्या किया है ? एक बात और सुनो; अंग्रेज हमारे देश पर सात समुंदर पार से राज करते थे, मगर ये लोग तो कोलकाता में बैठे हैं ! क्या इनके पास आँख और कान नहीं हैं ? हमारे नेता सिर्फ कोलकता के विकास के बारे में सोचते हैं। इनकी तरफ ध्यान ही नहीं देते। हम ऐसे बरताव से तंग आ चुके हैं और अब बरदाश्त नहीं करेंगे। क्या तुम मेरे विचारों से सहमत हो ?''

''देश के विकास में असंतुलन नहीं होना चाहिए।'' राघवन ने कहा।

''कुछ लोगों की हमारी हिंसात्मक प्रणाली पर एतराज है। तुम तो जानते होगे कि इसकी शुरुआत नक्सलबारी से कैसे हुई ? ये निर्धन खेतिहरों का धनी जमींदारों के खिलाफ आखिरी कदम था। उन्हें जान-माल की कुर्बानी करनी पड़ी। अब यह बात पुरानी हो गई है—१९६७ की। तब से हमारा आंदोलन मजबूत हो गया है। बंगाल से शुरू होने के बाद हमारा प्रभाव झारखंड, बिहार, उड़ीसा, मध्य प्रदेश, छत्तीसगढ़, महाराष्ट्र और आंध्र प्रदेश में फैल गया है। हमें ठुकराया नहीं जा सकता।''

चार हफ्तों के बाद भानू का घाव भर गया था और वह कुछ कदम चलने लायक हो गया था। डॉक्टर ने उसे बताया कि पूरी तरह ठीक होने में अभी चार हफ्ते और लगेंगे।

भानू अपने आंदोलन के बारे में बात करता रहता था और डॉक्टर उसे शांति से सुनते थे। राघवन गुरुजी की हिदायतों को ध्यान में रखता था। वह सँभलकर मुँह खोलता था और उसने भानू को नाराज होने का मौका नहीं दिया। शाम को वह दिन की बीती बातों पर विचार करता था। उसे हिंसा, आतंक, खून-खराबा आदि पसंद नहीं थे; किंतु गरीबी और पिछड़े हुए इलाकों के बारे में वह भानू से सहमत था। वह मानता था कि देश के कई भाग विकास के दायरे में नहीं पहुँच पाए हैं। असमानता देश के हित में नहीं है। परंतु भानू के विचार एकतरफा थे। राघवन ने उसके संगठन, हथियारों की पूर्ति और खर्चे के विषय पर किसी तरह के सवाल नहीं पूछे। वह हर प्रकार के वाद-विवाद से दूर रहता था।

सुनील चटर्जी और विजयन नंबूदरि को राघवन की चिट्ठियाँ मिलना शुरू हो

गई थीं। उनमें लिखा रहता था कि वह स्वस्थ है और काम पूरा होने पर लौट आएगा।

ममता की जन्मपत्री विजयन को मिल गई। गुरुजी ने आश्वासन दिया कि उनके विवाह होने की अच्छी संभावना है। ममता खुश तो हुई, लेकिन उसकी बेचैनी में कोई कमी नहीं आई।

कुछ दिन बाद जब राघवन मरहम-पट्टी के लिए भानू के पास गया था, उसने पूछा—''क्या तुम चिट्ठियाँ घर भेज रहे हो ?''

''हाँ, हर हफ्ते लिखता हूँ।''

''लेकिन तुम यह तो नहीं जानते कि तुम्हारे पत्र घर पहुँच रहे हैं या नहीं! उनकी तरफ से तुम्हें कोई खबर नहीं मिल सकती। मैंने सोचा कि पूछताछ कर लूँ। तुम्हारी चिट्ठियाँ उन्हें मिल रही हैं और वे लोग ठीक हैं। यह सुनकर तुम्हें खुशी होगी।''

राघवन ने भानू को अनेक धन्यवाद दिए। वास्तविकता में उसका किसी से संपर्क नहीं था। वह ममता से बात करना चाहता था, पर करे तो कैसे ? उसे यकीन था कि सुनील चटर्जी उसे खबर दे रहे होंगे। इस अकेलेंपन में ६ सप्ताह बीत गए थे।

भानू बिस्वास ने कहा, ''मैं तुम्हारा आभारी हूँ। तुमने मेरी जान बचाई है। यहाँ के सारे मरीज तुमसे बहुत खुश हैं और तुम्हारी प्रशंसा करते हैं। यहाँ पहले भी डॉक्टर आते रहे हैं, लेकिन तुम सबसे अलग और अच्छे निकले।''

राघवन ने कहा, ''मरीज डॉक्टर की सबसे अच्छी परख करते हैं।''

थोड़ी देर बाद भानू अपने विषय पर आ गया, ''हमारा आंदोलन ठीक तरह से चल रहा है, लेकिन मुझे कभी-कभी शक पड़ जाता है। आंदोलन की सफलता अगुआओं पर निर्भर करती है और ये ही हमारी कमजोरी हैं। अभी तक तो हम कामयाब रहे हैं, क्योंकि सरकारी प्रतिरोध कमजोर था। हम पुलिस का मुकाबला कर सकते हैं, किंतु सशस्त्र सेना का नहीं। हमने सरकार को समझाने की पूरी कोशिश की है कि वह सेना को हमारे खिलाफ न भेजे। हम देश के दुश्मन नहीं हैं। वे मान गए हैं, लेकिन उन्होंने अगर सशस्त्र पुलिस को विशेष ट्रेनिंग देने के बाद भेजा तो हमारे लिए कठिनाइयाँ खड़ी हो जाएँगी। हमें पता चला है कि ऐसी काररवाई शुरू हो गई है। मुझे जूनियर लीडरों को सिखाने का भार सौंपा गया है। अभी तक तो लोग हमारे साथ हैं, लेकिन वे अगर मार खाने लगेंगे तो दूसरी ओर देखने लगेंगे।''

''तुम सही कह रहे हो, ''राघवन ने कहा'' मैंने टी.वी. पर खबर देखी थी, सरकार सशस्त्र पुलिस को प्रशिक्षण देने जा रही है। मैंने यह भी सुना था कि सरकार पिछड़े इलाकों के लिए अलग रकम निर्धारित कर रही है। अगर सरकार ने ऐसा किया

तो तुम लोग क्या करोगे?''

''अगर इन इलाकों का विकास होता है तो वह हमारी जीत है। अरे, हम इसीलिए तो लड़ रहे हैं। लेकिन मेरी मानो, सरकार कभी अच्छा काम नहीं करेगी। ये लोग खुद योजना बनाते हैं, पैसा निर्धारित करते हैं और भ्रष्टाचार में लुटा देते हैं।''

''भ्रष्टाचार बड़ी भयंकर समस्या है। मुझे एनाटोल फ्रांस का कथन याद आता है—'जिसे भी सत्ता मिलती है, वह भ्रष्ट हो जाता है।' मुझे बहुत बुरा लगता है, जब लोग जनसेवा, जनशिक्षा और खेल-कूद का पैसा उड़ाते हैं। लोग मर्यादा, सेवा और त्याग की भावना भूल गए हैं। इसके लिए हमें अपने विचार और बुद्धि को सही दिशा में रखना होगा।''

भानू को हँसी आ गई, ''मित्र, तुम कलियुग में सतयुग की बातें कर रहे हो। इस काल में सख्त कानून और घोर दंड की आवश्यकता है। इसे केवल हम कर सकते हैं, क्योंकि हम इसमें विश्वास रखते हैं।''

अगली बार जब दोनों मिले तो भानू ने डॉक्टर को बताया कि उसे छत्तीसगढ़ जाने के आदेश मिल गए हैं। उसे दो हफ्ते बाद पहुँचना पड़ेगा।

''क्या मैं तब तक काम के लिए फिट हो जाऊँगा?''

''हो जाओगे, लेकिन एक-दो महीने के लिए सावधानी बरतना।''

''दोस्त, वहाँ जाने पर मुझे सदा तुम्हारी याद आती रहेगी। मुझे तुम्हारे जैसे पढ़े-लिखे लोगों से मिलने और बात करने का मौका बहुत कम मिलता है। तुमने मुझे ठीक ही नहीं किया बल्कि समय बिताने में मेरा साथ भी दिया है। बोलो, मैं तुम्हारे लिए क्या करूँ?''

''तुम्हारे साथ मैंने इस वीराने में अच्छा समय बिताया है मुझे इतने गरीबों की सेवा करने का मौका कहाँ मिलता है? पर मुझे एक बात सताती है।''

''कौन सी?''

''देखो, मैं जाति का ब्राह्मण हूँ। हम लोग धर्म, कर्म, कुंडली आदि पर विश्वास रखते हैं। जन्मपत्री के अनुसार मेरी शादी इस साल की दुर्गापूजा से पहले होना जरूरी है।''

''वह तो बिलकुल नजदीक है; मुश्किल से एक महीना बाकी है। आमतौर से डॉक्टरों को हम छह महीनों के लिए अपने पास रखते हैं। लेकिन तुम्हारी परिस्थिति अलग है। तुम्हें जल्दी से रिहा करना चाहिए। क्या तुम्हारे माँ-बाप ने लड़की चुन ली है?''

"सभी तैयारियाँ हो चुकी हैं। वे मेरे अचानक गायब हो जाने से चिंतित होंगे। लड़कीवाले मेरे ऊपर शक कर रहे होंगे। अब मैं उन्हें अपनी परिस्थिति के बारे में क्या बताऊँ? मुझे समझ नहीं आ रहा है कि मैं क्या करूँ?"

"मेरे दोस्त, बाकी तुम मुझ पर छोड़ दो। जाने से पहले मैं तुम्हें घर पहुँचा दूँगा। लेकिन चौकस रहना और अपना खयाल रखना।"

"क्या मैं अपने घरवालों को लिख दूँ? वे तैयारियाँ शुरू कर देंगे। तुम तो जानते हो, शादी-ब्याह की तैयारी में समय लगता है।"

"नहीं, तुम ऐसा नहीं कर सकते। जाने के बारे में लिखोगे तो आफत मोल लोगे। मुझ पर छोड़ दो। रोना तो यह है कि मैं भी खुलकर बात नहीं कर सकता, लेकिन उन्हें संकेत दे दूँगा। वे समझ जाएँगे।"

तकरीबन दस दिन बाद भानू शाम को डॉक्टर की झोंपड़ी पर पहुँचा। उसने कहा कि एक वैन कोलकाता जा रही है, वह उसे घर छोड़ देगी। वह तैयार हो जाए।

यह दोनों की आखिरी मुलाकात थी। भानू देर तक राघवन से गले मिला। उसकी आँखों से आँसू टपक रहे थे।

"मुझे नहीं लगता कि मैं जिंदगी में तुम्हारे जैसे निस्स्वार्थ चरित्र से कभी मिल पाऊँगा।"

"यह बात तुम पर लागू होती है। तुम अपना काम पूरी लगन से कर रहे हो। तुमने किसी को धोखा नहीं दिया और किसी का फायदा नहीं उठाया। छल-कपट तुम्हारे चरित्र में नहीं है। जब कभी तुम खाली होगे, मुझे खबर देना। मैं तुमसे मिलने आऊँगा और इसे गुप्त रखूँगा।"

"पता नहीं वह दिन कब आएगा, लेकिन जब कभी मैं जख्मी होता हूँ, तुम अवश्य आना। कल सवेरे मैं यहाँ से जा रहा हूँ।"

वैन वहाँ पहुँच गई थी। विदाई से पहले दोनों एक बार फिर से गले मिले। भानू ने कहा, "सावधान रहना और अपना खयाल रखना।"

सवेरे के साढ़े चार बजे थे जब सुनील चटर्जी के घर की घंटी बजी। बाहर अँधेरा फैला था और सन्नाटा छाया हुआ था। वह दरवाजे पर गए और उन्होंने झाँककर देखा। बाहर राघवन खड़ा था। जल्दी से उन्होंने दरवाजा खोला और अपने होनेवाले दामाद का स्वागत किया।

सुनील और उनकी पत्नी राघवन को देखकर बेहद खुश हुए। उसका चेहरा पहले जैसा था, सिर्फ दाढ़ी बढ़ी हुई थी और वजन थोड़ा कम हो गया था। उन्होंने फौरन

ममता का नंबर लगाया। राघवन ने ममता के साथ देर तक बात की और उसके बाद अपने पिताजी से।

राघवन ने शुरू से अपनी कहानी सुनाई। वह थका हुआ था। चाय पीने के बाद वह सो गया। एक घंटे के बाद ममता ने टेलीफोन किया। सुनील ने कहा कि वह थका हुआ है, सो रहा है और उसे मत जगाओ। एक घंटे के बाद फिर टेलीफोन आया।

इस बार सुनील चटर्जी को गुस्सा आया, ''अब क्या बात है ?''

''बाबा, मैं एक जरूरी बात बताना भूल गई। उसे टेलीफोन दे दीजिए।''

''तुम्हारी एक बात तो हमेशा छूटी रहती है। वह गहरी नींद में है, जब जागेगा तब मैं बता दूँगा।''

राघवन चार घंटे बाद उठा। वह नहाया-धोया और अपने फ्लैट तथा कॉलेज जाने के लिए तैयार हो गया। सुनील चटर्जी ने बताया कि वह यह काम नहीं कर पाएगा।

''क्यों ?''

''तुम्हें तिरुवंतपुरम् जाना है। तुम्हारे पिताजी मिलने के लिए बेचैन हैं। जहाज उड़ने में सिर्फ तीन घंटे बाकी हैं।''

''मिलना तो मैं भी चाहता हूँ, पर इतनी क्या जल्दी है ?''

''उनकी तबीयत ठीक नहीं है।''

''मुझे तो उन्होंने कुछ नहीं बताया।''

''वह तुम्हें खुद नहीं बताना चाहते होंगे, लेकिन ममता ने तो बताया होगा।''

''उसने तो कुछ नहीं कहा।''

''बड़ी भुल्लकड़ लड़की है। जब तुम सोए हुए थे, उसने दो बार टेलीफोन किया था। मैंने तुम्हें जगाया नहीं, शायद यही बात होगी। तुम कुछ खा लो और चलो। तुम्हारा टिकट हम खरीद चुके हैं।''

''मैं कॉलेज में तो बता दूँ।''

''वह मैं कर लूँगा। अपने फ्लैट की चाबी मुझे दे दो। मैं उसे साफ करवा लूँगा।''

सुनील चटर्जी राघवन के साथ हवाई अड्डे के लिए रवाना हो गए। सामनेवाली सीट पर सुरक्षा के लिए दो हट्टे-कट्टे युवक बैठे थे। वे हवाई जहाज के उड़ान भरने तक रुके रहे। उन्हें राघवन को फौरन तिरुवंतपुरम् भेजने का आदेश मिला था और उसका उन्होंने पालन किया।

उड़ान के दौरान राघवन को अजीब सा लग रहा था। उसे जबरन किसी गुनाहगार की तरह भेजा जा रहा था। उसे विश्वास नहीं हो रहा था कि उसके पिताजी की हालत इतनी गंभीर होगी। लोग बेवजह घबरा रहे थे।

तिरुवंतपुरम् में राघवन के माँ-बाप विमान स्थल पर आए हुए थे। जिस गाड़ी में वह बैठा था, उसके आगे और पीछे पुलिस की जीप चल रही थी। उसे अपने रिश्तेदार के यहाँ ले जाया गया, जो पुलिस में उच्च अधिकारी थे।

राघवन ने पूछा, ''ये क्या सुरक्षा लगा रखी है?''

''हम जरा सा भी जोखिम नहीं लेना चाहते।''

''कैसा जोखिम और किस चीज का भय?''

''तुम्हें नक्सली अपहरण करके ले गए थे। हम उन्हें और कोई मौका नहीं देंगे।''

राघवन को हँसी आई, ''मेरा अपहरण पैसे या दुश्मनी की वजह से नहीं किया गया था। उन्हें डॉक्टर चाहिए था और वह उन्होंने ले लिया। वह मेरी अच्छी तरह से देखभाल कर रहे थे और ६ महीने के बाद वैसे भी वह मुझे छोड़ देते।''

''ये बात तुम्हारी है और तुम पर लागू है। जहाँ तक मेरा संबंध है, तुम्हारी ग्रह-दशा और १५ दिन तक नहीं बदलेगी। इसलिए मैं पूरी सावधानी बरत रहा हूँ। तुम्हारी शादी भी तो होनी है।''

''आपने मेरे लिए क्या योजना बनाई है?''

''तुम अमेरिका चले जाओ। वहाँ तुम हर गड़बड़ी से दूर रहोगे।''

''चटर्जी साहब कह रहे थे कि आपकी तबीयत ठीक नहीं है। क्या हुआ है आपको?''

''मुझे चिंताएँ खाए जा रही हैं। अभी तुम सामने हो, इसलिए मैं ठीक हूँ। मेरी समस्याएँ तब तक खत्म नहीं होंगी जब तक तुम अमेरिका नहीं पहुँच जाते। मुझे खुशी है कि चटर्जी साहब ने तुम्हें सीधे यहाँ भेज दिया।''

राघवन अपने रिश्तेदार पुलिस अफसर के यहाँ एक हफ्ते रुका। वह घर छोड़कर कहीं नहीं गया। उसके माँ-बाप साथ रहते थे। इस बीच जाने की तैयारियाँ हो गईं और राघवन अमेरिका चला गया।

आगामी दिन ममता और राघवन के लिए खुशी ही नहीं बल्कि अत्यंत चहल-पहल के थे। ये दिन दुर्गापूजा के थे, जिसमें उनकी शादी भी होनी थी।

राघवन ममता को बता रहा था कि उसके आखिरी तीन सप्ताह किस तरह गुजरे। उसने अपने दोस्त भानू बिस्वास का विस्तृत विवरण दिया। वह उसके गुण गा रहा था और उसके चरित्र की प्रशंसा कर रहा था, ''दुर्भाग्य की बात है कि वह नक्सल आंदोलन में फँस गया। लेकिन एक बात मुझे समझ नहीं आई; तुम लोगों ने मेरी सुरक्षा का नाटक क्यों रचा रखा था?''

"ये तुम सोचते हो। यहाँ तो घोर संकट खड़ा हो गया था। किसी अज्ञात व्यक्ति ने बाबा को टेलीफोन किया—'आपका माल जल्द पहुँचनेवाला है। तैयारी शुरू कर दीजिए, सावधान रहिए और खयाल रखिए।' इसके बाद उसने टेलीफोन रख दिया। तुम्हारे पिताजी घबरा गए। उन्होंने बाबा को बताया कि तुम्हारा कोलकाता में रहना ठीक नहीं है और तुम्हें फौरन तिरुवंतपुरम् भेज देना चाहिए।"

राघवन मुसकराया, "दरअसल, मैंने ही भानू को बताया था कि वह तुम्हारे पिताजी को खबर दे दे। भानू ने मुझसे कहा था कि वह सिक्यूरिटी की वजह से साफ शब्दों में नहीं बोल सकेगा, किंतु संकेत दे देगा। मैं सोच रहा था कि शादी कोलकाता में होगी, क्योंकि तुम यही चाहती थीं। तुम्हारे पिताजी को तैयारी के लिए कुछ और दिन मिल जाएँगे। भानू का 'सावधानी बरतना, खयाल रखना' कहना उसकी आदत है। मुझे क्या मालूम था कि ये सब गड़बड़ी हो जाएगी।"

ममता ने कहा, "जो होना था सो हो गया और अच्छा ही हुआ। मैं खुश हूँ कि मेरा माल मेरे सामने है।"

"क्या करोगी इस माल का?"

ममता ने रघु को अपने पास खींच लिया।

राघवन के पिताजी के कहने पर ममता ने शादी की तैयारी अमेरिका में की। उसकी दोस्त शर्मिला न्यू जर्सी में रहने चली गई थी, जहाँ भारतीय मूल के अधिकतर लोग रहते हैं। शर्मिला ने शादी कराने की जिम्मेदारी ले ली। उसने ममता को बताया कि वहाँ लोग आधुनिक बन गए हैं और शादी के रस्म-रिवाज सरल हो गए हैं। लोग मुहूर्त इत्यादि में विश्वास नहीं रखते। वर और वधू को सिर्फ एक दिन पहले पहुँचना पड़ता है। फिर भी ममता ने रघु के पिताजी को टेलीफोन किया और पूछा कि उनके लिए सबसे अच्छा मुहूर्त किस दिन का होगा। विजयन नंबूदरि ने दशमी का दिन बताया।

"वह कब है?" राघवन ने पूछा।

"परसों।"

□

१०

मैं खेलना चाहती हूँ

लतीफ और हमीद शिकागो, अमेरिका में साथ-साथ डॉक्टरी पढ़ रहे थे। उनकी एक-दूसरे से दोस्ती हो गई थी, क्योंकि उनके खयाल एक जैसे थे। लतीफ हैदराबाद (भारत) का रहनेवाला था और हमीद कराची (पाकिस्तान) का। उनके विचार आधुनिक थे और धर्म में उनका विश्वास नहीं था।

डॉक्टरी की परीक्षा पास करने के बाद दोनों दोस्त अपने-अपने देश लौट गए और अस्पताल में चिकित्सा-सेवा करने लगे। वे एक-दूसरे से संपर्क रखते थे और मौका मिलने पर मिला करते थे। दोस्ती के सिवाय उनके मिलने की खास वजह यह थी कि लतीफ की पत्नी कराची की थी और हमीद की पत्नी हैद्राबाद की। जब लोग कहते थे कि यह अल्लाह की देन है, उन्हें हँसी आ जाती थी। उनके लिए यह सिर्फ इत्तफाक था।

लतीफ को घर पहुँचने में देरी हो गई थी। गरमी का दिन था और भारी यातायात ने चिड़चिड़ाहट पैदा कर दी थी। उसकी आँखें ट्रैफिक की रोशनी की वजह से दुख रही थीं।

"आज बहुत देरी हो गई, क्या बात है?"

"अरे वही, मरीजों की भीड़ और ट्रैफिक जाम।"

लतीफ ने अपने कपड़े बदले और आरामकुरसी पर बैठ गया। एयरकंडीशनर से उसे राहत मिली और चाय की प्याली से ताजगी।

"अरे मरियम, बात सुनो, एक अच्छी खबर है और एक बुरी।"

"कौन सी?"

''हमीद, उसकी बेगम और लड़की यहाँ जल्द आनेवाले हैं।''

''यह तो खुशखबरी है, बुरी बात क्या है?''

''हमीद को दिल का दौरा पड़ गया है, लेकिन उसकी हालत काबू में है।''

हमीद अपनी हालत और जहाँनारा की हैदराबाद जाने की इच्छा के बारे में सोच रहा था। अगर वह ऑपरेशन कराची में करवाए तो हैदराबाद जाने में देरी होगी। ऑपरेशन हैदराबाद में भी किया जा सकता है। वहाँ डॉक्टरों की कमी नहीं है और सस्ता भी पड़ेगा। ठीक होने में दो महीने लगेंगे। जहाँनारा को मायके में काफी समय मिल जाएगा। उसके वालिद ७० साल के हो गए थे और दो साल से वे अपनी लड़की और नातिन से नहीं मिले थे।

बीते एक साल से हमीद अपनी पुस्तक 'असलियत और अँधेरा' लिखने में लगा हुआ था। इस पर उसे कड़ी मेहनत करनी पड़ी, लेकिन वह जरूरी थी। वह चाहता था कि आम आदमी साइंस और टेक्नोलॉजी को समझें तथा पुराने खयाल, रस्म-रिवाज और अंधविश्वासों से परे हो जाएँ। यह पुस्तक तीन हिस्सों में थी। पहले भाग में उसने सृष्टि की रचना, मनुष्य का मूल और अब तक की प्रगति के बारे में लिखा था। दूसरे भाग में उसने साइंस और टेक्नोलॉजी के बारे में लिखा था। वह क्या है और किस तरह काम करती है। तीसरे भाग में उसने लिखा था कि इतनी जानकारी और तालीम पाने के बावजूद हम जाहिलीयत तथा अंधविश्वास में फँसे हुए हैं। हमें इस अँधेरे से निकलना चाहिए।

पुस्तक समकालीन थी, सरल भाषा में लिखी गई थी और समय की जरूरत थी। बड़े उत्साह से वह पांडुलिपि लेकर प्रकाशकों से मिला। कोई प्रकाशन पुस्तक छापने के लिए तैयार नहीं था। उसकी आखिरी मुलाकात 'मिलेनियम पब्लिशर्स' से हुई। प्रकाशक पढ़ा-लिखा और आधुनिक विचारोंवाला व्यक्ति था।

''हमीद साहब, मैंने आपकी लिखी पांडुलिपि बड़े चाव से पढ़ी। पुस्तक बहुत अच्छी है, लेकिन मुझे अफसोस है, हम इसे छाप नहीं सकेंगे।''

''मगर क्यों?''

''आपने जो लिखा है, वह मजहब के कट्टरपंथियों को पसंद नहीं आएगा। आपने इसलाम और कुरान की निंदा तो नहीं की है, लेकिन ये लोग सुधार को भी मजहब के खिलाफ समझते हैं।''

''मगर सुधार जरूरी है। इसके लिए हमें कुरबानी देनी चाहिए।''

प्रकाशक को हँसी आ गई, ''ये लोग और इनके आतंकी हमारा छापाखाना

जला देंगे। पुस्तक लिखने के लिए मैं आपकी तारीफ करता हूँ, लेकिन इसे छापना नामुमकिन है।''

इतनी मेहनत करने के बाद प्रकाशकों के बरताव से हमीद को बुरा लग रहा था। एक शाम उसे छाती में अचानक दर्द का एहसास हुआ। जाँच कराने के लिए वह अस्पताल गया। उसके दिल की मुख्य धमनी में रुकावट मिली। ऑपरेशन करना जरूरी था। उसने अपने दोस्त लतीफ को टेलीफोन किया और पूछा कि क्या हैदराबाद में उसकी जान-पहचान का कोई अच्छा डॉक्टर है? लतीफ ने बताया कि उसी के अस्पताल में प्रभाकर राव नाम के मशहूर दिल के डॉक्टर हैं। उसने सलाह दी कि हमीद जल्द-से-जल्द हैदराबाद पहुँच जाए।

हवाई अड्डे पर हमीद के स्वास्थ्य की जाँच की गई। उसका रक्तचाप, नस और तापमान सामान्य था। उसे अपोलो अस्पताल में ले जाया गया। दूसरे दिन फिर से एंजिओग्राफी की गई और ऑपरेशन के लिए आवश्यक जाँच की गई।

शाम को डॉ. प्रभाकर राव हमीद को देखने आए। उन्होंने कहा कि ऑपरेशन जरूरी है और उसमें कोई दिक्कत पेश नहीं आएगी। उन्होंने जहाँनारा को भरोसा दिलाया कि उसके शौहर ठीक हो जाएँगे। उन्होंने दुआ करने का मशविरा दिया।

निर्धारित समय पर ऑपरेशन किया गया; वह चार घंटे तक चलता रहा। उसके बाद हमीद को इनटेंसिव केयर यूनिट में ले जाया गया। वहाँ वह रात भर रहा। अगले दिन उसकी हालत सुधर गई और उसे प्राइवेट कमरे में भेज दिया गया। लतीफ देखभाल कर रहा था, अतः हमीद को कोई तकलीफ नहीं हुई।

अगले दो दिन डॉ. प्रभाकर राव मरीज को देखने नहीं आए। जहाँनारा चिंतित थी। लतीफ ने कहा कि डॉक्टर को फुरसत नहीं मिली होगी, लेकिन इसका मतलब यह नहीं कि वे लापरवाही दिखा रहे हैं। वह मरीजों की हालत की जानकारी रखते हैं और अगर वह नहीं आए तो समझना चाहिए कि सब ठीक है।

अगली शाम को जब वह आए तब उन्होंने देरी के लिए माफी माँगी और कहा कि वह इमरजेंसी केस में फँस गए थे। उन्होंने हमीद से पूछा, ''तुम्हें कोई तकलीफ है?''

''कोई नहीं।''

डॉक्टर साहब ने लतीफ को बताया कि ऑपरेशन सफल हुआ है। उसका दोस्त ठीक है और घर जाने के योग्य है। लतीफ ने डॉक्टर को धन्यवाद दिया और कहा कि अपने दोस्त को अगले दिन ले जाएगा। कागजी काररवाई तथा बिल बनाने और भुगतान करने में समय लगता है।

“क्या बकवास कर रहे हो? यह अपना अस्पताल है; कागजी काररवाई होती रहेगी। घर में उसका मन बहल जाएगा। यहाँ अच्छा-खासा इनसान रहे तो वह भी बीमार पड़ जाएगा।”

डॉ. राव ने जहाँनारा से पूछा, “क्या आपने दुआएँ माँगी?”

जहाँनारा ने सिर हिलाया।

“गुड, मैं खुद चाहता हूँ कि पूजा-पाठ के लिए थोड़ा समय निकाल लूँ, लेकिन समय मिलता ही नहीं। इसलिए जब लोग ऊपरवाले को याद करते हैं तो मुझे खुशी होती है। उसका असर मुझ पर हो जाता है।”

जाते समय डॉ. राव की निगाहें टेबल पर रखी पुस्तक पर पड़ी। पुस्तक के शीर्षक ने उनका ध्यान खींचा—‘असलियत और अँधेरा’। उन्होंने कुछ पन्ने पलटकर देखे।

“यह कैसी पांडुलिपि है?”

“यह किताब मेरे दोस्त हमीद ने लिखी है।”

“इसका विषय रोचक है। क्या मैं नजर डाल सकता हूँ? मैं ज्यादा समय नहीं लूँगा। अगले हफ्ते तुम्हें मरीज को लेकर मेरे पास आना है, उस समय वापस ले जाना।”

डॉक्टर के घर में होने की वजह से हमीद को लतीफ के यहाँ ले जाया गया। उसकी देखभाल ठीक प्रकार से हो रही थी। एक हफ्ते के बाद जब वह डॉ. राव के पास गया, उसे फिट घोषित किया गया।

हमीद ने पूछा, “क्या मुझे बीमारी देर तक काम करने और नींद की कमी की वजह से हुई है?”

डॉ. राव मुसकराए, “असलियत यह है कि तुम्हें दिल का दौरा पड़ा था। वजह किसे मालूम है? पूछने से फायदा भी क्या है? अँधेरे में टटोलते रहोगे। बेहतर होगा कि आप अपना काम करें और भगवान् का नाम लें।”

डॉ. राव ने कहा कि उन्हें समय नहीं मिला और इसलिए पूरी पुस्तक नहीं पढ़ पाए। उनके छोटे भाई मनोहर ने यह पुस्तक ध्यान से पढ़ी है। उसे बहुत पसंद आई। वह आपसे मिलना चाहता है।

हमीद ने कहा, “वे जरूर मिलें। मुझे खुशी होगी।”

डॉक्टर से मिलने के बाद हमीद सीधे अपने ससुराल गया। उसे देखकर सभी खुश हुए। जहाँनारा के वालिद एक रईस और जाने-माने उद्योगपति थे। उनका मकान महल जैसा था, जिसमें टेनिस कोर्ट, क्रिकेट पिच और स्वीमिंग पूल थे।

उन्हें खेल-कूद का बहुत शौक था।

लतीफ और मरियम अपने दोस्त से मिलने आए थे। मरियम ने कहा, ''आठ दिन गुजर गए हैं और मैं तसल्ली से तुम्हारी लड़की से बात भी नहीं कर सकी। कहाँ है वह?''

''टी.वी. देख रही होगी। बुलाती हूँ।''

जाहिरा ऊँचे कद और मजबूत जिस्म की लड़की थी। उसकी उम्र १२ साल की थी, मगर देखने में बड़ी लगती थी। उसके हाथ-पाँव एथलीट की तरह लंबे थे।

जहाँनारा ने पूछा, ''क्या कर रही थीं तुम?''

''टी.वी. देख रही थी। यूसुफ पठान सेंचुरी बनानेवाला है।''

मरियम ने कहा, ''कल तुम हमारे यहाँ खाने पर आनेवाली हो। क्या खाना चाहोगी?''

''कुछ भी।''

''वह तो ठीक है, लेकिन तुम्हारी पसंद क्या है?''

''मुझे खेल पसंद है।'' कहकर जाहिरा भाग गई।

वह यूसुफ पठान की सेंचुरी देखना चाहती थी।

जहाँनारा ने बताया कि उसकी लड़की बड़ी जिद्दी और मनमौजी है। किसी का कहा नहीं सुनती। सिर्फ खेल में लगी रहती है। मुझे लगता है कि उस पर उसके नानाजी का असर पड़ गया है।

जाहिरा अपने नानाजी के यहाँ बहुत खुश थी। घर में छह लड़के और लड़कियाँ उसकी हमउम्र थीं। वे सब कोई-न-कोई खेल खेलते थे। जाहिरा को टेनिस बड़ा पसंद आया। उसने अभी-अभी शुरुआत की थी और वह चाहती थी कि जल्द से जल्द औरों की बराबरी में पहुँच जाए। जब बाकी बच्चे स्कूल जाते थे, तब वह अकेले टेनिस खेला करती थी। काफी समय दीवार पर प्रैक्टिस किया करती थी। २० दिन के अंदर उसने बहुत तरक्की कर ली और वह दूसरों के साथ खेलने के योग्य बन गई।

नानाजी हर रोज सुबह और शाम लॉन में बैठकर बच्चों का खेल देखते थे। उन्हें जाहिरा की तरक्की पर अचंभा हुआ। वह हैरान थे; एक बार जब जाहिरा दीवार पर प्रैक्टिस कर रही थी, उन्होंने चॉक से गोल दायरा बनाया और कहा, ''जरा देखें, तुम कितनी बार बॉल को इस दायरे के अंदर मार सकती हो।'' जाहिरा १० में से ६ बार मारने में कामयाब रही। यह बात आश्चर्यजनक थी।

एक महीने बाद वह लड़कों के साथ खेलने लगी। उसकी सर्विस और शॉट्स में उनके बराबर ताकत थी।

एक दिन नानाजी ने पूछा, "क्या तुमने सानिया मिर्जा का नाम सुना है?"

"जी हाँ। मैंने उसे टी.वी. पर खेलते हुए देखा है।"

"क्या तुम उससे मिलना चाहोगी?"

"जी!" जाहिरा ने मुसकराकर कहा।

मनोहर राव हमीद से मिलकर प्रसन्न हुए। वह उस्मानिया विश्वविद्यालय में प्राध्यापक थे और स्वयं अच्छे लेखक थे। उनकी हैदराबाद के प्रकाशकों के साथ जान-पहचान थी। उन्होंने हमीद को उसकी पुस्तक पर बधाई दी।

"आपकी पुस्तक की खासियत है—विषय और इसकी लेखन शैली। असलियत सभी जानते हैं, लेकिन आम लोगों के दिमाग में बात ठीक तरह से बैठी नहीं है। साइंस और टेक्नोलॉजी से लोग परिचित हैं; सभी टी.वी. देखते हैं और सबको मालूम है कि दुनिया ने कितनी तरक्की की है और आगे क्या-क्या होने वाला है। फिर भी वे आगे कदम बढ़ाने में घबराते हैं, पुराने रीति-रिवाज और अंधविश्वासों में फँसे हुए हैं। मेरे खयाल में आपने इस अँधेरे को दूर करने के लिए यह पुस्तक लिखी है। क्या मेरा कहना सही है?"

"जी हाँ, मैंने इसी इरादे से किताब लिखी है।"

"पुस्तक बहुत उम्दा और पढ़ने लायक है। क्या आपने छपने के लिए भेज दी है?"

हमीद ने कराची में हुई उसकी कोशिशों का ब्योरा दिया।

"उससे कुछ फर्क नहीं पड़ता। आप चाहें तो यहाँ छप जाएगी।"

"मैं वह नहीं चाहता। आप मुझे जिद्दी और अड़ियल कह सकते हैं। मेरी ख्वाहिश है कि यह पुस्तक पाकिस्तान में ही छपे।"

"वहाँ के हालात आपको अच्छी तरह मालूम है। कोई प्रकाशक खतरा नहीं मोल लेगा। मेरे विचार में पुस्तक जितनी जल्दी छप जाए, उतना अच्छा है। इसका फायदा अनगिनत लोगों को होगा। यह पुस्तक हर मजहब पर लागू है, क्योंकि इसमें जिक्र साइंस और टेक्नोलॉजी का है।"

"आपका कहना ठीक है, लेकिन मेरा वास्ता मुसलिम देशों के साथ है। ये लोग मजहब का गलत इस्तेमाल कर रहे हैं। तानाशाही, खून-खराबा, आतंक का मजहब से कोई ताल्लुक नहीं है। पाकिस्तान गलत रास्ते पर चल रहा है और

इसलिए मैं चाहता हूँ कि यह पुस्तक वहीं पर छपे। यकीन मानिए, पाकिस्तान में काफी लोग हैं, जो इन जलील हरकतों से परेशान हैं और में उनकी तरफ से कोशिश कर रहा हूँ।''

''मैं इतना कहना चाहता हूँ कि अगर आपका मकसद समाज में साइंटिफिक टेंपर बढ़ाना है तो और भी तरीके हैं।''

ऑपरेशन के बाद १५ दिन गुजर गए थे। आराम, अच्छा खाना और वर्जिश की वजह से हमीद की तबीयत बेहतर हो रही थी। अब वह शाम को बैठने और बातचीत करने में सक्षम हो गया था। बीच-बीच में वह ह्विस्की के दो घूँट भी लगा लेता था।

लतीफ ने पूछा, ''पाकिस्तान की अंदरूनी हालत कैसी है?''

''बदतर। लोकतंत्र नाम के लिए घसीटा जा रहा है। इसकी जड़ें मजबूत नहीं हैं; पेड़ कब उखड़ जाएगा, यह किसी को मालूम नहीं।''

''तुम कहना क्या चाहते हो? क्या फौज फिर से वापस आ जाएगी?''

''हो सकता है। खतरा वैसा ही बना हुआ है। फौज ने हर जगह अपने हाथ-पाँव फैला रखे हैं। वे सिविल कंट्रोल में आना नहीं चाहते। पता नहीं क्यों, हमारे यहाँ जनरल साहेबान ने गवर्नमेंट चलाने की जिम्मेदारी ले रखी है।''

''इसलिए कि उन्हें कुछ काम-धाम नहीं है। खैरियत है कि उनको तालिबान ने काम पर लगा दिया।''

दोनों दोस्त हँस पड़े।

''अच्छा, तालिबान का हो क्या रहा है?''

''कहने को तो ओसामा बिन लादेन मारा गया है, लेकिन उनका खात्मा कहाँ हुआ है? अल कायदा विश्वव्यापी संगठन है और देश-विदेश में फैला हुआ है। पाकिस्तान आतंक का अंतरराष्ट्रीय केंद्र बन गया है। रोना तो यह है कि तालिबान को अपने फायदे के लिए फौज और राजनीतिक दल दोनों चाहते हैं।''

''मतलब यह हुआ कि पाकिस्तान को खतरा दोनों तरफ से है—फौज और तालिबान से।''

''दुरुस्त। पाकिस्तान की अवाम डेमोक्रेसी चाहती है। हमारे यहाँ पढ़े-लिखे लोगों की कमी नहीं है, लेकिन उन्हें डरा-धमकाकर रखा जाता है। अब देखना है कि यह कब तक चलेगा?

''शर्म की बात है कि कुछ लोग मजहब का गलत इस्तेमाल कर रहे हैं। ये

ही लोग कट्टरपंथी और आतंकी हैं। इनको समझ नहीं आता कि दुनिया कितनी आगे बढ़ गई है! हम एक-दूसरे पर कितना निर्भर हो गए हैं! आज के जमाने में जरूरी हो गया है कि हम दूसरों की भावना, धर्म और अधिकार को समझें तथा उन्हें मान्यता दें।

जरा देखो, ये लोग क्या कर रहे हैं? ये मुसलमानों को उजाले से दूर रखना चाहते हैं। ये उन्हें जंग और जिहाद के लिए भड़का रहे हैं। इससे तबाही होगी और कुछ नहीं।''

हमीद जोश में ज्यादा बोल गया था। लतीफ समझ रहा था कि उसका ज्यादा बोलना सेहत के लिए ठीक नहीं है, सो चुप रहा।

दिन-ब-दिन हमीद की हालत सुधर रही थी। दोनों दोस्त रोज मिला करते थे। कॉलेज छोड़ने के बाद दोनों को इतना समय पहले नहीं मिला था।

हमीद ने कहा, ''अच्छा हुआ, जो मैंने यहाँ ऑपरेशन करवाया।''

''मैंने तुम्हें इसलिए सुझाव दिया था, क्योंकि डॉ. राव सचमुच काबिल और मशहूर हैं। फिर यहाँ सारी सहूलियतें हैं और जगह सस्ती हैं।''

''जहाँनारा और जाहिरा भी खुश हैं और मुझे तुम्हारे साथ रहने का मौका मिल रहा है। सच कहूँ तो यार, कराची में इतने साल हो गए हैं, लेकिन वहाँ मेरी किसी के साथ दोस्ती नहीं हुई।''

''दोस्ती और जान-पहचान दो अलग चीजें होती हैं। जान-पहचान हर एक के साथ की जा सकती है, लेकिन दोस्ती मुश्किल से होती है। क्या तुम्हारी मुलाकात मनोहर राव से हुई?''

''हाँ, वह मुझसे मिलने आया था। उसे पुस्तक बेहद पसंद आई और वह चाहता है कि जल्दी से छप जाए। वह कह रहा था कि अगर पाकिस्तान में कोई तकलीफ हो तो यह हैदराबाद में आसानी से छप सकती है।''

''तुमने क्या कहा?''

''मैंने मना कर दिया। मेरा सवाल है कि पुस्तक पाकिस्तान में क्यों नहीं छप सकती?''

''वजह तो तुम जानते हो। देरी करने से क्या फायदा?''

''फायदा तो कुछ नहीं, लेकिन समझो कि मेरी जिद है।'' उसने एक और सुझाव दिया था। ''पुस्तक को हिंदी में यहाँ छपवा लेते हैं। अंग्रेजी और उर्दू में वहाँ छपती रहेगी।''

लतीफ ने थोड़ी देर सोचने के बाद कहा कि मनोहर का विचार अनुचित नहीं है। अगर हिंदी प्रकाशन सफल हुआ तो पाकिस्तान में अवाम चिल्लाएगी और वहाँ छापने के लिए जोर देगी। तुम्हारा काम बन जाएगा।''

हमीद ने पुस्तक हिंदी में छापने की अनुमति दे दी।

नानाजी जाहिरा को सानिया से मिलाने ले गए। वे उस खानदान को अच्छी तरह जानते थे। वे सानिया के वालिद इमरान मिर्जा की कोशिशों की सराहना करते थे। उन्हीं की वजह से सानिया ऊपर पहुँची थी। मुश्ताक अहमद चाहते थे कि उनकी नातिन सानिया की तरह नाम कमाए।

इमरान मिर्जा को जाहिरा का खेल पसंद आया। उन्होंने मुश्ताक अहमद को बताया कि लड़की बहुत ऊपर जाएगी। उसके खेल में रुकावट नहीं आनी चाहिए।

जाहिरा को खेल के विशेषज्ञ डॉक्टरों के पास भेजा गया। उसके दिल, फेफड़े, हाथ-पाँव, जोड़ों आदि की जाँच की गई। वह हर तरह से फिट निकली।

इमरान ने जाहिरा से कहा कि वह उसके घर आया करे और अच्छे खिलाड़ियों के साथ खेले। एक दिन सानिया भी कोर्ट में उतरी और जाहिरा के साथ १५ मिनट तक खेली। उस दिन जाहिरा बेहद खुश हुई और उसकी जिंदगी में एक नया मोड़ आ गया।

मुश्ताक ने इमरान से पूछा, ''मेरी नातिन के बारे में तुम्हारे क्या खयाल हैं?''

''यह लड़की असाधारण है, या यों कहो कि पैदा हो गई है। इस साल इसे सब जूनियर्स की स्पर्धा में खेलना चाहिए और अगले साल जूनियर्स में। सोलह साल की उम्र में यह ओपेन प्रतियोगिता में भाग लेने लायक हो जाएगी। इसका खेल, जब सानिया इसकी उम्र की थी, उससे बहुत अच्छा है। लड़की लंबी और तगड़ी है, जिसकी वजह से उसकी पहुँच ज्यादा है और शॉट्स में ताकत है। आगे देखना है कि वह कितना नाम कमाती है!''

''क्या यह लड़की टेनिस को अपना कॅरियर बना ले?''

''बिलकुल, बिना किसी शक के।''

दोनों दोस्त अखबार के पन्ने छान रहे थे। बम के धमाके इसलामिक देशों में आम हो गए थे। हमीद ने कराची में बम-विस्फोट की खबर पढ़ी। वह उसके घर के करीब हुआ था। वह चिल्लाया, ''यह क्या मजाक है? कराची में रहना मुश्किल हो गया है!''

लतीफ ने सिर हिलाया, "कराची खतरनाक जगह बन गई है। मेरे हिसाब से तुम्हें वापस नहीं जाना चाहिए।"

हमीद मुसकराया, "आज सुबह की बात है। मेरे ससुर साहेब कह रहे थे कि जाहिरा को हैदराबाद पसंद है और जहाँनारा तो यहीं की है। वह एक तरह का संकेत दे रहे थे—क्या मैं यहाँ रहना चाहूँगा?"

"मुश्ताक साहब सही कह रहे हैं। मुझे भी ऐसा ही लगता है। देखो, पाकिस्तान में तुम्हारा कोई नजदीकी रिश्तेदार या दोस्त नहीं है। वहाँ रहकर करोगे क्या?"

"क्या बात कर रहे हो? मैं आतंकियों से डरा नहीं हूँ। मेरी पैदाइश वहाँ हुई थी। मुझे अपने वतन पर नाज है। मुझे यकीन है कि हम इन मुश्किलों को पारकर लेंगे। मुझे एक बात बताओ कि पाकिस्तान इन गंदगियों में पड़ा तो कैसे? शुरुआत कहाँ से हुई? तुम्हारे क्या खयाल हैं?"

"शुरुआत पुरानी है, आजादी मिलने से पहले। दो अलग मजहब और कौम के प्रोपेगैंडा ने मुसलमानों को पीछे ढकेल दिया। जहाँ हिंदुस्तान धर्म-निरपेक्षता और विकास की बात करता है, वहाँ पाकिस्तान मजहब की। आजादी के बाद भी पाकिस्तान गलत रास्ते पर चलता रहा। सबसे गंदी हरकत जिया-उल-हक ने की। मक्कारी का रेफरेंडम करवाकर वह खुद तो सदर बन गए, लेकिन मुल्क को कट्टरपंथियों के चंगुल में फँसा दिया। जब कभी राजनीतिवाले मजहब का सहारा लेते हैं, कट्टरपंथी मजहब के नाम पर हुकूमत अख्तियार करने की कोशिश करते हैं। हमें इसका तजुरबा है। मजहब को राजनीति से दूर रहना चाहिए।"

"तुम ठीक कह रहे हो। अवाम को समझना चाहिए कि सभ्यता किस दिशा में बढ़ रही है। एक दिन आएगा जब दुनिया में एक ही जबान होगी, सबका रहन-सहन एक जैसा हो जाएगा और मुक्तलिफ मजहबों का असर खत्म हो जाएगा। हमें इस रास्ते पर आगे बढ़ना चाहिए। इसके लिए तालीम जरूरी है।"

जाहिरा दिन भर खेल में लगी रहती थी। उसकी मेहनत से नानाजी खुश थे और वे उसकी तारीफ किया करते थे। वे सबको बताते थे, "यह लड़की गजब की निकलेगी और खानदान का नाम रोशन करेगी। उसके शॉट्स बढ़िया हैं। उसे सर्विस और वॉली में सुधार लाना होगा और वह समय के साथ हो भी जाएगा। १२ साल की लड़की के लिए ऐसा खेल ताज्जुब का है।"

जहाँनारा अपनी बेटी की तारीफ सुनकर खुश तो होती थी, मगर उसे एक बात सता रही थी। कराची लौटने के दिन नज़दीक आ रहे थे। उसने मरियम को बताया,

''यहाँ पर इसका खेलना ठीक है, लेकिन पाकिस्तान में उसे मुश्किल होगी।''

''क्यों?''

''यहाँ पर वह फ्रॉक़ और चड्डी पहनकर मजे से खेल रही है, पाकिस्तान में यह नहीं चलेगा। अगर कोई उससे कहे कि पैंट पहन लो तो वह नहीं मानेगी। अपनी जिद से पूरे घर का माहौल खराब कर देगी।''

मरियम कराची की रहनेवाली थी। वह जहाँनारा की दिक्कत समझ गई, ''क्या तुमने अपने मियाँ को यह बात बताई?''

''नहीं। वह हर बात पर भड़क उठते हैं और देर तक उसी पर सोचते रहते हैं। मेरी बात मानो, उनको दिल का दौरा इसी वजह से हुआ है। अभी-अभी तो ऑपरेशन हुआ है; मैं यह बात खोलना नहीं चाहती।

मरियम, तुम तो कराची से वाकिफ हो। वहाँ कई लोग ऐसे हैं, जो शराब पीते हैं, नाचते-गाते हैं, क्लब जाते हैं और इसलाम की नसीहतें नहीं मानते। लेकिन मेरे शौहर की बात अलग है। वे लोग चुपचाप करते हैं, लेकिन मेरे मियाँ खुलेआम बगावत करते हैं। अब वह पुस्तक छपवाना चाहते हैं।

मुझे पता नहीं वह ऐसा क्यों कर रहे हैं? मैं उनकी तरह पढ़ी-लिखी तो नहीं हूँ, लेकिन इतना तो समझती हूँ कि मजहब, रस्म-रिवाज इनसान के बनाए हुए हैं। जैसे-जैसे रोशनी फैलेगी, अँधेरे चले जाएँगे। तब तक हमें सब्र रखना पड़ेगा।''

''तुम सच कह रही हो, जहाँनारा। औरतों को इन्होंने दबाकर रखा है। कुछ कहने का मौका ही नहीं मिलता। मैं लतीफ से बात करूँगी, वह हमीद को समझा देगा। मेरे शौहर मजहब की कई बातों से खुश नहीं हैं, लेकिन वह उचकते नहीं।''

रात को सोने से पहले मरियम ने जहाँनारा की समस्या अपने शौहर को बताई। उसने कहा कि तुम लोग साइंस और टेक्नोलॉजी की बड़ी-बड़ी बातें करते रहते हो, लेकिन इस समस्या का क्या करोगे? लतीफ ने कहा कि वह अपने दोस्त से बात करेगा।

हमीद और जहाँनारा लतीफ के यहाँ खाना खाने गए थे। लतीफ ने पूछा, ''कोई ताजा खबर?''

''मनोहर ने टेलीफोन किया था। पूछ रहा था कि क्या मैं हिंदी पुस्तक का प्रूफ पढ़ना चाहूँगा। मैंने कह दिया कि हिंदी मुझे नहीं आती और सब उसके ऊपर छोड़ दिया।''

''अच्छा किया तुमने। आदमी भरोसेमंद है और अपने काम में माहिर भी।''

हमीद ने कहा, ''तुम मुझसे पाकिस्तान के बारे में तमाम सवाल पूछते रहते

हो। अब मैं पूछना चाहता हूँ कि हिंदुस्तान का क्या हाल है?''

''मुल्क तरक्की कर रहा है। लोकतंत्र की जड़ें मजबूत हो गई हैं। बड़ा मुल्क है, समस्याएँ बड़ी हैं और हर चीज में विभिन्नता है। इन सबके बावजूद देश प्रगति की ओर बढ़ रहा है, क्योंकि समाज खुला है और डेमोक्रेसी काम कर रही है। यहाँ कोई चीज छुपाई नहीं जा सकती। संचार के माध्यम गलतियों के पीछे पड़ जाते हैं। आर्थिक दशा ठीक है।''

''मुसलमानों का क्या हाल है?''

''मुझे मालूम था कि तुम यह सवाल पूछोगे। देखो, मुसलमानों की हमदर्दी अन्य देशों के मुसलमानों के साथ है और जहाँ तक हिंदुस्तान-पाकिस्तान का ताल्लुक है, रिश्तेदारी बँटी हुई है, जैसे कि मेरी और तुम्हारी।

भारत में मुसलमान अब जाग उठे हैं। पिछले २०-२५ सालों से वह प्रगति के रास्तों पर चल रहे हैं। अब वह तालीम हासिल करना चाहते हैं। लड़कियाँ भी आगे बढ़ रही हैं और मरदों के साथ काम करने के लिए तैयार हैं। हिंदुस्तान में महिलाओं ने बहुत प्रगति की है। आज देश में राष्ट्रपति, पार्लियामेंट की स्पीकर, पार्टी-अध्यक्ष आदि महिलाएँ हैं। ये विकास के लिए अच्छे चिह्न हैं।''

''बेशक,'' हमीद ने कहा, ''औरतों को घर की चहारदीवारी के अंदर बाँधकर रखना जुर्म है। यह हम समझ रहे हैं और धीरे-धीरे यह पाकिस्तान में भी हो जाएगा।''

''इसमें समय तो लगता है। मजहबवाले इनके पीछे पड़ जाते हैं। अगर कोई शबाना आजमी को नाचने-गानेवाली लड़की कहकर उसकी निंदा करे तो यह शर्म की बात है।''

''ऐसा तो नहीं कि पाकिस्तान में पढ़ी-लिखी लड़कियाँ नहीं हैं। एक तो प्रधानमंत्री भी बन चुकी है। लेकिन कट्टरपंथियों और आतंकियों की बात अलग है। वे हुकूमत और पैसा चाहते हैं। उनका सुधार से कोई ताल्लुक नहीं है। तालीम और तरक्की हर पिछड़े देश की समस्या है।''

अचानक बारिश शुरू हो गई। हवा में ठंडक और ताजगी आ गई। दोनों दोस्तों ने गिलास में शराब भर ली। लतीफ इसी मौके की तलाश में था। उसे जहाँनारा और जाहिरा के बारे में बात करनी थी।

''तुम्हारे वापस जाने के दिन पास आ रहे हैं। तुम्हें कैसा लग रहा है?''

''खुश हूँ। यहाँ मैंने बहुत आराम और मस्ती की है। अब जाकर काम करना चाहिए।''

"अच्छा हुआ जो तुम आए। मुझे बहुत खुशी हुई।"

"और मैं हर चीज में कामयाब रहा। ऑपरेशन हो गया, जहाँनारा यहाँ देर तक रह पाई और पुस्तक छपने की शुरुआत हो गई। बाकी क्या बचा?"

"एक बात।"

"कौन सी?"

"जाहिरा का मन टेनिस में लग गया है और वह बहुत अच्छा खेलने लगी है।"

"यह तो अच्छी बात है। कराची में अपना शौक बरकरार रखेगी।"

लतीफ मुसकराया, "देखो दोस्त, बात इतनी आसान नहीं है। यहाँ वह फ्रॉक पहनकर खेल रही है। पाकिस्तान में कैसे खेल पाएगी?"

"सो तो है। पाकिस्तान में उसे यह इजाजत नहीं मिलेगी। लेकिन औरों की तरह पतलून पहनकर खेल सकती है।"

लतीफ ने हँसकर कहा, "जाहिरा नेशनल और इंटरनेशनल सर्किट में खेलना चाहती है। बात इतनी आसान नहीं है जितनी कि तुम समझ रहे हो।"

हमीद ने भी हँसकर जवाब दिया, "ये खयाल मेरे ससुर साहब के भी हैं। अरे, नेशनल और इंटरनेशनल खिलाड़ी बनना इतना आसान नहीं है। अभी-अभी तो उसने खेलना शुरू किया है। कौन शख्स नहीं चाहता कि उसकी लड़की बड़ी खिलाड़ी ना बने, मगर ऐसा होता नहीं है। मुश्ताक साहब ख्वाब देख रहे हैं।"

लतीफ ने गंभीरता से कहा, "मुश्ताक अहमद सपना नहीं देख रहे हैं। वह हर काम सोच-समझकर करते हैं और इसीलिए इतने बड़े उद्योगपति बने हैं। उन्होंने इमरान मिर्जा और जाने-माने खिलाड़ियों से मशविरा लिया है। उसके जिस्मानी हालात की जाँच डॉक्टरों से करवाई है। जाहिरा की भी किस्मत अच्छी है। हैदराबाद में सारी सहूलियतें हैं, कराची में उसे क्या मिलेगा? अगर तुम चाहते हो कि वह नामी खिलाड़ी बने तो उसे यहीं रहना होगा।"

"देखो दोस्त, यह मामला माँ-बेटी का है। इसका हल वही निकाल सकती हैं।"

मुश्ताक अहमद के विचार सीधे-सादे थे। खिलाड़ी पैदा हो जाते हैं; उनका माँ-बाप, मजहब, देश, रंग, लिंग आदि से कोई ताल्लुक नहीं होता। लेकिन उन्हें ट्रेनिंग और बढ़ावा देने की जरूरत है। अगर यह नहीं किया गया तो वे नाकामयाब जिंदगी बिताते हैं। विलियम बहनों को अमेरिका ने काबिल बनाया; सानिया के वालिद ने

उसे प्रोत्साहन दिया और उसको कोचिंग अच्छी मिली। यह समाज की जिम्मेदारी होती है कि खिलाड़ियों को कम उम्र में ही ढूँढ़ा जाए और उन्हें तैयार किया जाए।

जाहिरा में अच्छी खिलाड़ी बनने के सारे लक्षण हैं। मुश्ताक उसकी लगन और मेहनत से प्रभावित थे। वह उसे हर प्रकार की मदद देना चाहते थे। एक दिन उन्होंने जाहिरा से सीधा सवाल पूछा, ''क्या तुम प्रोफेशनल टेनिस खिलाड़ी बनना चाहती हो?''

''जी हाँ।''

''इसके लिए तुम्हें सख्त ट्रेनिंग लेनी पड़ेगी।''

''मैं तैयार हूँ।''

''और देखो, तुम्हें माँ-बाप से अलग रहना पड़ेगा।''

जाहिरा ने हँसकर कहा, ''मैं बड़ी हो गई हूँ।''

हमीद का परिवार कराची वापस जाने की तैयारी कर रहा था। जहाँनारा खरीदारी में लगी हुई थी। वह घर की छोटी-मोटी चीजें इकट्ठा कर रही थी, जो कराची में आसानी से नहीं मिलतीं। उसने जाहिरा से पूछा कि वह अपने लिए क्या खरीदना चाहती है। लड़की ने कोई ख्वाइश नहीं जताई।

जाने में सिर्फ दो दिन रह गए थे। मुश्ताक ने रिश्तेदारों और दोस्तों को दावत दी।

मुश्ताक ने हमीद और जहाँनारा से बात की, ''तुम दोनों ने जाहिरा के खेल के बारे में क्या सोचा है?''

हमीद ने कहा, ''पाकिस्तान में उसे थोड़ी दिक्कत होगी, लेकिन पैंट पहनकर खेल लेगी।''

मुश्ताक को हँसी आई और गुस्सा भी, ''पोशाक खेल के हिसाब से पहनी जाती है। घुड़सवारी का लिबास अलग होता है, शूटिंग का अलग, तैराकी का अलग, क्रिकेट का अलग और टेनिस का अलग। इसका मजहब से क्या ताल्लुक है? यह सरासर कमबख्ती है। इस तरह हम चलते रहे तो मुसलिम लड़कियाँ कभी ऊपर नहीं पहुँचेंगी।''

हमीद ने कहा, ''असलियत तो यही है। न जाने मुसलिम मुल्क इन अँधेरों से कब निकलेंगे?''

''मुझे पहले से इन दिक्कतों का एहसास था। लेकिन फिकर मत करो; हमने यहाँ खेलने और कोचिंग का बंदोबस्त कर लिया है। मेरा शहर एक और सानिया

को खड़ा कर सकता है। पहले यह बताओ, उसे छोड़ जाने में तुम्हें तकलीफ तो नहीं होगी?''

''होगी। उसके बिना मैं कैसे रहूँगी?''

मुश्ताक ने जहाँनारा को समझाया, ''मैं तुम्हारी समस्या समझ रहा हूँ, लेकिन अगर तुम अपनी बिटिया को एक बड़ी खिलाड़ी के रूप में देखना चाहती हो तो तुम्हें यह तकलीफ उठानी पड़ेगी। वैसे इसमें ज्यादा देर नहीं लगेगी। जब वह सोलह साल की हो जाएगी, हमें पता चल जाएगा कि वह कितनी काबिल है। अगर वह काबिल नहीं निकलती तो मैं खुद उसे तुम्हारे पास भेज दूँगा।''

हमीद ने कहा, ''देखिए, हम अपनी बेटी के लिए तकलीफ उठा लेंगे, लेकिन क्या आपने जाहिरा से पूछा कि वह क्या करना चाहती है?''

जाहिरा अपने भाई-बहनों के साथ ऊपर खेल रही थी। उसे बुलाया गया और यह सवाल पूछा गया। तीन बार उसने जोर से कहा, ''मैं खेलना चाहती हूँ।'' और भाग गई।

□□□